金瓯一片

福建省炎黄文化研究会 编

纪念毛泽东同志130周年诞辰

海峡出版发行集团 | 海峡文艺出版社

图书在版编目(CIP)数据

金瓯一片/福建省炎黄文化研究会编. —福州:海峡文艺出版社,2023.11
ISBN 978-7-5550-3471-1

Ⅰ.①金… Ⅱ.①福… Ⅲ.①散文集－中国－当代 Ⅳ.①I267

中国国家版本馆 CIP 数据核字(2023)第 176566 号

金瓯一片

福建省炎黄文化研究会　编

出 版 人	林　滨
责任编辑	何　莉
出版发行	海峡文艺出版社
经　　销	福建新华发行(集团)有限责任公司
社　　址	福州市东水路 76 号 14 层
发 行 部	0591－87536797
印　　刷	福建东南彩色印刷有限公司
厂　　址	福州市金山浦上工业区冠浦路 144 号
开　　本	720 毫米×1010 毫米　1/16
字　　数	220 千字
印　　张	15
版　　次	2023 年 11 月第 1 版
印　　次	2023 年 11 月第 1 次印刷
书　　号	ISBN 978-7-5550-3471-1
定　　价	49.00 元

如发现印装质量问题,请寄承印厂调换

前言

红旗跃过汀江，

直下龙岩上杭。

收拾金瓯一片，

分田分地真忙。

毛泽东当年在福建写下的这首宏伟诗篇，生动地描绘了红军首进龙岩上杭、建立革命根据地、开展土地革命、苏区人民"分田分地真忙"的壮丽图景，展现了创建中央苏区"金瓯一片"的波澜壮阔的历史画卷。

福建闽西北、闽北、闽南苏区，为中央苏区的半壁江山。1929年2月到1933年11月，毛泽东前后七次来到福建闽西，留下了厚重而壮丽的历史篇章。以毛泽东为代表的中国共产党人，秉持为中国人民谋幸福、为中华民族谋复兴的初心使命，在福建发动人民、依靠人民，不懈奋斗，为新中国的成立和发展提供了丰富的历史经验。

2007年以来，福建省炎黄文化研究会和福建省作协组织作家们踏着毛泽东和革命先辈的足迹，深入老区、深入乡村采访老革命、老红军、老同志，写出一批优秀报告文学和散文。值此毛泽东同志130周年诞辰之际，我们怀着对毛泽东这位历史伟人的深切怀念和无比崇敬之情，选取部分文章，汇集成册。

毛泽东何时到福建？为什么称福建是"福地"？这无疑是广大读者最关注的问题。何英在《毛泽东首次入闽》中写道，红四军自从下井冈山之后，前有围堵，后有追兵，处于战略被动，"1929年2月4日凌晨，毛泽东、朱德、陈毅率领的红四军第一次进入闽西，就在高书村"。2月9日，正值农历除夕，红四军自武平出发，在瑞金附近的大柏地打了大胜仗。接着在长汀的长岭寨击败敌军，迅疾解放长汀城。进驻长汀之后，毛泽东和朱德率领红四军，又取得了经典战例"三打龙岩"等大胜利。福建战略地位重要，文化经济基础好，经过大革命的洗礼，群众一心拥护共产党和红军，福建各地很早建立党组织，坚决贯彻党的"八七会议"精神，组织各地武装起义，具备创建大苏区的各种条件。但红四军如此顺利实现了由被动挨打到主动出击的战略性重大转变，"收拾金瓯一片"，真令人出乎意料的高兴。朱德说进入福建是"革命发展的转折点"，毛泽东则深情地赞誉福建是革命的"福地"。

福建是革命的"福地"。毛泽东与福建人民心连心，他与福建人民建立了极其紧密的血肉相连关系。在福建，毛泽东为探索中国革命的正确道路进行了艰苦而成功的探索。沉洲的《蛟洋文昌阁》叙述了毛泽东深入基层，深入了解并直接指导闽西苏区建设。张惟的《新泉整训的历史和今天》、傅翔的《那一年，从新泉到古田》、林爱枝《圣地古田》，均浓墨重彩描写了在如何建立一支中国共产党领导下的人民军队这个根本问题上，毛泽东主持的红四军第九次代表大会，通过了具有历史意义的《古田会议决议》。在此前后毛泽东写出一系列重要著作，标志着毛泽东思想建党、政治建军、民主建政、实事求是、群众路线这五大理论在福建初步形成。福建，成为人民军队重整行装再出发的福地，成为中国革命走向胜利的时代地标。

1930年6月至1933年11月，毛泽东三次亲临才溪开展调查研究。掌握了大量第一手翔实资料，对经济社会情况，对才溪人民扩大红军、优待红军家属、经济建设、政权建设、生产支前、物价对比、文化教育等方面的内容进行了全面、系统的总结，写成了著名的《才溪乡调查》。张胜友的《重返才溪乡》、楚欣的《才溪：红色小镇的传奇》、马星辉的《才溪雄文天下知》、林斯乾的《光荣亭里品光荣》、张惟的《一个乡村"九军十八师"》，对毛泽东的才溪乡调查作了浓墨重彩、富于哲理的记述，全面而生动地展现了毛泽东深厚的人民观点、人民立场和人民情怀。体现了毛泽东实事求是的思想路线、工作路线。毛泽东的立场、观点、方法，是福建成为革命"福地"的突出标识，是我们团结广大人民识福、惜福、造福，认识世界、改造世界的强大思想武器。

毛泽东被誉为"千古统帅诗人",他在福建吟诵的多首诗词,格局宏大、意境雄浑,笔力遒劲,展现出非凡的气概和高超的艺术。楚欣的《毛泽东〈如梦令·元旦〉与清流苏区》、李安东的《毛泽东与武夷山》《再读重阳》淋漓尽致地描绘出毛泽东的诗人风采。刘勰曾经写道:"明理引乎成辞,征义举乎人事,乃圣贤之鸿谟,经籍之通矩也。"毛泽东善于把握历史发展大势,善于用典。当时一些同志在艰苦的环境里,对革命前途感到迷茫,在一代伟人看来,却是"风展红旗如画"。他的"直下龙岩上杭""直指武夷山下",一个"直"字,展现出革命力量势如破竹,摧枯拉朽的气势和磅礴力量。他盛赞"一年一度秋风劲,不似春光,胜似春光"的上杭壮美秋景,高唱"战地黄花分外香"的赞歌。毛泽东的诗词,是毛泽东心路历程的真实写照,洋溢着毛泽东继承发展中华优秀传统文化的高度自觉。让人们感受毛泽东伟岸人格和史诗魅力。

林思翔的《当年鏖战急,青山人未老》、方友德的《红军楼和小白楼的故事》《一条红军街古今皆风流》等描写毛泽东和朱德率领红军,在明溪、将乐、建宁、尤溪、邵武等地开疆拓土,再收拾"金瓯一片"的光辉历程。黄文山、钟兆云等用优美的笔触赞颂伟大的毛泽东和福建红军将领之间的深厚情谊,感人至深。

福建作为革命的"福地"、红军的故乡、长征出发地,在党史上留下极为鲜明的印记。章武的《长征,从这里出发》、汪兰的《中央苏区乌克兰》描述了宁化1931至1934年,16000多人参加红军。当时全县总人口13万多人,相当于每8人中就有1人参加革命,是福建中央苏区县中参加革命人数最多的县之一。"千担纸、万担粮",宁化累计为红军捐献粮食二十余万担,仅1934年就捐献十万余担,赢得"中央苏区乌克兰"美誉。当年,10万八闽儿女走进红军行列,其中近3万人参加长征。在毛泽东领导下,福建儿女为长征,为中国革命胜利做出重大贡献。

何少川在《"芝山红楼"熠熠生辉》中详细描述了毛泽东率领的东路军在漳州战役中大获全胜的历程。我多次瞻仰"芝山红楼",被革命领袖和前辈们的英雄业迹所震撼,在感叹之余深受革命传统的教育。"芝山红楼"是我心目中的一处神圣之地,每次来到漳州路过这里,总要远远地仰望她，向她行崇敬的注目礼！

　　是的，毛泽东在福建的革命活动，深刻展示了毛泽东和老一辈革命家为民族复兴、为民造福的征程上写下的不朽故事，其蕴含的伟大力量，必将继续鼓舞和激励福建人民对习近平总书记带领全国人民奋力实现第二个百年奋斗目标理解得更加深刻，对走中国特色社会主义道路，实现中华民族伟大复兴、构建人类命运共同体的信心更加自觉更加坚定！

目录

毛泽东首次入闽 / 何英	1
寻路·钤印 / 林爱枝	7
红色小上海 / 庐弓	13
朱毛红军入闽首捷 / 何英	20
一个乡村"九军十八师" / 张惟	26
闽西奇人傅柏翠 / 黄文山	31
三打龙岩城 / 王晓岳	36
感悟红色圣地新泉 / 马照南	41
早康会址的背后故事 / 戎章榕	45
大山深处的苏家坡 / 苏静	49
蛟洋文昌阁 / 沉洲	53
永远的红土地 / 李治莹	58
泽东楼的诉说 / 何英	66
再读重阳 / 马照南	71
走进新泉整训的历史和今天 / 张惟	75
圣地古田 / 林爱枝	80
刘亚楼：豪情才气两干云 / 钟兆云	85
那一年，从新泉到古田 / 傅翔	93
当年鏖战急，青山人未老 / 林思翔	97
宁化：红军的后勤保障 / 林爱枝	104
中央苏区乌克兰 / 汪兰	111
《如梦令·元旦》与清流苏区 / 楚欣	118
毛泽东与武夷山 / 李安东	124
才溪：红色小镇的传奇 / 楚欣	128

重返才溪乡 / 张胜友	134
才溪雄文天下知 / 马星辉	141
光荣亭里品光荣 / 林斯乾	145
花海四季，全域畅游 / 何少川	149
五次反"围剿"与建宁 / 林爱枝	153
将乐苏区革命烽火回望 / 林思翔	160
红军楼和小白楼的故事 / 方友德	168
一条红军街古今皆风流 / 方友德	173
血染红旗分外艳 / 林思翔	181
"芝山红楼"熠熠生辉 / 何少川	188
群众路线是法宝 / 林爱枝	193
毛泽东在邵武 / 马照南	198
峥嵘岁月，光耀史册 / 林思翔	204
理想信念，绝命坚守 / 林爱枝	212
长征，从这里出发 / 章武	216
一位追逐太阳的文艺战士 / 方友德	221
后记	228

毛泽东首次入闽

◎ 何英

闽西武平民主乡高书村,是个区域位置非常特殊的地方。它深藏闽赣边界的十万大山之中,1929年红四军在此地逢凶化吉,戎马倥偬的毛泽东,深情地赞叹:"武平是块福地嘛。"

高书村,当年称"黄沙",位于福建武夷山脉的最南端,系闽、粤、赣三省的交界处,素有"一脚踏三省,鸡鸣三省闻"之称。离村庄不远的山顶上,有块国务院在1997年立下的大理石界碑,三棱柱形,朝着三个省的方向,分别标有"福建""江西""广东"的字样。伫立此处,环顾四野,不尽青山层层叠嶂,气势磅礴、风情万种,颇有"拔地青苍五千仞,劳渠蟠屈小诗中"之感。

伫立山头一眼望去,高书村如一颗绿色的明珠,静静地守望着绵延不绝的群山峻岭。3月,阳光明媚,百花盛开,万木葱茏。那绿叶片片如拭,纤尘不染,化为漫山滴翠的迷人画卷。在浓荫如泼之处,有清泉潺潺流过,草木不惊。当年泥墙乌瓦的农家老屋已经鲜见,代之以明丽鲜亮的西式别墅,骄傲地深藏在山坳里,飘溢着新时代的迷人异彩。

(一)

1929年2月4日凌晨,毛泽东、朱德、陈毅率领的红四军第一次进入闽西,就在高书村。如今,偏僻的高书村,却是"红四军入闽第一村"。村中的陈列馆收藏着闽西籍开国少将王直将军的亲笔题词:红四军入闽第一村黄沙(高书)。

王直将军之所以题这幅字,是因为他当年的班长林琳是民主乡林荣村人,他们情同手足,十分投缘。1936年,林琳在长汀的涂坊战斗中壮烈牺牲，为了纪念这位战友，王直将军特地题了这幅字，并写了本回忆录《少年英雄林琳》。

黄沙是高书村以前的名称。这位身经百战的老红军，或许是担心后人会因此发生争议，特地用括弧中的文字进行注明。将军远去，但那粗犷、刚劲的笔迹却给后人留下了无可争辩的铁证。高书村因此堂堂正正地被载入中国革命辉煌的史册。

当年的深夜，红四军是从高书村东边"石岩寨"的大山中，在和平区黄沙乡农会主席黄善田与高埔村农会主席赖永强的引导下，悄悄跋涉进入高书村宿营的。如今，那山中仍旧有条原始密林中的古驿道，逶迤蜿蜒，铺满落叶。其时，征途劳顿的毛泽东曾经在石岩寨山崇一个小小的石洞中稍作休息。如今，这个石洞还被群众精心地保护着，百姓因此称之为"主席洞"。当然，这个洞只能屈身坐一个人。

毛泽东率领红四军进入高书村，一是暂歇，二是意在迷惑敌人。为了安全起见，毛泽东当夜并没有住在高书村，而是住在村外。今天的我们，探寻这片红色的土地，可惜的是历史的尘埃淹没了当年毛泽东入住的茅房，确凿的位置已经无从查考了。

这是红四军首次进入闽西。

第二天上午 10 时左右，朱德在高书村的赖氏宗祠的门前发表了演说。开始，因为老百姓不知真情，听说有大军过境，以为是国民党军阀部队来，都躲到山里去了，村里仅剩余跑不动的年迈老人。

朱德亲切地对群众说：红军是劳动人民的队伍，是为了解放人民打倒国民党反动派而来的，动员他们上山去叫回村民。得知消息的群众纷纷回来，并站在赖氏宗祠门前津津有味地听朱德的讲话，会议一直开到中午 12 点。

下午 1 点多钟，红四军开始从高书村撤离，途径山中横奋凹茶亭的时候，红四军的先头部队遭到当地反动民团头子钟文才小股民团的突然伏击。因为敌人有两挺机枪，红军没有准备，十多位战士中弹牺牲。红四军马上组织奋起反击，钟文才率领残部仓皇逃跑。此后，当地百姓就称这里为"杀人凹"。

面对战友的不幸牺牲，红四军战士在该地茶亭的柱子上写下了悲愤的诗句：

> 横奋横奋
> 使我悲愤
> 痛恨敌军
> 乘我不备
> 遭敌伏击
> 死伤兄弟
> 握紧双拳
> 心中流泪
> 他日遭遇
> 定还十倍

手上沾满红军战士鲜血的钟文才当然没有好下场，他后来在国民党军队派系的内讧中被杀死。

（二）

红四军进入高书村，有深远宽广的时代背景和特殊原因。

1928年4月28日（农历三月初九），毛泽东领导的"秋收起义"部队和朱德、陈毅率领的南昌起义部队在井冈山胜利会师，部队合编为中国工农红军第四军。朱德任军长，毛泽东任党代表，陈毅任士兵委员会主任。中国共产党在井冈山的第一个革命根据地建立以后，红军队伍不断发展壮大，引起了国民党反动派的恐慌，先后组织了三次闽赣两省国民党军队对红四军的"会剿"。

井冈山地势险要，周围的五大哨口，皆是"一夫当关万夫莫开"的关隘，敌人的一次次"会剿"均被粉碎了。正如毛泽东在《西江月·井冈山》中所描绘的："敌军围困万千重，我自岿然不动。"但敌人越来越多，尤其是敌人气势汹汹的第三次"会剿"，疯狂的敌人居然集中了6个旅3万兵力合围井冈山。

面对敌人巨大军事压力和经济压力，1929年1月4日，毛泽东在宁冈的柏露村组织召开红四军前委和地方党组织的联席会议,研究如何打破困局,最终达成一致意见,即采取古代兵法中"围魏救赵"的策略,由毛泽东、朱德、陈毅率领红四军的主力28团、31团、特务营等3600多人下山,向赣南出击,吸引敌人,彭德怀的红五军以及红四军的32团留守井冈山,继续保卫和发展根据地。

1929年1月14日,毛泽东、朱德、陈毅率领的红四军主力冒着风雪严寒下了井冈山,一路转战。离开了根据地的红军,处境极为艰难。毛泽东于1929年3月20日在《红军第四军前委给中央的信中》这样说道:沿途都是无党无群众的地方,追兵五团紧随其后,反动民团助长声威,是为我军最困苦的时候。

红四军长途奔袭,闽、粤、赣三省优势的敌人围追堵截,敌众我寡,红军疲于应付,一路打了四次败仗。最危险且惊心动魄的一次,是1929年2月1日发生在寻乌吉潭镇圳下村和敌人的遭遇战。

那是一个险情四伏的夜晚,敌人突然袭击红军领导的驻地。朱德憨厚,也显得老相,被误以为是炊事员,而幸运逃脱。朱德的妻子伍若兰为了掩护朱德被敌人抓住了,十天之后被敌人杀害,年仅23岁,且怀有4个月的身孕。

毛泽东、贺子珍距敌人不到10米,侥幸脱离险境。陈毅已经被敌人抓住,情急之中他脱掉被敌人抓住的身上的皮夹克,跑掉了。毛泽东的弟弟毛泽覃在战斗中负伤。这支队伍中,有后来的4位开国元帅、50多位开国将军,他们的集体遇险,可谓中共党史、军史上的"冰点"时刻!

再也不能这样走下去了!2月2日凌晨,脱险的红四军转移到江西寻乌项山腹地的罗福嶂村。这个村,因"上头的村"属于福建,"下头的村"也属于福建,因此群众戏称这里是"福中村"。福中村山高林密,群众基础比较好,红四军在这里住了一天两晚,大家得以稍做歇息。

2月3日上午,毛泽东在此地的仙师宫主持召开连长以上的干部参加的红四军前委扩大会,研究下一步行动的对策,决定行动的方向是江西的东固,并决定暂停军委办公,将一切权力集中到前委。

罗福嶂会议是个重要的"拐点",它终于结束了红四军自从下井冈山之后被动挨打的局面即战略被动的态势，确定了今后前进的方向和落脚点。毛泽东后来这样评价罗福嶂会议，"在项山找到一根火柴，找到一个落脚点。"因此，而今的罗福嶂纪念园，其红色大标语是："一根火柴，点亮中国。"

这时，毛泽东得到情报，敌人正向红四军扑来。毛泽东朱德率领红四军，连夜撤离罗福嶂村，向福建武平民主的高书村进发。从罗福嶂到高书村70华里，2月4日凌晨到达高书村。

选择高书村还有一个原因：当时国民党军队有个规定，驻扎该省的军队，不得擅自跨省行动。高书村位于三省交界处，属于三个省的国民党军队都不太管的空隙之地，红四军才得以进入这个地方。

（三）

毛泽东朱德率领的红四军第一次进入高书村的时间很短。从高书村撤出后，当日就折返到江西的寻乌吴畲村宿营。

在寻乌红四军遭到国民党赣军阻击，2月5日，红四军冒着大雨，又折回武平，经武平龙溪、沙公排等地，于当日下午到达东留。那天正是墟天，赶墟的群众很多，红军借此机会向群众宣传革命道理和红军使命，当晚在东留宿营。

2月6日按照计划继续北上，进入江西会昌，2月8日，红四军在江西的筠门岭设伏，打垮了从武平尾追而来的国民党郭凤鸣部。

2月9日，正是农历除夕，红四军进入瑞金附近的大柏地。敌人闻讯又追了上来，广大红军指战员忍无可忍，纷纷要求和尾追上来的敌人打一仗。毛泽东、朱德利用大柏地的地形设下埋伏，把敌人引进伏击圈，结果打了一次大胜仗。击毙敌人300多，俘获敌人800余人，缴获枪支800余支。

在这次激战中，毛泽东亲自端起枪上战场，和警卫排一起冲向敌阵。在中国共产党领导的百年党史、军史中，这是毛泽东亲自端枪参战的唯一的一次。

毛泽东于1933年考察闽浙赣革命根据地，重返此地，豪情满怀，诗兴大发，写了一首著名的词《菩萨蛮·大柏地》：

赤橙黄绿青蓝紫，谁持彩练当空舞？
雨后复斜阳，关山阵阵苍。
当年鏖战急，弹洞前村壁。
装点此关山，今朝更好看。

红四军第一次进入闽西，武平是逢凶化吉之地。从这里走出的红四军，在大柏地打了大胜仗之后，又在长汀的长岭寨打了大胜利，实行了由被动到主动的战略性大转变。

1930年6月，红四军在长汀整编，武平的张涤心和练维龙到长汀接受红四军整编的授旗仪式中，毛泽东在接见他们时深情地说："一年前我们两次进出武平，有了大柏地的伏击胜利和长汀城的解放，武平是一块福地嘛。"

寻路·钤印

◎ 林爱枝

闽西是最早的苏区,为中国革命做出了巨大贡献。

在整个闽西百多万革命群众中,除老少外,强壮的男女红军,赤卫队的后备军队,少年先锋队,有20万人以上。

福建的宁化县、长汀县皆是红军二万五千里长征出发地。在长征路上,每走一千米,就有一位闽西子弟倒下。红军长征胜利到达陕北后,踏上长征路途的近3万福建籍红军仅剩下2000余人。

朱毛四度武平

自1929年2月至1931年11月,毛泽东、朱德、陈毅等领导人前后四度武平县,领导人民群众开展了革命活动。

20世纪30年代,是中国共产党及其领导的革命事业和红军队伍的发展都面临极大的困难时期,经常转移、长途跋涉,避开敌人的围剿、袭击,还一路上不断地遭遇战争。1929年初,江西省寻乌县遭袭,部队损失惨重。红四军前委即在江西罗福嶂召开会议,对部队做了调整后,冒着严寒,翻过山梁,到邻近的福建省武平县平和乡(今民主乡)的黄沙村(今高书村)。故而,高书村被称为"红四军入闽第一村"。

那日,我去拜访了罗福嶂会议会址。进村,远远就看到显然修缮过的一座房屋,墙面比较新,很亮的米白色。房主说,这是按江西农村民居的做法重新抹过的。很简单,很洁净,屋内墙上挂着毛泽东、朱德等几位红军领导人的像。门口树一块木牌,告知会议的来龙去脉,会议的议题,最后的决定。部队在高书村停留的时间不长,但仍抓紧机会,召开群众大会,向群众宣传共产党的宗旨和红军是穷人的队伍。在高书村及四邻村庄张贴《红军第四军司令部布告》和"打土豪、分田地!""坚决拥护共产党!"等标语。虽说红军首次入闽,但已形成了广泛的影响。

1929年,朱德率红四军二、三纵队返回闽西。三纵队进入武平后,广泛地开展工作,先后召开30多场会议,进一步宣传党、宣传红军;发展农会会员3000多人;成立各区、乡农民协会;成立3个区苏维埃政府和六甲、黄柏等30多个乡苏维埃政府;整顿、扩大农民武装组织。他们还注重建立和发展地方党、团组织,发展几十名党员,组建3个区委会、5个党支部。同时还设立党的训练班,组织党组织基层干部学习:有关支部工作,支部会议,支部及干事会组长的责任;干事会工作;党团的作用;怎样发展及介绍同志等诸个方面。

1930年6月朱毛红军三进武平后,在县城四周分兵达一星期之久,开展"六大件"活动,同时实施解放武平的准备。

红军入闽第一村

武平县民主乡高书村当时叫黄沙村,因而在福建省苏维埃政府成立80周年时,王直将军题词:"红四军入闽第一村——黄沙"。这个和平乡地处闽粤赣三省交界的深山中,有"一脚踏三省""鸡鸣三省闻"之称。由于连年战乱,这个山村受侵扰,百姓谈兵色变。红四军到黄沙那天,村民们正准备春节年货。听说有大军过境,便慌忙进山躲避。红军到时,全村冷冷清清。

红军是宣传队,在农协会配合下,热热闹闹地做一番宣传发动工作。他们在一个祠堂里召开群众大会,宣传共产党的主张和红军的宗旨。"扩大红军,捉杀白军探子""反对国民政府,反对帝国主义瓜分中国""实行土地革命"等标语到处张贴。"红军宗旨,民权革命,帮助工农,唯一责任""打倒军阀,除恶务尽"等等标语,还有《红军第四军司令部布告》不但在高书村张贴,还到周围村庄张贴,让群众都看到都知道。红军在黄沙只停留半天多,却让共产党、红军留在了群众的心中,他们念念不忘,代代相传到今天。屈指数来有近百年了。

那日,我去高书村,在村口就看到一个"红军园",入口处有一块大石碑，把入闽第一村的情事，来龙去脉、前因后果镌刻在上。满园繁花茂草，修剪整齐，可看出村里对这个园的拾掇很在意。园中还有一个红军亭。园不大，但不简陋，总归是高书人的一份情意。

现在，高书人正与江西、广东紧邻的村子一起建设三省边界红色风光。不久将来，人们到了高书村，将是登万亩高山草场，走红军入闽道路。到那时，高书将以"房前繁花似锦，田里禾苗葱郁，山上有果，远处有草"的特色农业，花团锦簇，过目难忘的美景来迎接各方来客。

在村部一楼还有一间展室，五六十平方米，却把这段历史展现得很充实，前言、结语，中间有四个部分，介绍20世纪二三十年代中国共产党处于致力探索中国革命的"寻路"历程中，在纵横几千里的大地上，播散革命的星星之火。而民主乡高书村成为当年红四军转战寻路的一枚红色钤印。建立这个"红四军入闽第一村"纪念馆，就是为了铭记这一同样彰显光辉的片段历程。

朱德骁勇过径岭

这是被武平人广为传扬的神奇故事。说的是南昌起义后，朱德、陈毅率领余部进入武平。在武平县城与尾追之国民党军激战后，迅速转移。他们从武平县城往西北走了二十多里，遇到了石径岭。那石径岭可是要隘，非等闲之处。据载，明代汀州知府刘煮有诗评说："迭峰重岗断复连，岩峣嵬际出屈巅。遥闻猿啸苍烟里，仰见人行白日边"。可见其险，令人战栗。环顾，只有一条天梯般的石径，须攀登几百级石阶，真可谓"一夫当关，万夫莫开"呀！

此时，石径岭岂止一夫当关？国民党军已堵截了石径岭。朱德一方面指挥部队隐蔽，交代陈毅、王尔琢待机指挥部队进攻。同时，自己带几个战士，察看地形，寻找到在灌木棘藤中可以攀登的悬崖陡壁。他们出其不意地从敌后方发起攻击。敌人侧后受攻击，预想不到，一时惊恐，纷纷逃跑。说时迟，那时快，关隘当即被朱德官兵拿下。

当战士们怀着胜利喜悦从朱德身旁走过时，只见他威风凛凛，手提短枪，站在一块石头上，迎送自己的部队通过石径。

县苏维埃政权在亭头

20世纪30年代初，武平早期革命者组织举事："小澜暴动"后，建立了亭头乡苏维埃政权，实行了土地革命；随后又建立了武北根据地，成立了武北区、桃溪区苏维埃政府；之后武平县委、县苏维埃政府进驻亭头村。

亭头村是一个偏僻遥远的山村，交通不便，山高路远，山道弯弯，出山不易。因为有亭头溪，亭头村水路交通还是十分便利的，可以放流木材，到长汀，去广东。直到1993年做裁弯取直的工程，使路途缩短，路面平坦、加宽，往日藏在山旮旯里的、几近被人遗忘的小山村，一跃成为那一带的交通要冲。

万亩竹林，百座纸寮，就是亭头村最突出的经济特色。亭头溪河水丰盈，河床深阔，山上的竹木就会源源不断地滑入河中，往外运输。既得地利之优，获取丰厚的经济收益；还练就了亭头人不畏艰险，敢于击风搏浪的品格，县苏设在这里是安全的。正是木竹资源的丰富，纸业的兴起，使亭头村富裕起来，这为武平县苏维埃政权落脚亭头提供了生活、工作的保障。

我参观了当年苏维埃政府的办公处所。机构设置得很齐全，县委、县苏办公室，宣传部，组织部，裁判部，妇女部，工农检察部，军事部，政治保卫局，政治保卫队，邮电局，监狱等等，成为全县红色苏区的政治中心，指导指挥全县的工作，指挥全县的革命斗争。

在村里，我们看到了不少精美的建筑，基本上是清末的产物，飞檐翘角，庭院开阔，木、石、砖雕都有，花鸟瑞草，栩栩如生。如"德邻居"，门庐正中镌刻有"德邻居"匾名，门柱、柱础、门槛均为大麻石构建，横梁正中饰有荷花图案，左右加饰"户对"。门柱上有对联："道德渊源远，诗书世泽长"。一字型门庐加方正石柱一对，又有一联："德积后昆司马公贻谋上策，邻须美俗邹孟母择处良图"，表达了主人对于道德文章、以邻为善、教化子孙的心愿。当年乡苏维埃政府、红十二军36师政治部在此办公。

又如"西平第",也叫"李西平",是唐朝大将,征讨过吐蕃,平定过藩镇叛乱,为唐德宗中兴大臣。西平第门柱上有一对联:"犹龙道德,倚马文章"。此处曾是红十二军司令部所在地,还有县政治保卫局。

再如"宝善居",结构细腻,用料讲究,青砖砌墙,庐柱、槛、梁均为暗红色麻石构成。门柱上雕刻一副对联:"学绍青营绪,派绵自水流"。门庐两侧青砖空白处还留有红军的标语:"注意捉杀白军探子!"据介绍,"宝善斋"为青年红军游击队,独立团模范团、模范连驻地,还是武平县苏维埃政府旧址。

还有"春园别墅""择仁居""三苟居""三乐居"等等,均为当年村里有钱人的屋舍,不仅其建筑在乡间十分突出,还蕴藏着浓厚的耕读文化,也都是当年县苏维埃的办公处所。如今村里都把这些房屋做了标记,用铅皮板标明,钉在房前。只是年代久远,房舍破烂,如不能抢时修缮,不用多久便会坍塌。

红十二军在武平时,以三十六师为先行,在师长张宗逊、政委邓华的率领下进入武北,却一路上与国民党军队,与地主民团连连交战——这在红军"寻路"路上是常有的事——最后红军与地方武装打溃了国民党军与地方民团的联合进攻,成了闽西的第一大胜仗,百姓欢欣鼓舞,不远百里到武平慰劳红军。

时为苏区中央局书记的周恩来对红十二军配合广大工农劳苦群众克复杭武两城给予高度赞扬。他为特委《红色中华》报撰写社论,指出:"闽西地主豪绅所恃以支持的城堡,一下子便被攻破,将红旗插到武平、上杭城上,这是革命战争的新胜利,这是闽西苏区的新局面。""杭武攻下,整个局面不同了,杭永武汀连将要完全接在一起,闽西与江西的苏区,南自武平会昌,北连宁化石城,将要完全打成一片,这是巩固闽西苏区的初步,这是积极向外发展,尤其是向北发展的必要前提。""武平上杭的攻下,赣州的夺取,给了全中国反日反国民党运动一个极大地影响和援助。给了各苏区红军的胜利一个有力的响应和配合!"

中华苏维埃共和国临时中央政府在红军克复杭武两县后,即致信称赞并对武平的工作提出了10点指示。由此,武平的土地革命掀起了更新的高潮,正如《红色中华》报总结的:"上杭武平两县都成赤区,团匪钟绍葵全部被击溃，闽赣两省联系更加巩固，是革命战争胜利第一声。"

1933年夏秋，国民党调集武北64乡民团围剿亭头县苏。县委、县苏等撤离后，亭头人民继续不屈不挠地与国民党军及其反动团匪进行针锋相对的斗争，直到武平解放。

革命战争时期，亭头人民克服各种困难，艰苦奋斗，大力支持革命斗争，踊跃参加红军、游击队，积极为红军献粮献物，革命意志坚定、革命斗争英勇，为中国革命胜利作出了巨大牺牲。亭头现有在册的革命烈士37名、五老人员31名，现存红色革命旧址10多处。

红色小上海

◎ 庐弓

长汀是全国著名的革命老区，是一块经过血与火洗礼的红色土地。早在五四运动后，一批进步青年知识分子便投身于反帝反封建的斗争洪流，在长汀组织创办了《汀雷》《长汀月刊》等刊物，宣传新思想、新文化，传播真理，唤起民众。1927年4月，革命遭到挫折，一些在广州、武汉等地学习、工作的长汀籍共产党人吴炳若、张赤男、李国玉等纷纷奉命还乡，从事秘密革命活动。同年9月在周恩来等率领的南昌起义军前敌委员会的帮助下，长汀共产党人建立了自己的组织——中国共产党长汀支部，在长汀人民革命斗争史上揭开了新的篇章。

1929年3月，红四军首次入闽，解放长汀城，创建赣南、闽西第一个县级红色政权——长汀县革命委员会。至1930年上半年，中共长汀地方组织先后领导南阳、涂坊、塘背、濯田、四都、汀东、古城等地农民暴动，建立区、乡苏维埃政权，使20余万农民分得了土地。1930年5月18日，长汀县苏维埃政府成立，这标志着长汀苏区正式形成。而后，汀连、新汀、兆征、汀东、汀西县和汀州市苏维埃政权相继建立，取得土地革命、武装斗争、政权建立的辉煌成就，使长汀成为中央苏区的重要组成部分。

1932年春，中共福建省委、福建省苏维埃政府、福建省军区先后在长汀成立。闽西工农银行、中华苏维埃国家银行福建分行、中华贸易公司、中华纸业公司等金融、贸易机构先后在长汀建立，使长汀成为当年福建省革命的政治、军事中心，也是中央苏区的经济中心。

当时，为了促进经济建设的发展，党和苏维埃政府首先加强了汀州市（现在的长汀县城）交通、邮电事业的建设。对于汀州与外地主要交通联系的汀江航运，福建省苏维埃政府非常重视汀江水道的整治工作。

汀州通往各县的陆路都是羊肠小道，崎岖不平。各级苏维埃政府每年都利用冬闲发动群众修路，对各区、各乡、各村的路障都进行了清除。

为了加强苏区内外联系，苏维埃政府致力于发展对白区的秘密交通线和苏区内部的邮政建设。1930年成立的工农通讯社，是中央苏区对外的交通系统，并在苏区各县设立了分支机关。1930年10月，上海中共中央成立交通局，至1931年春，中央交通局开辟了一条上海经香港、汕头、大埔、永定、上杭、长汀至瑞金的红色交通线。同时，另开辟了一条间接的交通线。在这秘密交通线上，长汀都是其中重要的环节。

1932年3月，福建省邮务管理局在汀州设立，从而基本形成了以汀州为中心的红色邮路网。

财政、金融是加强经济建设的基础。汀州市委、市苏维埃政府成立后，为解决财政收入和支出的混乱现象，认真贯彻执行闽西苏维埃政府、省苏维埃政府制定的有关政策，结合汀州市的实际情况，严格规定市政府的财政收入、支出，充分体现了党的经济政策和税收政策。

更为重要的是，在汀州设立闽西工农银行和中华苏维埃国家银行福建省分行，这对于稳定长汀的金融，促进长汀的经济发展，起到了非常重要的作用。1930年9月，闽西第二次工农兵代表大会决定设立闽西工农银行。同年11月7日，闽西工农银行在龙岩城正式营业。总行以后相继迁往永定的虎岗，上杭的白砂、溪口，长汀的涂坊。1931年8月，红军攻克长汀后，银行又随闽西苏维埃政府迁设汀州。

闽西工农银行是群众自己集资创办，为自己谋利益的银行。银行成立后，其业务范围包括存放款、汇兑、期票、买卖金银、发行纸币、铸铜片兼营储蓄业务。银行发行了在苏区内流通的兑现纸币3万张（称"苏币"），有1角、5角、1元三种。新币发行后，其他纸币、劣币禁止流通，但可在兑换处兑换成苏币，苏币还可随时兑换成光洋。

由于工农银行有充实的银行基金，发行的苏币信用很高，币值相当稳定，群众乐于使用，苏币在闽西革命根据地市场流通，始终保持不变，这种现象在革命根据地是个"奇迹"。直到1931年成立中华苏维埃共和国银行，发行了新的纸币，闽西工农银行的苏币才逐渐收回，最后停止使用。闽西工农银行在国家银行成立之前，还代理过财政收款，当时的没收款、土豪罚款、城市商人招款等等，都交由银行代收，作为财政存款。因此，实际上银行是起了部分代理国库的作用。

闽西工农银行成立以后，苏维埃政府充分发挥银行职能，促进根据地经济发展。为了调剂粮食，它给粮食调剂局和粮食合作社以较多的贷款；同时，对造纸、铸铁等手工业也给予一定投资或贷款，而对需要石灰肥田的地方所办的石灰合作社或石灰厂则给予必要的支持和帮助。

1931年冬，闽西工农银行为了扩大经营进出口贸易，在汀州市最繁华的水东街增设营业部，办理进出口贸易，对进口布、棉、盐、煤油，出口粮食、土特产品的公营或私营商店给予优先贷款。1932年夏，苏维埃中央政府在汀州成立了中华商业股份有限公司经营进出口商品所需的贷款，也由闽西工农银行营业部承担，营业部同时也组织和带动商人执行同样的任务，此外还征购粮食。1932年4月，红军东路军攻打漳州时所需的军粮，就是闽西工农银行营业部供给的。闽西工农银行在技术上和管理制度上积累的经验，为国家银行的建立做了准备。

1932年3月，中华苏维埃国家银行行长毛泽民前来汀州，帮助组建福建省分行。分行主要业务是办理金银兑换，组织存放款，建立金融制度，发行兑汇苏维埃纸币，推销公债等，与闽西工农银行共同为发展苏区金融事业服务。

中华苏维埃福建省分行还在汀州南大街附设熔银厂，把银行收兑来的金银进行熔铸，把银器熔成银饼后，送往江西瑞金中央造币厂铸银圆、银角（银毫），把金器熔成1两、2两、3两、5两、10两的金条，秘密带往国民党统治区进行贸易，购回苏区军民迫切需要的食盐、棉花、布匹、西药、印刷用品等。

当时，地处闽、浙、赣、粤边界处的中央苏区，工业十分落后。汀州虽是苏区最大的一个城市，也只有规模很小的造纸、纺织、印刷、制铁、陶瓷、制糖、榨油、农具制造等手工业。为了粉碎敌人的经济封锁，保障红军的物资给养，改善和提高革命根据地人民生活，为革命战争服务，汀州市委和市苏维埃政府大力发展手工业生产，把原来分散的、个体的、技术落后的手工业组织起来，创办手工业生产合作社和公营工业。

汀州市先后组织了造船、农具、铁器、豆腐、纸业等50多个生产合作社，社员达5000余人。尤其纸业生产合作社最为突出，在中华纸业公司的领导下，发行了纸业生产合作社股票，让社员一起办纸业，加快了纸业生产合作社的发展。

在组织发展手工业生产合作社的基础上，党和各级政府在汀州迅速创办了一批具有社会主义成分的国营工业即公营工业，逐步形成了中央苏区的骨干工业。

红军被服厂：1929年3月，毛泽东、朱德率领红四军解放汀州后，缴获国民党军阀福建混成旅郭凤鸣的被服厂，成立红军被服厂，该厂后来成为中央被服厂的第二分厂，由红军总供给部管辖，主要生产军衣、军帽、绑腿、被单、子弹袋、干粮袋等，发给全军指战员斜纹布薄棉衣、夹被、鞋子等。

中华织布厂：1930年夏天成立，由原来9家个体纺织厂组成，有织布机、手摇纺纱机共100多台，工人300余人，月产量约1.8万多匹，不但供给军需，也供给民用。

红军斗笠厂：1931年冬建立，是在原红军斗笠收购站的基础上，由汀州个体斗笠工人组成的。毛泽东十分关心这家厂，1932年亲自到厂视察，指出要想办法多生产斗笠，支援红军，并提出了改进斗笠式样的意见。改后的斗笠，面上印上了"工农红军"4个大字，还刷上了桐油，毛泽东看了很满意。

红军印刷厂：以长汀毛铭新印刷所为基础组建而成，分石印和铅印两部分。1929年3月，红四军首次入闽第一次解放长汀时，该厂为红军承印了党的六大决议案、党的十大政纲、红四军司令部布告、告商人及知识分子书、告绿林兄弟书等大量宣传品和文件。1931年11月，曾前往瑞金夜以继日地承印"一苏大"文件和大会日刊，随后就在汀州组建了红军印刷厂和闽西列宁书局，专门印刷闽粤赣省委主办的《红旗》周报和少共苏区中央局编辑出版的《青年实话》周刊，发行量达2.5万册。该厂还印刷地方党政机关文件、宣传品和中央教育部编的儿童识字本，承印套色的马克思、列宁画像和红军用的地图。1933年冬，该厂迁至古城与瑞金交界处的井头村，改名为《青年实话》印刷所。

汀州弹棉厂：1931年冬建立，有职工20余人，收集旧棉加工、日弹棉花2000多公斤，加工棉被30多床，全部供给红军被服厂和医院做药棉用。

此外还有四都兵工厂、濯田炼铁厂、熔银厂、造船厂、熬盐厂、樟脑厂、砖瓦厂、石灰厂、造纸厂等。汀州市的手工业、公营工业占了整个苏区工业的1/2。

除生产自救外，汀州市还大力发展公私营商业和对外贸易，以调剂苏区物资，打破敌人的经济封锁。汀州市的公营商业是中央、省、市苏维埃政府投资兴办的，是全民所有制的社会主义性质的经济实体，当时，主要有粮食调剂局、纸业公司、商业公司、小小商店、红色饭店等。

汀州市粮食调剂局：开办于1932年春，由福建省苏维埃政府粮食调剂局管辖，主要经营粮、油、豆，保证了红军和城市居民的给养。

中华纸业公司：1932年冬由汀州市纸业合作社和纸行老板凑股成立，并发行了纸业合作社股票。公司每年春天将生产资金发放给纸业合作社，由合作社转贷款给纸农或槽户，并与他们订购土纸公司，把收购来的土纸，一部分卖给各印刷厂，其余的通过突破国民党的封锁线外运到广东潮汕一带销售。因此，中华纸业公司购销纸业盈利成为汀州市的主要财政收入之一。

中华贸易公司：1933年初在汀州成立，是一种购销结合的商业性公司，主要负责收购革命根据地出产的茶叶、烟叶、香菇、农副产品等土特产，运到白区销售；又从白区购回大量的西药、布匹等紧缺物资，销往革命根据地各县，供军需民用。中华贸易公司沟通了汀州市与邻近的瑞金、石城、宁都、会昌、宁化、上杭、连城等县的经济往来，使汀州成为赣南、闽西主要的农副产品的集散地。

中华商业公司汀州分公司：1934年初成立，资本全部靠政府投资，其业务主要是派员到白区采购灰气氧（造子弹用的原料）、印刷油、药物等，供应苏区各部队、政府机关使用。

汀州市小小商店：1932年春成立，由市苏维埃政府投资，经营小百货及日杂货，是汀州市品种最齐最多的商店。

红色旅馆：1932年初开办，由市苏维埃政府干部负责管理，主要招待苏区来往干部的吃住。

汀州市的合作社商业是以粮食合作社、消费合作社为主，此外还有购买和贩卖合作社以及各种合作商店等，都是由群众集资兴办的具有社会主义因素的集体所有制经济组织。

粮食合作社：大规模兴办于1932年春，汀州市5个区（中心区、东郊、南郊、西郊、北郊区）都办有粮食合作社，由经营粮食的个体户入股组成，业务上为粮食调剂局领导。行政上由区苏维埃政府干部指导。

消费合作社：普遍发展于1932年夏，主要建于汀州市及各区所在地的集镇，每条主要街道都有一个消费合作社，基本上可以解决社员和周围群众日常必需品的需求。

其他还有农具购买合作社、石灰购买合作社、纸业贩卖合作社、茶油豆油贩卖合作社、中药材贩卖合作社等等。

不过，私营商业在当时仍然占有极为重要的地位，特别是在对外贸易方面，私营商业起着不可替代的作用。为了使商人得以正常营业，党和苏维埃政府对私商实行保护和鼓励的政策。为了让无店的个体商人经营农作物产品，政府在水东街大观庙前和司背街分别开设了红色米市场，主要是进行大米、豆子及其他农副产品的交易，大大地活跃了汀州市的市场。

为了粉碎敌人的经济封锁，苏区政府极力发展对外贸易。苏区对外贸易主要是对国民党统治区的贸易。汀州市是苏区发展对外贸易的重镇，在这里设立了苏区对外贸易局、汀州市对外贸易分局，同时选调一批精通业务、善于交往、长期从事商业工作的骨干担任各级外贸局的干部。

市场贸易兴旺，沟通了长汀与瑞金、石城、会昌、宁化、上杭等县的经济联系，使长汀成为赣南、闽西主要农副产品的集散地。长汀的市面呈现一片繁荣景象，成为中央苏区的商业重镇，被誉为"红色小上海"，流传着"上海广州不如汀州"的赞誉话。周恩来也称赞"汀州的繁盛，简直为全国苏区之冠"。在攻克漳州后，毛泽民在长汀举办了"金山""银山"展览会，一方面显示红军攻打漳州的胜利，缴获了大批金银；另一方面也显示苏区时期长汀经济繁荣的景况……

在毛泽东关于革命根据地经济建设思想的指导下，长汀苏区的经济繁荣昌盛，以发展农业、工业、对外贸易和合作社为中心的苏区经济建设出现了崭新的局面。在农村,开展土地革命,打击封建势力,解放农村生产力,推动了农业生产的发展,当年长汀、汀东濯田等县区的兴修水利和开垦荒地,曾受到《红色中华》的表扬。在城镇工商和金融方面,成绩更为显著。长汀苏区的经济发展,对打破敌人的经济封锁,稳定人民生活,保障中央苏区的物资供应,促进整个中央苏区的经济建设,起到了重要作用。

长汀人民为中央苏区的发展壮大做出了重大贡献。仅1931至1934年,据《红色中华》的报道统计,长汀共有1.72万余人参加红军。主力红军长征前夕的1934年9月26日,《红色中华》还刊登这样一条报道:"长汀正向着超计划的道路迈进!送到补充团的新战士已达1292名"。许多优秀儿女为了革命事业的胜利贡献出了宝贵的生命。据统计,仅在国内革命战争和抗日战争中,全县在册烈士就有6760多人。为了保卫胜利果实,保卫苏维埃政权,长汀人民不但争先恐后参军参战,而且踊跃支前,努力增收节支,加倍节衣缩食,为支援革命战争贡献自己力量。长征出发前夕,为了保证红军出发时每人携带10天的口粮和所需军用品,长汀人民突击完成5万床被单、3万吨粮食、20万双草鞋的支前任务。那时候,当地的一些作坊曾日夜加班生产军需用品,赶制了大量军衣、军帽、绑腿、夹被、斗笠、干粮袋等,在中国革命史上写下了光辉夺目的历史篇章。

朱毛红军入闽首捷

◎ 何英

毛泽东朱德率领的红四军第一次进入闽西，武平是逢凶化吉之地。从这里走出的红四军，先是在江西大柏地打了大胜仗，后又在长汀的长岭寨获得入闽后首捷。此后，红军在闽西发展壮大，实行了由被动到主动的战略性大转变。

长岭寨之战，是毛泽东朱德率领红四军进驻闽西，实行战略大转变后的一次意外战果。

（一）

长岭寨就在长汀城西侧，位于牛斗头村，离县城大约三四千米。这里有一座被当地群众称之为"牛斗头"的山。相传，古代在这里曾发生过两村的大水牛牴相斗的事件并引发了村民打架，故而得名。

牛斗头山不高，站在这里，一眼望去群山连绵。西侧那最高的山崆就是长岭寨。漫山的绿树，松树为多，还有绿森森的毛竹。山崆有条古道，是长汀与外界的交通要道。往下俯看，山势起起伏伏，自然形成了一个个山凹。

上山不远，有片依山开出的一个小广场，靠山有个超大型雕塑，背景是长岭寨之战纪念碑，白色。主体是人物群雕，高有三四米，长超过50米，醒目的橘黄色，正中为毛泽东、朱德、周恩来、陈毅四人，参加当年长岭寨之战的将士们在后面的衬墙上，个个神采奕奕，是在此次全歼敌人取得大胜之后，似乎就在战场上谈笑自若情景的重现。

历史的精彩瞬间，就这样被定格在这里。

关于长岭寨之战，朱德1937年在延安和美国作家史沫特莱的谈话中说道："出现了在长汀的意外战果，这是革命发展的转折点。"

朱德总司令所说的"意外"两字特别耐人品味，因为这场战役真实地揭示了当年此战的偶然因素：当时毛泽东和朱德率领的红四军，进入福建主要是避开数量上占优势的敌人，并没有计划拿下长汀城。是因为长岭寨之战的大捷，才有了这一引发后来大变局的可喜结果。

著名作家巴尔扎克有句名言："偶然是世界上最伟大的小说家。"战争往往也是如此，揭开长岭寨之战序幕的，可以喻为是中国革命史上一个戏剧性的重要导火索。

（二）

当年，毛泽东朱德率领红四军在会昌城外大柏地伏击战取得胜利之后，红四军军威大振，曾经在长途征战中不断遭遇险情和失利的毛泽东，此时也意气风发、壮志满怀。

1929年3月11日，毛泽东朱德率领红四军沿着武夷山脉的南端进入长汀境内的四都篓子坝。这是个四面环山的险要之地，红军长征后，坚持斗争的福建省委、福建省军区就设在这里。

3月13日，毛泽东、朱德在四都召集干部会，讨论进军闽西之后如何行动，会议刚开始不久。上午10时，远处突然枪声四起，原来是红四军在四都以北的山头上和前来阻挡红军的敌人接火了。来犯之敌是国民党驻长汀福建省第二混成旅郭凤鸣旅长派来了的卢新铭补充团。他们欺负百姓时张牙舞爪，但在战场上和久经战阵的红四军对阵，却是一群怂包。没有打几个回合就朝长汀方向落荒而逃了。送上门来的敌人，成为红四军攻打汀洲城的"义务带路人"。

这时，长汀中共临时县委负责人段奋夫特地赶到红四军军部，向毛泽东等领导人汇报长汀城内的情况，指出郭凤鸣是闽西三大地方军阀之一，并没有太大的战斗力，郭凤鸣已经派了一个团的兵力据守长汀城外的长岭寨，企图凭险阻止红军进入长汀。在得知长汀和该城敌人的真实情况之后，毛泽东、朱德等红四军的领导人当即果断决定乘胜攻占长岭寨，然后进军长汀。

战斗是在1929年3月14日凌晨打响的。当时,红四军兵分三路向长岭寨发起突然的猛攻,红三十一团担任主攻,取道藤头脑印岭,直取长岭寨主峰;二十八团从右侧取道百叶竹子岭攻占邻近制高点;特务营从左翼经牛坑迂回到敌人后面,断其退路。据守此地的卢新铭补充团,已经在篓子坝领略过红四军铁拳的滋味,战斗打响后,他们胡乱放几枪就四散逃跑,红军迅速占领长岭寨的主峰、高地等有利地形。

汀州城里的郭凤鸣得知消息,气得破口大骂。他哪里会知道,毛泽东朱德率领的红四军,已经在长岭寨布好口袋等待着这个狂妄又愚蠢的家伙落网。郭凤鸣派出的又一个补充团往长岭寨扑来,随后他又亲自带着盒子枪队、教导团、炮营到长岭寨督战。

郭凤鸣刚到离长岭寨仅5里的梁屋头,便得知红四军已经占领了长岭寨的主峰和左右制高点,大喊大叫地命令部队往山上冲,并下令炮营向红军阵地开炮。

红四军居高临下,把一窝蜂涌上来的敌人打得稀里哗啦,郭凤鸣组织的几次进攻都被打退,郭凤鸣的腿也被红军枪弹击中。此时,红四军吹起激越的冲锋号,潮水一样的红军指战员如猛虎下山,横扫残敌。郭凤鸣知道大事不妙,连忙躲到山脚下牛斗山栗树园的一间农家茅厕里,想脱下军装逃跑,被打扫战场的红军发现,一枪击毙。

这是一场畅快淋漓的歼灭战。前后仅3个小时就结束了。全歼郭凤鸣的第二混成旅2000余人,缴获步枪500余支、迫击炮3门、弹药无数。接着,毛泽东朱德便率领红四军浩浩荡荡地开进汀洲城。

长岭寨之战,是红四军自井冈山下山以后进入闽西取得的第一次最大的胜利,也是红四军入闽后打得最漂亮的一战。此战不仅沉重打击和动摇了国民党在闽西的反动统治,更为重要的是为红四军的重大战略转折、创造闽西革命根据地乃至中央苏区隆隆地推开了大门。

毛泽东潇洒地站在长汀城头,闲情逸致点上一支烟,慢慢地品味长汀这座古城的风采了。此后,他前后9次进出长汀,处处都留下他的足迹。一代伟人的寸寸思绪和因此萌芽成熟的思想,成为这里永远的记忆。

（三）

长汀古称汀州府，是闽西的首府。

长汀城里那千回百转的汀江，绕城滚滚奔流，成为天然的护城河。巍峨的古城墙，青灰色，环城而建，十三座宫殿式建筑的城门楼，瑰丽壮美，雄峙云天。全城依山傍水，古街纵横，且花木无数。新西兰的国际友人路易艾黎曾经这样评价长汀："中国有两个最美丽的小城，一个是湖南的凤凰，一个是福建的汀州。"

毛泽东是伟大的战略家，他更为欣赏的还是长汀的战略地位，这里地处汀江上游，如一把锁，系扼守江西、广东、浙东之要冲，进退俱佳，经济尤其是商业特别繁荣，经过大革命的洗礼，群众基础好，老百姓一心拥护共产党和红军。

3月15日，红四军在长汀城内的南寨广场召开群众大会，一万多军民参加。红旗招展，雄风猎猎，毛泽东持一口浓重的湖南口音，发表了激动人心的演说。他号召大家团结起来，武装起来，打倒帝国主义和国民党反动派，建立工农兵革命政权，实行土地革命。在这次大会上，红四军还把没收的军阀郭凤鸣等反动官吏的粮食、布匹等财物分给到会的群众。

毛泽东朱德率领红四军进驻长汀，不仅得到极为难得的喘息和休整的机会，更为重要的是实行了红四军重大的战略转变。

首先，红四军自井冈山下山以来尾追不停的国民党军队暂时被甩掉了，红军摆脱了因为被强敌的追击而无法发展的被动局面，转入有稳固的根据地，有群众、有地方党组织支持，因而进入可以主动开展游击战、运动战，在战争中不断取得胜利而壮大自己的新阶段。

其次，立足长汀为基地的闽西以及赣南，可以建立更大的革命根据地，实行了原来立足井冈山发展湘赣边界狭小地区的武装割据，向建立闽赣两省更大范围根据地的转变。

其三，毛泽东在井冈山斗争时期提出的利用军阀之间的矛盾，通过建立红军、实行武装割据的思想，到了长汀之后，则是明确了建立广袤的农村革命根据地,实行"农村包围城市"的思想和战略。

毛泽东朱德率领红四军这次攻占长汀城,缴获国民党5万银元,而且没收了国民党的被服厂。在这一工厂的基础上,招募了一批缝衣工人,成立红军被服厂(后来改为中央被服厂),购买了一批灰色的布匹赶制了4000套统一的红军军装。自井冈山建立红军开始,红军就没有统一的军装,有些人还穿着国民党军队的军装,在这里第一次有了红军的军装,应当设计成什么样式呢?设计人员仿照苏联红军的军装和列宁戴过的八角帽样式进行缝制,然后在军衣的衣领上缝上如小红旗那样的红布作为领章,八角帽上缝上五角星。

当时,正逢列宁逝世五周年,为了缅怀列宁的丰功伟绩,他们将灰色新军装的红领章都加上了黑边。这是红军首次在一个军的范围内有了统一的服装。

朱德后来回忆说:"我们现在终于有了第一批正规的红军军装。新军装的颜色是灰蓝的,每一套有一副裹腿和一顶有红星的军帽。它没有外国军装那么漂亮,但对于我们来说,可真是其好无比了。"穿起新军装的红军,军容整齐,队伍更加雄壮了。

长岭寨战役大捷后,毛泽东对红四军进行整训,实行官兵平等。在井冈山时期,每天的菜金只有5分钱。红米饭、南瓜汤就成为红军的家常便饭,从来也没有发过军饷。毛泽东朱德率领红四军进驻长汀城后,经济状况好转,红四军前委决定给红四军的每人发4元零用费,官长、士兵、俘虏兵一律平等待遇。红四军第一次领到军饷,人人喜笑颜开。

(四)

长汀不仅是红四军重大转折之地,而且是中国革命的重大转折之地。这里创造了中国革命史上许多的全国第一!

长汀为创建中央苏区的策源地,也是中央苏区的经济中心、毛泽东思想的早期实践孕育之地,在中国革命史上地位相当突出,为中国共产党探索治国理政的经验作出了重大贡献。红四军入闽后的长岭寨大捷,意义和影响之深远，如山高水长。之后，毛泽东和朱德率领红四军进驻闽西，取得了经典战例"三打龙岩"和漳州战役的大胜利，为毛泽东思想的成熟、发展和中国工农红军的发展壮大，奠定了坚实的基础。

一个乡村"九军十八师"

◎ 张惟

对于现在的年轻人，那一切仿佛是在讲述一个遥远的神话，不过，我快到17岁那年，那一切却是面前迅速飞转的巨大变化的时代缩影。

龙岩，是处于闽粤赣三省交界的边城重镇，1926年从广州出发的北伐东征军经此入闽，留下镇守的福建省防军第一旅少将旅长陈国辉，已经是民国时期当地最高军阶的长官了。1948年淮海战役后，国民党军队似潮水般地退下来，先是55军、第9军，继有胡琏兵团经由龙岩撤向台湾。人民解放军二、三野战军渡长江南下，闽粤赣边纵队乘势出击扩大南方游击区解放龙岩、汕头等城。此时我成了边纵政治部文工团的一名创作员，为十兵团的《前线报》撰写《红军回来了》，得知当年是中央苏区的闽西，曾有近3万人参加中央红军二万五千里长征，留下坚持南方三年游击战争的游击队后又有5000人组成新四军二支队北上江南抗日，现在这些红军战士中，仅上杭县才溪乡就出了"九军十八师"。参加攻克太原的第62军军长，就是才溪乡刘屋角出去的刘永灿，后改名刘忠；率89师参加解放上海的有师政委王直。不久后我就见到了才溪乡"九军十八师"的王胜，他原是红八团参谋长，赫赫有名的虎将邱金声的得力助手，刚以苏南军区警备第八旅旅长兼苏州军分区司令员之职，前来龙岩就任福建省军区第八军分区司令员。他宣布将我们的番号改称"福建省军区第八军分区文工团"，随后又告知三野总部要将我们文工团调往南京组建华东特纵文工团。

1950年我到三野政治部文化部工作，副部长吴强（《红日》的作者）是龙岩地委书记伍洪祥的连襟，当我说出"九军十八师"的几位将军的名字时，他说刘忠军长现在二野刘伯承司令员任院长的军事学院任院务部长；王集成由山东省军区政治部主任调任华东军区空军政委；后来抗美援朝在朝鲜上空指挥击落美国王牌飞行员戴维斯而声名大噪的空军副师长王香雄，机关的老同志津津乐道他曾是三野24军司令部参谋处处长，属于才溪"九军十八师"最年轻的将领。

1955年我由南京调往总参装备计划部第三处任参谋，听老同志说，总参军务部装备处处长孔瑞云是"九军十八师"一员，他原要归并到装备部任职，却受命下部队当师长去了。在北京授衔仪式上，我亲眼见到了才溪暴动的领导者、高等军事学院副院长刘忠被授予中将衔，才溪乡被授予少将衔的还有王直、王胜、王集成、王奇才、邱子明，还有通贤乡的邱国光、张力雄，苏区时期与新中国成立后通贤和才溪同属才溪区，循例也被列为才溪"九军十八师"之列，另有12人被授予大校，其中雷钦1961年晋升为少将，空军师长王香雄升任空军军长时于1964年晋升少将；如军委机要局长李质忠于1965年转任中央办公厅副主任兼中共中央机要局局长（战争时期是合署办公），此时就不授衔了。

1958年我随10万官兵屯垦戍边北大荒，指挥机关为铁道兵农垦局，王震任司令员的铁道兵，前后有两任副政委王集成、邱子明都是才溪"九军十八师"的，还有一位副政委王贵德则是毗邻才溪的太拔乡人。

历史的年轮转到1964年，我由北大荒回到福建省委宣传部文艺处工作，见到闽粤赣边纵老政委魏金水和老司令刘永生（他们当时分别任福建省省长、副省长）。我在他们面前发愿要写《中央苏区演义》，却因"文革"被下放回到闽西农村劳动。1977年我出任"纪念红四军入闽和古田会议两个五十周年"办公室副主任，1980年出任地区文化局局长兼地委党史办公室主任，其时接受任务向来岩的刘忠中将和福州军区副政委王直少将采访，而刘忠老将军的一句话引发了我立志追踪才溪"九军十八师"行程并与之结下不解之缘。

我们文化局和党史室办公的地方，曾是毛泽东、朱德率领红四军1929年攻克龙岩后的司令部所在地。但刘忠将军提醒，它的前身是北伐东征军入龙岩建的民众教育馆。我陪他登上这座白色的两层小楼，站立骑楼的回廊上望着前面中山公园的擎天塔、猴洞和莲花池，他拍打着栏杆动情地说："这座楼，还有面前的中山公园，都是我带了一帮才溪泥水匠参加建筑的。"

这使我想起，从南安拉起一支民军队伍的陈国辉，在北伐军经龙岩攻克福州后，何应钦军长继续入浙北上，独立师长张贞中将留守福州，时为共产党员的龙岩人张觉觉、漳平人陈祖康以及陈伯达皆属其幕僚。而陈国辉受命留守龙岩，他想依照孙中山先生的教诲，建造启智国民的民众教育馆以及模仿南方各地建造中山公园，这也是辛亥革命后龙岩出现的第一批民国风的建筑物。

楼房从1927年9月动工，历经一年半刚刚落成，忽然红军来了，白军跑了。刘忠他们还没拿到工钱，他就领着才溪泥水匠寻到中山公园旁侧的一座民房新邱厝的边厅打铺住下等待。一天，刘忠果然看见闽西特委书记邓子恢陪着红军的长官来了，刘忠上前说："邓先生你说过要保护农民协会会员利益，我们在这里做了一年工还没拿到工钱。"

一位高个子红军听了哈哈大笑："陈国辉被我们打跑了，我毛泽东胸怀天下，身无分文，你们是哪里人，都回家分田去吧！"

刘忠高兴地说："你就是红军长官，说话算数？"

"算数！"毛泽东走过来一一询问他们的姓名。刘忠介绍说：我叫刘永灿，他叫王笃行（后改名王奇才，河北省军区司令员），他叫雷应声（后改名雷钦，铁道公安师长、少将），他叫王琰辉（后改名王荣光，江苏省军区副政委），他叫王培臣（后来的师长），他是小木匠刘恒涛（后改名刘汉，葫芦岛海军基地司令员），他是雷浩北（后来的中国民航总局商务处长）。

毛泽东挥手送别，这一帮泥水匠、木匠欢欢喜喜地走了，在刘忠领导下参加了才溪暴动，促进了国家民族进程也改变了他们自己的命运。我与老将军约定，来年一定率党史小组去寻访这些"九军十八师"的踪迹。

1981年我北上访史成行，去福州军区找王直将军。王直曾任38军89师政委兼上海浦东军管办事处主任，后率师入朝作战，升任26军政治部主任，据说他是电影《英雄儿女》中王主任的人物原型。他回国后历任31军副政委、福州军区公安军政委、28军政委、福州军区副政委。从他的介绍中我获知，才溪"九军十八师"中，担任大军区副职的有刘忠、王集成、王直、邱子明、邱国光等，若按职务军衔都应是中将以上的了。这时恰巧由江西省军区政委调任福州军区顾问的张力雄将军也走过来，他接话说按通贤同属才溪区计算，肯定超过"九军十八师"了。

这次赴京我遍访了闽西在京的老将军，在福建籍的83名开国将军中，今通称闽西的龙岩市占68名，若按当时同属闽西苏区的三明市宁化县算在内则为71名。在军事学院后山林地我陪同刘忠将军散步，他叹息说当年长征途中他是红一军团侦察科长，曾率便衣队自界首渡过湘江，发现全州城内只有民团，建议后续的红五团迅速过江进占全州，但因师参谋长请示误了战机，国民党军就入城了。随后红34师掩护红军主力抢渡湘江之战，全师6000余人几近全部牺牲，其中第一百团都是闽西人，多有宁化的兵，不然今天宁化不止三名将军。历史的烽烟已经消逝多年了，我专程要寻找的才溪"九军十八师"，也只是当年才溪3000子弟踊跃当红军的幸存者。这次面见的才溪"九军十八师"成员：中办副主任李质忠，工程兵顾问邱子明，刚由原广州军区副司令员调任后勤学院副院长邱国光，国防工办秘书长刘始明，中国民航总局商务处处长雷浩北，原北京手扶拖拉机厂行政16级总务科长雷浩茂。在外地或离京外出的有：中国红十字会副会长邓启修，中国医科大学党委书记阙森华，第三机械工业部办公厅副主任吴振英，中国民航总局科教局顾问胡子昆以及湖南省军区副司令员黄立功，沈阳军区旅大警备区后勤部政委林茂、河北邢台军分区政委刘卫民，原济南军区后勤部卫生部副部长林金亮，福建永安军分区司令员游玉山，福建龙岩地委副书记黄德彪，冶金部中南金属一级站党委书记刘屏山，海军南海舰队后勤部长阙龙胜，原沈阳军区工程兵一〇一仓库主任阙民等。传说中的"九军十八师"的人物，在我的面前一一闪现了，这不是一个伟大的时代在一个乡村出现的缩影吗？

毛泽东1933年11月在《才溪乡调查》一文中记录的史实：上才溪全部青年壮年男子五百十四人，出外当红军做工作的四百八十五人，占百分之八十八。下才溪全部青年壮年男子七百五十六人，出外当红军做工作的五百二十六人，也占了百分之七十。

据统计当时只有人口1.6万人的才溪乡，出外当红军做工作的3400余人，在革命战争中英勇牺牲的2000余人，确定评为烈士的961人，加上在"肃社党"中被错杀后追认为烈士的281人，合计烈士1242人；其中时任红军团级以上的指挥员就有林俊烈士等37人，一门双烈士60户，三烈士5户，兄弟烈士58户，父子烈士4户，夫妻烈士2户等等，作为追踪采访"九军十八师"的后来者，文成我夜不能寐，披衣而起望月静思幽远。

闽西奇人傅柏翠

◎ 黄文山

1930年1月,毛泽东、朱德率红四军将士自闽西回师赣南,恰值隆冬,大雪飞扬,周天寒彻。环顾来路,毛泽东感慨良多,遂写下一首《减字木兰花·广昌道中》,开篇第一句就是:"漫天皆白,雪里行军无翠柏……"(后发表时改为"雪里行军情更迫"),表达了他对傅翠柏的深厚友谊和惋惜之情。在毛泽东沉甸甸的思绪中,始终抹不去的是那一座崔巍文昌阁和一位闽西奇人的身姿,还有古田、蛟洋如火如荼的农民斗争形势。

连峰叠嶂的玳瑁山脉斜插于连城、新罗和上杭东部,山高谷深,崇山峻岭间散布着一个个大小不一的盆地:蛟洋、古田、郭车、白砂、旧县……每个盆地都因客家人世世代代的辛勤劳作而成为米粮仓。其间,蛟洋位置尤其独特,扼龙岩、上杭和连城的咽喉,历来是兵家必争之地。

蛟洋人崇文重武,这里有一座始建于清乾隆六年(1741年)的文昌阁,远近驰名。老远就能看到这座宝塔式楼阁建筑。文昌阁高21.33米,外观6层,内实4层,飞檐翘角,美轮美奂。阁门为青石方柱,额顶横刻楷书"凤起蛟腾"4字。正面是一道围墙,围墙大门镌一副对联:"蛟得雨云洋远拓,文光牛斗阁长辉"。文昌阁建成后,成了当地文人聚会之所。每年农历三月初三,全乡的文人士绅都集中于此"称觞祝遐"。巍巍文昌阁,见证了200多年的国事沧桑。

辛亥革命废除科举考试后,1918年,乡里有识之士在文昌阁二楼办起了广智学校,邓子恢等人便利用任教的机会,从事革命活动。

蛟洋之所以名扬四方,还因为这里出了一位青年农民运动领袖傅柏翠。

1929年5月,毛泽东、朱德、陈毅率领红四军第二次入闽。傅柏翠亲往龙岩迎接红军进入上杭蛟洋古田地区，由他带领的闽西暴动队伍也一并归入红四军建制，成为红四军第四纵队。傅柏翠出任纵队司令员，张鼎丞为党代表。毛泽东在傅柏翠的陪同下，第一次登上文昌阁，凭览四围青山，对这座有着180多年历史的古阁赞叹不已。同样让毛泽东赞叹不已的还有身旁这位他称之为闽西奇人的傅柏翠。

傅柏翠1896年出生于蛟洋一个地主家庭，15岁时在福州上学时便因憎恨清廷腐朽而秘密加入了同盟会，18岁时东渡日本留学。当时，正值反对袁世凯的"二次革命"失败，革命处于低潮，孙中山组织的中华革命党响应者寥寥。傅柏翠一向钦佩这位革命先驱"天下为公"的思想，主动要求入党并按了手印，因此得到孙中山的亲自接见。翌年，袁世凯接受日本的"二十一条"不平等条约，傅柏翠在东京又积极参加了罢课抗议活动。

1917年，傅柏翠从日本早稻田大学法政科毕业回乡，成为家乡第一个留洋回来的知识分子。他在上杭县开办了律师事务所。不久，因仗义办事与县衙对立被迫歇业，但在民众中却声名鹊起。此时军阀混战，土匪横行，他意识到光凭嘴巴而没有枪杆子不行，于是振臂一呼，乡亲们纷纷呼应，很快就建立起一个有千余人枪的地方民团。民团在保乡护民中发挥了很大作用，但已有民主革命思想的傅柏翠认为这仍不能解除民众痛苦，便进一步组织反对贪官敲诈和抗缴苛捐杂税。傅柏翠的名字一下传遍闽西，当地豪绅却指斥他是占据一方的"学生皇帝"。

1927年初，北伐军占领上杭，傅柏翠组织民众迎接北伐军，成为国共合作的国民党县党部的核心人物。同年4月，蒋介石发动政变，傅柏翠被列入通缉名单。国民党一个营军夜袭县城，要抓进步人士。傅柏翠得到消息，趁夜从城墙跳下逃回家乡。他向中共闽南特委书记罗明表示要坚持革命，并出钱支援党组织。经中共省委特别批准，他于8月初加入了共产党。9月间，南昌起义的部队经过上杭，傅柏翠发动上千民众前往支援，并从周恩来、朱德那里接受了任务。翌年春天，他带头在乡里开展减租斗争。同年夏天，他又与邓子恢等发起闽西暴动，在蛟洋古田地区建立起革命根据地和红军，傅柏翠担任了总指挥。

1929年5月，傅柏翠见到崇拜已久的毛泽东，此后的大半年时间，他们常在一起吟诗赋词，纵论天下，言谈非常投机。曾经投身湖南农民运动并写过《湖南农民运动考察报告》的毛泽东尤其关注中国的农民问题，他对傅柏翠的"新村主义"实践很感兴趣，详细询问并实地调查了蛟洋的农运情况。

1929年7月22日至29日，在毛泽东的具体指导下，中共闽西第一次代表大会在蛟洋文昌阁召开。参加会议的有邓子恢、张鼎丞、郭滴人等50多人，代表闽西3000名党员。毛泽东、谭震林、江华、曾志等代表红四军前委出席会议。

中共闽西一大通过了由邓子恢起草、毛泽东修改审定的政治决议案等重要文件。会后，各级党组织迅速发动群众，深入开展土地革命。而此时的蛟洋，土地革命更是一片红火。傅柏翠带头将自己家所有的4000担谷田全部交与农会分配，各地的地主、富农也纷纷效仿。闽西大地上呈现出一派"收拾金瓯一片，分田分地真忙"的动人景象。

这段日子，毛泽东深感傅柏翠的情谊，以致多年后依然铭记于心。傅柏翠倾慕毛泽东的博学，毛泽东欣赏傅柏翠的才干，可谓惺惺相惜。当年9月，红军攻下上杭县城，傅柏翠陪同毛泽东登上临江楼。毛泽东俯览江水，诗兴大发，写下了《采桑子·重阳》。贺子珍快分娩时，毛泽东曾托傅柏翠照料。古田会议前，毛泽东下乡养病，傅柏翠得知后，立即派人送去200块大洋。

翌年1月，毛泽东率红四军回师赣南，傅柏翠却不愿离开家乡故土，没有随军同行。望着漫天飞雪中蜿蜒的队伍，毛泽东心中掠过一丝怅惘。于是便有了"雪里行军无翠柏"之句，也表达了对这位新结识的闽西朋友的一份担心。

毛泽东的担心不无道理。1930年秋季以后，闽西党组织内矛盾日益尖锐。傅柏翠因主张按苏联农业集体化的做法搞"农村共产团"，不赞成党的六大确定的分配土地政策，再加上宗派原因，被中共闽西特委于年末开除党籍。1931年春，闽西苏区开展肃清"社会民主党"运动，并捕风捉影地把傅柏翠当成"头目"，派兵来抓。傅柏翠率众进行了武装抵抗。在多次与闽西红军发生冲突后，他接受了国民党军队与之建立联系的要求。南京政府出于拉拢目的也允许傅柏翠武装在古蛟地区独立存在。

这样，在他家乡上杭古蛟地区形成了一片"不国不共"、无赋税、无征兵征粮、自立自保的"新区"。

不过，傅柏翠虽接受了国民党的龙岩县长委任，实未到职。徘徊于国共两党之间，傅柏翠心中十分矛盾。1932年春，当他得知毛泽东率红军东征闽南，要经过蛟洋地区。为防止冲突，他撤出自卫武装，自己则避往福州。毛泽东途经蛟洋，特地询问了傅柏翠的情况，叹了一口气道："顺其自然吧，只要相安无事就好。"后来，中央苏区为打破经济封锁秘密开通闽西商路，毛泽东让人捎话说：请傅柏翠同志多帮忙。傅柏翠见毛泽东还相信他，还称他为同志，感慨不已。他动用各种关系，尽其所能帮助苏区购买并输送了物资，后来又与闽西红军游击队达成了互不相扰的协定。1933年，十九路军在福建举事反对国民党统治，建立人民革命政府。傅柏翠十分赞成十九路军的主张，也参加了闽变。十九路军还借鉴傅柏翠的土地改革做法，酝酿在福建农村实行"计口分田"政策，并在连江试行推广。但不到两个月，十九路军即遭蒋介石20万大军合围而失败。十九路军一路撤退，残部跟随蔡廷锴将军一直退到龙岩，傅柏翠主持了接待和善后工作。十九路军的失败让傅柏翠重新陷入迷惘之中。

自20世纪30年代初起，傅柏翠在自己的辖区里虽然取消了苏维埃旗号，但在近20年间却一直保留农民在土地革命中的成果，不许地主豪绅反攻倒算，使当地多数老百姓受益的同时也对他竭诚拥戴。国民党政府对傅柏翠的小小独立王国也无可奈何，不得不取宽宥态度，还曾请他到南京、福州，询问解决土地问题的良策，傅柏翠一张口便滔滔不绝地阐述自己"平均地权"的措施和采取乡村"公产"的主张，这自然不能被接受。抗战初，他短期接受了团长的委任，积极备战，一心抗日。后来又专心在家乡搞地方工业，想试验出一条"农业社会主义"的新路，但都没有什么成果。

不过傅柏翠身居桑梓，却始终关注着国家命运。当目睹共产党领导的中国革命取得节节胜利时，傅柏翠明白，国民党的统治即将结束，他必须做出明智的选择。1948年秋，他动员闽西的一些军政要员说："我们唯一的办法是向共产党投降，争取一条出路。"翌年春，傅柏翠参与发动起义，起义队伍与在闽西的国民党军战斗了半年，彻底扰乱了国民党在闽西的军事部署。

新中国成立后，毛泽东在政事冗忙之际依然没有忘记这位远在闽西的故友，亲自打来电话托人问候傅柏翠，还嘱咐说，如果身体没什么问题，就赶快出来工作吧。福建省委鉴于傅柏翠在日本学过法律，1950年，安排他担任福建省人民法院院长。后来还担任过福建省文史馆馆长、福建省人大常委会副主任。傅柏翠还以民主人士身份就任全国政协委员，在北京的会场上看见了毛泽东主席和许多老同志。周恩来、陈毅也在人群里看到了久违的傅柏翠，走到他的桌前向他敬酒并回忆起当年在闽西蛟洋度过的愉快时光，傅柏翠一时百感交集，不觉热泪纵横。

党的十一届三中全会之后，福建省委于80年代初复查了30年代肃清"社会民主党"的冤案，认定根本不存在此组织，傅柏翠就此获得平反。老人怀着激动之情，提出了恢复党籍的申请。党组织鉴于他的历史，只能考虑办理重新入党手续，并得到当年的老同志谭震林、萧克等人的赞同。1986年，傅柏翠在离开党56年后，以90岁高龄又再次加入了中国共产党。1993年，闽西奇人傅柏翠辞世，享年97岁。在他身后，留下一道曲折的背影，让人思索，让人回味。

三打龙岩城
——毛泽东在1929

◎ 王晓岳

1929年1月1日蒋介石命何健为"会剿"代理总指挥，由湘赣二省集中6个旅约三万兵力，分5路向井冈山发动进攻。

面对如此严峻的局势，1929年1月4日至7日，毛泽东在宁冈柏路村主持召开前委、湘赣特委、红四军红五军军委联席会议，着重研究如何粉碎国民党这次"会剿"的部署。柏路会议决定，采取"攻势的防御方针"，决定由彭德怀、滕代远留守井冈山，毛泽东、朱德率红四军主力第28团、31团及军直属队3600人经遂州向赣州进军。会上把这种做法称作"围魏救赵"。

此时，蒋桂战争一触即发，国民党"会剿"井冈山的江西主力撤回赣南。毛泽东趁机挥师闽西，巧妙地三打龙岩，拿下闽西一大片土地，奏响了"红旗跃过汀江，直下龙岩上杭。收拾金瓯一片，分田分地真忙"的壮丽诗篇。

一

1929年2月10日，红四军在瑞金北面的大柏地歼灭了尾追之敌刘士毅部八百余人，转战于赣南的宁都等县。3月11日从瑞金的壬田出发，翻过武夷山，到达长汀县境内。3月14日，长岭寨大捷，击溃福建省防军第二混成旅郭凤鸣部两千余人，击毙旅长郭凤鸣，乘胜攻占了长汀县城。

闽西特委书记邓子恢得知红四军攻占长汀的消息后，指示龙岩县委积极发动群众，尽量扩大游击力量，准备配合红四军攻打龙岩，并前往长汀向毛泽东、朱德汇报闽西革命情况。3月底，邓子恢赶到长汀畲心，才知道红军已退出长汀到了赣南，遂写了一份书面报告，详细介绍了闽西两年来群众斗争情况和敌军态势，建议红四军攻打龙岩。1929年5月中旬，毛泽东、朱德接到邓子恢来信，鉴于赣南敌军兵力集中及闽西空虚等情况，毛泽东做出红四军再度入闽、开辟闽西革命根据地的重大决策。

5月22日晚上，毛泽东、朱德在距龙岩15千米的小池村召开军事会议，听取龙岩县委负责人郭滴人介绍敌情。他们得知盘踞龙岩、漳平的敌第一混成旅主力由旅长陈国辉率领，已赴广东潮、汕加入讨桂战争，只留五百余人驻防龙岩，龙岩城内只有参谋处处长庄凤骞带领的两百多人，敌军第一、第二营以及第六补充营分别驻防龙岩外围据点。毛泽东决定，突袭龙岩。

5月23日凌晨，红军第一、三纵队以迅雷不及掩耳之势打掉了距龙岩县城不足四公里的前哨营。龙岩城外守敌听到枪声，逃往城中。红军第一、三纵队跟踪追击，杀入城区。第二纵队控制北山制高点后如猛虎下山，对城内之敌形成合围之势。敌残部慌忙从东门夺路而逃，敌营长李忠逃至永福，庄凤骞逃至漳平。

毛泽东认为，龙岩大捷，但未伤及陈国辉筋骨，只有引诱陈国辉主力返回龙岩并聚而歼之，闽西方可建成革命根据地。因此，红军主动撤离了龙岩。5月25日，李忠率三百余残兵重返龙岩县城。

6月3日，毛泽东下达了二打龙岩的命令。第三纵队在伍中豪、蔡协民、罗荣桓的率领下，会合上杭地方武装领导人傅柏翠、曾省吾、罗瑞卿领导的地方武装59团及龙岩赤卫队，兵分两路进攻龙岩县城，中午时分攻破西门。李忠下令撤退，败军退到龙岩洞附近的小山头时，遭到农民武装的伏击。李忠在机枪连的掩护下，再次突围逃往永福。

红四军攻占龙岩的第二天，得到陈国辉已率主力急速回闽的消息，决定采用敌进我退的游击战术，并趁敌主力未到龙岩县城之前先扫清龙岩外围之敌。

6月7日，红军第二、三纵队正面攻击龙岩白砂镇守敌，第一纵队和红59团从左右两翼实施包围，地方武装一千多人配合红军作战。经过一个多小时的激战,歼灭白砂之敌一个团。并乘胜解放了上杭、长汀南阳、连城新泉,建立了红色政权。

白砂战斗结束后,为造成红军打了就跑的假象,第二纵队到才溪、南阳一带活动,第一、三纵队抵新泉隐蔽待命。

6月4日,陈国辉率主力进入闽西,一路寻找红军主力决战。陈国辉部气势汹汹地兵发大浦。6月5日,敌军到达永定,红一纵队已从永定撤至白砂。陈国辉以为红军不敢与其交战,率部抵达龙岩县城,城内红军已不见踪影。陈部入城后,便召开祝捷大会,并放假三天,放任官兵大吃大喝、狂嫖滥赌。

1929年6月19日拂晓,红四军向龙岩城发动了闪电式攻击。战斗首先在北门打响,第三纵队在伍中豪、蔡协民带领下奋力攻占了虎岭山。第一纵第一支队在萧克率领下迅速消灭了城南屏障——莲花山守敌。纵队部及第一纵第二支队攻破南门向清凉山突击,很快攻占敌机枪据点,与第一支队会师。与此同时,第二纵队及地方赤卫队攻破西门,攻占了国民党县政府。被困敌军以民房作掩护负隅顽抗。红军利用"掏墙挖洞"战术将残敌压缩到几座大院之中,旋即展开政治攻势,敌人见大势已去,只好举手投降。剩余残敌仓皇中向东门逃窜,不想冲锋号响起,红军第三纵队猛烈阻击。残敌只好束手就擒。陈国辉只身逃脱。

红军第三次攻打龙岩,歼敌2000多人,缴获步枪九百多支、迫击炮四门、水机枪六挺、手机枪四挺及大批军械物资。

6月20日,红四军前委、中共龙岩县委在中山公园召开了有三万多军民参加的祝捷大会。6月21日,召开龙岩县革命委员会成立大会。20000多工农群众在大雨中集会,推选邓子恢任革委会主席,郭滴人、张双铭等为委员。之后土地革命的浪潮在龙岩、永定、上杭、长汀、连城五县展开,打开了闽西工农武装割据的新局面。6月中旬,红四军第四纵队成立,张鼎丞、傅柏翠、胡少海、谭震林、罗瑞卿等是这支部队最初的领导人。

从1929年初红四军向赣南、闽西进军,至六七月闽西革命根据地初步形成,时间仅仅半年,然而它的意义和影响却是巨大而深远的。它不仅宣告了"星星之火,可以燎原",而且证明了建立农村革命根据地,走农村包围城市道路的真理性。同时，也展现了毛泽东的军事天才和力挽狂澜的大气象。

二

然而，毛泽东开创的道路并没有得到当时党中央的认可。

1929年4月，红四军前委收到党中央2月7日写给毛泽东、朱德并转湘赣边特委的指示信（史称"二月来信"）。中央依旧强调城市工作的重要性，在他们看来红军在农村的前途是悲观的。中央决定把红四军拆散，拆成十人到百人的小分队，散入湘赣边界乡村中进行土地革命，这显然是对建立井冈山革命根据地、走农村包围城市道路的否定。

"二月来信"还要求，"深信朱毛两同志目前有离开部队的必要""两同志得到中央决定后""应毅然地脱离部队速来中央"。红四军一旦失去自己的灵魂人物，其后果不堪设想。

朱德见信后十分激愤，毛泽东则神情淡然。这不是他第一次遭受打击了。毛泽东从不惮于表达自己的观念，经过红四军前委讨论，由毛泽东执笔，以朱、毛名义联合向中央复信：抛弃城市斗争，是错误的；但是畏惧农民势力的发展，以为农民势力将超过工人势力而不利于革命，如果党员有这种意见，我们以为也是错误的。因为半殖民地中国的革命，只有农民斗争得不到工人的领导而失败，没有农民的发展超过工人的势力而不利于革命本身的。

中央"二月来信"送出之时，毛泽东和朱德在大柏地打了大胜仗，江西国民党军遭到重创。"二月来信"送达红四军之前，朱毛趁蒋桂战争之机转战龙岩，开创了中国革命的第二块根据地。实践再次证明了对于中国革命道路选择的是非曲直。

当时毛泽东身患疟疾，忍受着疾病折磨和党内斗争的双重打击，住进了永定金丰山中只有十来户人家的牛牯扑村养病。毛泽东住在一个仅有十平方米的小竹寮内，邓子恢真诚的关心照顾是他唯一的安慰。这是毛泽东人生处于谷底的一段时光。但他从未动摇过为真理而斗争的信念，他在竹寮的木板上写了"饶丰书房"四个大字，在深山老林中养病读书，思考着土地革命纲领和思想建党政治建军两件大事。

　　1929年8月下旬,陈毅应中共中央的召唤奔赴上海,周恩来要求陈毅回去后赶快把毛泽东同志请回来。中央政治局听取了陈毅《关于朱毛军的历史及其状况的报告》等七项汇报。周恩来认为,根据地问题,只有毛泽东最了解最有办法。周恩来及时地纠正了"二月来信"的错误。1929年10月26日,陈毅带回了中央"九月来信"。1929年12月28至29日,红军召开了第九次党代会,这就是在我军建设史上具有里程碑意义的古田会议。这次会议确立了从思想上建党和政治上建军的原则,党领导下的军队从此有了军魂。

感悟红色圣地新泉

◎ 马照南

新泉，是美丽而富于文化蕴含的闽西古镇。历史上，这里交通便利，商贾云集，人才辈出，也因温泉闻名遐迩。近现代，因著名的"新泉整训"和毛泽东在此起草《古田会议决议》，使新泉成为彪炳史册的红色圣地。

清清的连南河绕了一个大圈，把新泉温和地圈入自己的臂弯，浇灌并滋养着秀美的古镇。镇上有个传说，古代设县时，连城与新泉争执不下，便用常用称土的方法，以同样体积的土相比，结果连城土重些，县治便设在了连城。然而，新泉作为商品集散地和交通枢纽的地位并没有变化，水陆之路往来的文人、商贾络绎不绝。许多客家弟子在新泉小住或乘舟南下潮汕，或漂洋过海，新泉也就成了客家的祖籍地。

新泉古镇流淌着的不仅是商气，更有着深厚而悠长的文气。北村、乐江、官庄等旧石器时代遗址，诉说着古先人开发新泉的历史。走在古街上，随处可见明清时期的房屋。新泉的儒商和文人学士的古民居，往往是青砖高墙、雕花斗拱、屋脊飞翘、青色瓦当，大门石狮石旗、照壁屏风，全屋有着精美的砖雕木雕，门里门外还有一副副文采飞扬、蕴涵深厚的对联。新泉处处萌发浑厚古雅的风韵，彰显客家耕读传家的志向和抱负。山河壮美，文风鼎盛，一时多少豪杰。据《新泉张氏族谱》记载：仅清代乾（隆）嘉（庆）80多年间，张家就出了甲榜进士4名、举人24名，任七品以上官职者有26人，文人学士数不胜数。乾隆下旨崇祀的新泉名贤张鹏翼，自幼苦读深研朱子《四书集注》，博览经史，撰写《理学入门》《四书五经说略》等著作多达50多部，被誉为"瞻仰如山斗，程朱后一人"。

沿着温泉路，来到望云草室。这是一间青砖小屋，典雅别致。门上方是草书"望云草室"，遒劲古朴。门联依稀写着"座中香气循花出，天外泥书遣鹤来"。"草室"这名称让人想起三国时期诸葛孔明未出山时，吟诵"草堂春睡足，窗外日迟迟"；联想到诸葛孔明杜甫他们忧国忧民、匡济天下的志向和抱负。草室门内有小天井，大厅摆着方桌和长条椅，正中央高悬"鸢飞鱼跃"，壁上是朱熹手书"忠""孝""廉""节"4个大字。1929年6月和12月，毛泽东率领红四军进驻新泉，都在望云草室居住和办公。毛泽东住后厅左边一间七八平方米的屋子。一张旧式木床、一张书桌、一把木椅、一盏小油灯，就在这间简陋的小室和大厅里，毛泽东分别召开了红四支队长、党代表干部调查会和连队士兵调查会，要求到会者反映官兵真实思想情况，作为整顿军队的依据。这里是红军从涣散的农民队伍、流寇思想、极端军事观点等不良作风习气，走向正规的、无产阶级革命队伍的起点，是产生治军新思想的地方。

毛泽东、朱德、陈毅曾3次率军来到新泉。第一次是1929年5月途经新泉，毛泽东高瞻远瞩、激情满怀，作了激动人心的讲话，号召劳苦大众团结起来打土豪分田地，建立人民当家做主的新政权。第二次是1929年6月攻打上杭后进入新泉，部队进行了8天的休整。毛泽东对党和军队存在的问题深感焦虑，在此写出近8000字《给林彪的信》。第三次是当年12月初进入新泉，意义更大，此时中央《九月来信》已经送达。毛泽东、朱德、陈毅等开展党和军队历史上具有重大意义的"新泉整训"。毛泽东结合整训的情况，通过深入调查研究，起草了《古田会议决议》。12月初，毛泽东为指导整训，连日召开红军干部战士、群众座谈会，总结"八一"南昌起义以来红军斗争的经验教训，深入调查了解整训情况。

望云草室西10余米，有一口没栏的水井。当年有一位农民从田间回来，不小心落入井中，幸好被红军战士发现救了出来。消息传来，毛泽东随即来井边察看，提出要赶快筑井栏。第2天，军民齐动手筑起了一道井栏。新泉人称之为"红井栏"。

毛泽东冒严寒、踏冰雪到附近农家调查，与农民拉家常，问他们的生产生活情形，问过去租种地主多少田地，每年交多少租税，红军到来生活有些什么变化，红军有哪些做得不够好的地方。毛泽东亲切和蔼的笑容，消除了农民的拘束，他们坦诚地讲心里话，提批评建议。

经过10多天的调查，毛泽东收集掌握了大量第一手材料，丰富了自己的思想。在望云草室里，他日夜疾书，写成4万多字的《古田会议决议》，深刻剖析军队中存在的非无产阶级错误思想的种种表现、产生根源和解决方法，提出党对人民军队绝对领导的建军原则，要坚持用无产阶级思想指导党和军队建设，肃清各种错误思想。由于敌军来袭，红四军从新泉转移到上杭古田村召开会议，史称"古田会议"。

"新泉整训"被誉为开创了我党我军历史上政治、军事整训制度化、规范化建设的先河。当年，毛泽东、陈毅主持严格的政治整训，提出了"从思想上建党"的原则，进行有的放矢的思想教育。朱德军长亲自抓军事整训。每天背着斗笠、脚蹬草鞋，带领官兵进行严格的军事训练，他亲自讲授《新游击战术》等课目，主持制定红军有关条例和法令。"新泉整训"还完善了"三大纪律八项注意"。整训严明了军队纪律，大大提高了军队战斗力，建立人民军队新型官兵关系。

令新泉人自豪的一个大操场，是整训的重要遗址。操场四周围上铁栅栏，东面正中是一座检阅台。两边是朱红色木柱，粗壮挺拔，屋檐呈翘角。登上台，台中有说明文字，记载着毛泽东、朱德、陈毅当年在此检阅整训后的红四军、赤卫队的情况。

当年的检阅活动十分壮观，远近60里的农民、工人、赤卫队员1万余人都来了，晚上还举行了盛大的军民联欢会。这是新泉建镇以来最为热闹的一次，人们至今仍称之为"万人台"。这次整训成为"古田会议"的前奏曲，为会议的胜利召开做了政治上、思想上、组织上、军事上的准备。"新泉整训"使红军彻底摆脱中国旧式军队的影响，成为一支始终坚持党对军队的绝对领导、与民众血肉相连的人民军队。这支军队历经长征、抗日战争、解放战争及新中国成立后的自卫战争，铁流千里、无往不胜。

连南河西岸，耸立着一株巨大的古榕树。古树有着1000多年树龄，树冠浓荫蔽日。树干需11人才能合围，枝干挺拔，向四边舒展开来。虽是冬季，大榕树依旧满目葱茏、苍翠欲滴，呈现出勃勃生机。

连南河东边河滩上，是闻名遐迩的温泉。水温竟达七八十摄氏度，新泉人祖祖辈辈在河边洗温泉澡。"新泉整训"期间，毛泽东、朱德、陈毅和红四军将士们都曾在此洗涤身上的征尘。新泉洗涤了部队的尘埃，改变了部队的性格和脾气，改写了中国革命的历史。是的，历史不会忘记"新泉整训"，不会忘记毛泽东在新泉的调查和思考，不会忘记在此写成《古田会议决议》，不会忘记在此形成的建党、建军的新思想。

冬季的连南河依旧清澈，河水缓缓向南流去。有闽西山区涓涓新泉细流，才汇成浩浩的连南河。毛泽东和他的战友们开展"新泉整训"，写出《古田会议决议》，形成的建党建军的新思想，正是立足于闽西优秀传统文化丰厚土壤，充分吸收了干部战士和群众的智慧。毛泽东和他的战友们在新泉在闽西的实践，体现出强烈的初心使命，体现出坚定的实事求是思想路线，体现出勇敢的斗争精神。这，正是我党我军永不褪色的红色基因，是党领导人民军队从胜利走向胜利的法宝，是党和人民取之不尽、用之不竭的"新泉"。

今天，不忘"新泉整训"的岁月，就是不忘初心！

早康会址的背后故事

◎ 戎章榕

应文友的邀请，我前往上杭县泮境乡。从蛟城白砂站下高速，我一眼望见一面偌大的宣传牌，上面写有"早康会议——古田会议的'前奏曲'1929—2019"字样，让我怦然心动！

用手机搜索"早康会议"词条可知：1929年6月8日，红四军在攻克白砂后，为解决"前委之下设不设军委"问题，毛泽东、朱德、陈毅等在上杭县白砂镇早康村严氏宗祠召开了前委扩大会议。会上与会者以举手表决的方式，以36票赞成5票反对通过了撤销以刘安恭为书记的临时军委的决定。虽然这次会议没能从根本上解决红四军党内的争论问题，但从组织上保证了前委对红四军具有全面、集中的领导权，在一定程度上坚定了"党指挥枪"的原则。鉴于早康会议在党史、军史上的作用与地位，有专家学者将其定位为"古田会议的前奏曲"。

我参观了"早康会议"会址展览、阅读了该乡组织编辑的《红色白砂》一书。关于早康会议的来龙去脉、它的历史地位以及与古田会议的联系，展览和书中都有详尽的阐述。但我心中疑窦未解，在党史、军史上这么重要的会议，为什么以往许多人都不知道它的存在？即便前些年出版的《上杭人民革命史》一书中也没有提及。

在《红色白砂》一书的序言中，有这么一句话："这里凝聚了我们党从哪里出发，为什么出发的初心。"我想通过采访充分感受这颗初心，这对于当下正在开展的"不忘初心，牢记使命"主题教育活动具有现实意义。

为解疑释惑，更为探究初心，第二天我来到上杭县委党史研究室原主任江树高家中采访。没想到江主任"答非所问"，他动情地给我讲了一个早康村村民严洪安的故事。1995年左右，中国人民解放军总政治部曾组织了一个专题片《将军世纪行》摄制组来到上杭，带队的是王爱飞。行前他读过萧克等人的回忆录，在对陈毅的回忆中提到了早康会议。抵达杭川，一路寻访，他找到了早康会议旧址——严氏宗祠，眼前的情形令他大为失望！

经了解，严氏宗祠历史上几经毁建，尤其在"文革"中被拆除，前些年为了宗亲祭祀，严氏后人因资金短缺，只搭了一横五直土木结构的简易房子。王爱飞语重心长地对看管祠堂的严洪安说，严氏宗祠是承载着重要背景的红色旧址，你们要想办法把它恢复好、宣传好，若干年后，有望开发成为一个像古田会议那样的红色景点。

淳朴厚道的严洪安把这一席话奉为"圣旨"，他知道北京来的客人不会欺骗他，更知道古田会址早已成为远近闻名的革命圣地，吸引络绎不绝的游客前来朝圣。

从此，严洪安走上"求爷爷告奶奶"之路，先是到古田会议纪念馆寻找和复印有关早康会议的材料，然后到县委宣传部、文化局、民政局、党史办、方志办……但凡有关联的部门单位，都一一上门"作揖、磕头"，请求帮助解决重建早康会址的困难。"白砂老头子"从那时起闻名于县委县政府院内，同时也感动了许多有识之士。

人有善愿，天必佑之。1997年1月，早康会址被列为县级文物保护单位，县财政和有关部门陆续拨出资金投入会址维修及周边环境建设。为了恢复严氏宗祠，这座始建于明万历四十六年（1618年）严姓人的祖祠，名"东洋堂"，早康村的族人根据老人回忆、反复核对族谱，一点一点慎重修建……

开弓没有回头箭，后续资金要跟上。找人不易，若上午来访未遇，严洪安就只能挨到下午，午饭为了省钱，吃五角钱一碗的豆腐脑充饥。有时候江主任得知，就请他到家吃顿便饭……求人更难，当听说开发早康会议旧址可以得到省有关部门资金支持时，严洪安闻风而动，即向古田会议纪念馆工作人员曾宪华借了800元作路费，去了省城。功夫不负有心人，省有关部门答应给3万块钱资助。可是左等右等，没有一点音信？后来他才知道，下拨的资金已被当时的乡政府挪为他用。他欲哭无泪，大病一场，病后再也提不起精神，而且命运多舛，先是车祸，最后连伤带病无钱医治而去世……

江树高饱含感情的讲述，几度哽咽。早康会址能有今天，也集聚了一股来自民间的坚韧力量！

时过境迁，人们也许已经淡忘了曾经为开发早康会址忙碌奔波、竭尽心力的严洪安，但伫立在严氏宗祠前的"早康会址"石碑不会忘记，当年是他得悉古田会议纪念馆有领导将去北京出差，立马登门郑重托付，希望能请萧克将军为早康会址题字。

1997年11月，89岁的萧克上将欣然命笔，写下了"早康会址"4个苍劲有力的字，并署名落款，盖上篆字图章，重视足见一斑。萧克当年任红四军第一纵队二支队队长，是早康会议亲历者，作为历史的见证人，他的题字可谓一锤定音，之前有叫早康会议，亦有称白沙会议。

早康村原先叫"枣坑"，至于什么时候、什么人改为"早康"，业已无据可考。以"坑"命地名在闽西客家地区比较普遍。这使我想起一则红色轶事。

1933年11月，毛泽东来到才溪乡进行社会调查。当听说衰坑村这个村名时，就说"有共产党领导，以后会更加兴旺发达起来的，衰坑这个名字不好，我看，不如改为发坑吧"！当地群众一听都同意了。1934年1月，毛泽东改村名这件事正式写进了《才溪乡调查》这篇著作里。

早康有蕴涵吗？从历史的维度看，早康会议是"我党、我军历史上具有特殊意义的一次会议"，它为古田会议的胜利召开"奠定了组织保证和实现基础"，因而成为古田会议的"前奏曲"。从我党和我军成长的经历和机体的健康上看，"早康"当说富含深意。

早康会址与古田会址非常相像，不论坐落朝向，还是周围环境，以及房屋布局，都十分相似。这绝对不是巧合，不论古田会址的廖氏宗祠（始建于1848年）还是早康会址的严氏宗祠，都是典型的南方客家人家庙，讲究风水，追求共识的建筑风格和独特结构。

早康会址与古田会址看是形似实则神似。早康会议是古田会议的重要组成部分，古田会议是包括早康会议在内的有机整体。一如遵义会议也不是孤立的，在它之前有通道会议、黎平会议、候场会议，之后还有扎西会议、苟坝会议、会理会议，形成了一个整体。毛泽东主席在1960年全军政治工作会议上率先提出:"古田会议永放光芒",据考证,毛泽东一生只提过两个"永放光芒"。只有全面地、联系地去把握古田会议的前因后果,古田会议的光芒才会愈加久远,历史地位才会更加凸显!

大山深处的苏家坡

◎ 苏静

苏家坡，位于上杭县古田镇与新罗区大池镇的交界处。

初冬的苏家坡，暖阳高照，一点也不觉得冷。苏家坡原名苏家陂，"陂"者，泛指临近水边的山坡。取名苏家陂，是否与苏姓人家有关？又是谁从这里踏出了第一道履痕？这是我未踏进这个大山深处小村前，一直悬在心头的好奇。

走进苏家坡村口，但见百余栋小楼清一色蓝灰的屋顶，洁白的外墙装饰着风格独特的彩绘图案，村子中央一方池塘水波粼粼，苏家坡沐浴在冬日的阳光里。

苏家坡背依尖尾仔山，面对大茹山、小茹山，深藏于梅花山南麓的崇山峻岭中，是古田镇唯一的畲族行政村。与众多隐匿深山的村庄相似，苏家坡是一处以宗族血缘关系为纽带而绵延的村落，全村雷姓聚族而居。不过，在此燃升第一缕炊烟的却是苏姓人家。相传明万历年间，一支苏姓人家因躲避战乱来到此地，见这里山环水绕，人迹罕至，遂择一高地栖居，男耕女织，繁衍生息，遂成村落，取名"苏家陂"，以示不忘本族姓氏，至今绵延了400多年。如今，当年的开山始祖苏氏后裔早已外迁，全村不见一户苏氏后人，清一色的姓雷。这里群峰怀抱，绿意盎然，畲家人傍山结茅，依山而筑，沿坡而居，一条名叫黄潭河的支流穿山越谷，绕村而过，俨然一幅美丽的山水画卷。

山水虽美，可只因地处大山深处，当年的苏家坡却十分偏僻与荒凉。"有女莫嫁苏家坡，地瘦人穷石头多；三餐稀粥地瓜饭，出门三步就爬坡。不见骑马抬轿过，世代冇个读书哥。"这首民谣表达的就是当年的真实情境。

苏家陂何时改名苏家坡，目前尚无从考证。它不仅有着数百年的沧桑历史，还是一个红色文化底蕴深厚的村落。历史上，因一代伟人毛泽东曾在这里工作和生活过，使之成为红军历史上的一个转折，也使它多了一份荣耀与别样的情怀。抹去历史风尘，让我们去叩响树槐堂的大门，打开那扇小小的窗扉，回望那段烽火连天的峥嵘岁月……

1929年5月底，红四军在偏僻的闽西小镇——永定湖雷镇召开前委扩大会议，以毛泽东、刘安恭为代表的双方就是否设立军委的问题针锋相对，寸步不让，争论异常激烈。直至下半夜依旧未果，会议不欢而散。6月8日，红四军在上杭县白砂镇早康村的严氏祠堂——"东洋堂"再次召开前委扩大会议，继续上月底湖雷镇那次未完的讨论。之后，在红四军党的七大上，毛泽东落选前委书记。"七大"之后，毛泽东提出去莫斯科留学兼休息一段时间的申请，得到了红四军前委的批准。在等待中，前委决定让身体时好时坏的毛泽东先到闽西养病，并指导中共闽西特委工作。这是毛泽东人生中一段非常低谷的岁月。在此期间，毛泽东曾两次来到苏家坡，在此生活工作了40多天，这也是他在闽西革命根据地居住时间最长的一个村庄。

第一次是1929年7月29日红四军前委在蛟洋召开紧急会议后，毛泽东因患疟疾，在中共闽西特委安排下，化名"杨先生"转移至苏家坡，8月上旬离开苏家坡前往上杭溪口的大洋坝，后又转到永定金丰大山养病。第二次是1929年10月，久病初愈的毛泽东辗转到上杭城，后因局势变化，于10月21日晚至次日凌晨撤离上杭城前往苏家坡继续休养。

毛泽东首次来到苏家坡，虽说在此只是小住数日，但他一边指导地方党的工作，一边利用这段时间召开了很多调查会，做了大量的调查研究和深入的思考，思考人生与未来，思索中国红军的前进方向。

1929年10月，毛泽东偕身怀六甲的贺子珍随中共闽西特委从上杭城迁至苏家坡，特委机关就设在树槐堂，毛泽东则住在树槐堂后楼左侧小阁楼上。树槐堂坐西朝东，悬山顶的屋面，砖木结构，透着些许古朴。

这是毛泽东两进苏家坡。作为农民的儿子，他深知当地民众的疾苦，时常深入农村进行调查研究。在他亲临指导和关怀下，苏家坡第一所小学"平民小学"在树槐堂后厅"诞生"了，14名学生全是穷苦人家的孩子。据当地乡老、现年102岁高龄的雷耀庚回忆："开学第一天，毛泽东亲自给孩子们上了人生的第一课。他深入浅出地讲析了'人'字，教我们做人的道理……"希望的种子，或许就由此在孩子们的心之旷野播下了。数日后，毛泽东又为孩子们讲解"手"字，激发孩子们的革命热情和改天换地的豪情。"斗字不识苦难当，世世代代当文盲。毛委员来了天地翻，穷苦孩子上学堂。"如今的苏家坡人，每每唱起这首山歌时，就会深情地怀念起这所"平民小学"的创办人毛泽东。

圳背岩洞，这是一个藏匿于树槐堂右侧半山腰的天然喀斯特岩洞，一条名叫黄潭河的溪流从洞前潺潺流过。岩洞偏僻清静，冬暖夏凉，人迹罕至。石洞很深，有点潮湿，阳光透过石缝斜照下来，地面天然卧立着两块大石。当地老人说，此洞是毛泽东当年隐匿防敌、休息读书之处，他当时就在这两块石上搭木板，当书桌。住在苏家坡的这段岁月，尽管困难重重，然而36岁的毛泽东并未放弃自己所追求的理想和事业，而是以饱满的革命乐观主义精神，为闽西革命根据地建设、地方党组织发展，探索红四军建党建军、中国革命的道路等诸多问题辛勤地工作着。因为圳背岩洞中的那一盏煤油灯，就是他内心深处永不熄灭的希望光焰。"那时，毛委员经常在早饭后带着书和文房四宝，独自来洞中读书，除了看书外，他时常会站在洞口，长久地眺望远方，陷入沉思之中……"雷耀庚老人对当时的情景记忆犹新。新中国成立后，当地老百姓亲切地称之"主席洞"。

在苏家坡，毛泽东的身体虽得以康复，但对红四军的忧虑也日渐加深。转机出现在11月下旬，在毛泽东第二次到苏家坡一个月后，他收到了陈毅转来的中央"九月来信"以及朱德、陈毅请他回前委主持工作的信件。于是，毛泽东毫不犹豫地回到长汀，与朱德、陈毅会合，重新担任红四军前委书记，再次承担起中共中央赋予的重大使命……毋庸置疑，在共和国的历史上，古田会议的光芒里，人们不会忘记圳背岩洞里曾经摇曳的那盏油灯。

光阴荏苒岁月悠悠。如今的苏家坡早已发生了翻天覆地的巨变。地处闽西深山的苏家坡的发展也与改革开放以来的历史轨迹高度契合。苏家坡在美丽乡村建设的催化下，迎来了前所未有的蜕变。苏家坡人用勤劳和智慧筑起心中的家园，耕耘于河谷，纵横于阡陌，驰骋于神话和梦想之中。2014年，全军政治工作会议在古田召开，苏家坡的发展迎来了新契机。"当年年底，我们入选全国少数民族特色村寨保护与开发试点村，第二年获得美丽乡村建设项目支持。"该村党支部书记雷焕龙说。从那时起，苏家坡的发展走上快车道，通过实施"三线下地"、裸房整治、道路硬化、屋顶立面改造、建设文化公园等工程，村容村貌焕然一新。苏家坡人还修缮了"树槐堂""鸿玉堂"等遗址，完善了"主席洞"周边基础设施，村里的红色培训和旅游逐渐兴起。2018年，随着《古田军号》剧组在苏家坡取景之后，苏家坡，这个藏在大山深处的红色畲族村，也渐渐被人们所熟知。

苏家坡因地制宜，以林旺村、以旅强村，依托美好的自然生态环境资源优势，大力发展林下经济，同时开办农家乐，发展生态旅游，并利用便利的交通条件，大力发展交通运输业，以实实在在的努力富了百姓，赢得了百姓的欢心。

"青山绿水抱红土，古朴畲乡嵌田园"。如今的苏家坡，小桥流水，鸟语花香，瓜菜成畦，一步一风景，一户一画卷，处处萦绕着美丽乡村的气息。眼下，苏家坡人将继承传统文化精髓，发扬红军精神，全面推进乡村振兴战略，大力发展旅游经济，着力开发红色旅游资源，打造集教育、旅游、休闲于一体的红色古村落，让红色的记忆在崇山峻岭间的苏家坡熠熠生辉！

蛟洋文昌阁

◎ 沉洲

在中国楼阁建筑里，福建上杭蛟洋的文昌阁既非立地险要、高峻之处，周遭也没有庞大的建筑群相拥相环，外形外观无法与历史上那些著名的楼阁相媲美，但它却底蕴十足，是道教所列的10大文昌阁里，唯一跻身国家重点文物保护单位的一座。

蛟湖村口的一块平地，透过路旁的行道树就能看见文昌阁。小广场的台基上，粉墙黑瓦赤柱葫芦刹顶，砖木结构的文昌阁坐西朝东，虽无巍峨堂皇之貌，但下部四方上部八角攒尖的玲珑造型，在其后山冈苍郁树林的烘托下，精气神俱存。

清乾隆六年（1741年），蛟洋傅氏先人为祈求四乡文化昌盛，在3条山溪汇聚之地，建起一座文昌阁。闽地素有多神共祀传统，文昌阁一至三层分别供奉孔子、文昌帝君和魁星等读书人顶礼膜拜的文化神祇。每年农历二月初三，四方文人绅士于此阁集会，祭祀祈祷，举行文会，吟诗作赋，蛟洋文昌阁遂成周边一带的文化中心。蛟洋傅氏族谱记载，此后，果然文才辈出，成为一方望族。

上杭属客家县，勤劳节俭是这个族群繁盛的基因之一。蛟洋立地偏僻，建阁是举一氏族财力的工程，因为主阁跨度不大，便采用南方应用成熟的穿斗榫卯结构，没用一枚铁钉和其他铁质固件。沿房屋进深立柱，并以数层直木穿通，组成一组组的构架。不用横梁，木柱直接承负上一层重量。如此不仅用料经济，而且施工简易、省钱省工省时。从主阁一楼正厅侧门转出，左右两侧及后部均有近两米宽的U形环廊式通道，一间间小厢房围拢着主阁，据说当年是供学子考试、宿读和南来北往文人的留居之用。

正厅中堂屏风后侧隐有木楼梯，在黯然的光线里拾级而上，很快，眼前亮堂起来。二层为方形神殿，朝东木门外挑出一圈回廊，建筑上叫悬臂梁结构，它省去了基台，在缺乏一边支撑的基础上，伸出多根木梁与周边建筑构件连接，荷重比较大、经济，还具有防震作用。在回廊上环楼阁走一圈，登高临远，近水远山皆收揽于目前，视野的开阔，让人心境顿时豪迈，难怪古时文人会因此诗兴飞扬。

当地老人都说这里地势好、风水棒，文昌阁造型像鹞婆（客家话老鹰），后来对面山上建了座庵庙，有蛇形之状，香火渐旺，经高人指点，后人便在主阁两侧建起了外观相似、协调的附属建筑——单层的天后宫和五谷庙，为老鹰展开羽翅，平添威慑力。

上到三层，这里已变为八面开窗的八角形状。顶上的藻井被楼板封严，仅留有五六十厘米见方的一个活动口。这里过去是靠一架木梯爬上最顶层，现在已不准随意进入。上头藏有一个罕见的秘密。

话说20世纪70年代，在维修这座建筑时，施工人员发现安全隐患。撑着屋面及葫芦刹的那根盈尺粗的中心顶梁柱，居然悬空，离楼板2厘米多。国家文物局高度重视，立即派古建筑专家赶赴蛟洋，对整座建筑进行勘察测量，得出这样的结论：此为古籍上记载的"中心柱悬梁结构"，实属罕见。从古建筑力学而言，悬浮不定是为了更好地保持整座建筑梁柱间牵引力的相互平衡。

一层有文昌阁建筑特色展板文图介绍，所谓中心柱悬梁结构，在其上部还存在一种跨度空间的伞骨架结构形式，犹如撑开的雨伞一样，等距设置的横梁斜支杆呈放射状连接于中心柱，阁顶重量被均衡分解到梁柱结构之中，因为传力路线较短，省去了主梁、次梁，节省了材料，利用了空间。而且通过悬空柱的调节，还可以消化强风蛮力，保持整座建筑梁柱间牵引力的相互平衡。如此奇思妙想，让人无法不叹服两百多年前客家工匠高超的技艺水平。

从主阁一层侧门走下台基，左边是天后宫。旧时，蛟洋一带很多人去浙江、广州等地经商或闯荡世界，走的是水路，都得祭拜妈祖，保佑行船安全。天后宫为单层五凤楼宫殿式建筑，屋顶像5只彩凤，5对翅膀展翅高飞，由前后两厅、一天井、左右两厢房和右侧横屋组成。后厅为正殿，正殿屋檐斗拱精致美观，右边的五谷庙为单层歇山式建筑，由前后两厅、一天井和左右两厢房组成。如今，这里的前后两厅被布置成"闽西土地革命发展史"图片展，在这片红土地上，昔日的五谷庙与中国的土地革命神奇"联姻"，使人一时感喟唏嘘。

辛亥革命废除了科举制度，1918年，蛟洋文昌阁请走了孔子、文昌帝、魁星君和妈祖、五谷神像，办起了广智小学，真正做到重文兴教，服务于乡人。1928年初，闽西地区以蛟洋为中心的北四区各级共产党组织成立，闽西红军和苏区创建人之一的邓子恢到蛟洋文昌阁，协助创办平民学校和农民夜校，广泛发动群众，宣传革命思想，开展土地革命。从文绉绉的吟风弄月场所到融入了战火诗情，在那个被闽西民歌唱成"汀江两岸都红遍，红山红水红满天"的年代里，蛟洋文昌阁完成了它的深刻蜕变。

古人云：山不在高，有仙则名；水不在深，有龙则灵。可别小觑外观古朴寻常的蛟洋文昌阁，它成就了中国的一件大事，因此载入历史。

1929年5月，毛泽东、朱德、陈毅率领红四军第二次入闽，盈月后，已经初步建立了以龙岩、永定、上杭3县为中心的闽西革命根据地。蛟洋革命风云如波涛汹涌，土地革命斗争的烈火愈烧愈烈，为了进一步促进革命形势的发展、解决土地革命战争中日益突出的问题，闽西临时特委根据红四军前委的建议，决定1929年7月在蛟洋文昌阁召开中共闽西第一次代表大会，总结闽西土地革命斗争的经验和教训，制定革命根据地建设的方针和路线。红四军前委派毛泽东、谭震林、江华、蔡协民、曾志等5人代表红四军出席大会。

蛟洋文昌阁正门的花岗岩门梁上，镌刻着"凤起蛟腾"的横批，寓意文才辈出，如凤凰腾空而起，似蛟龙翻江倒海。当年，以红四军特派员身份前来指导大会的毛泽东目击这四个字，会是怎样的一番心潮起伏呢？

毛泽东住在蛟洋文昌阁一楼厢房，他修改、审定了由邓子恢起草的《中共闽西第一次代表大会之政治决议案》以及关于土地问题、苏维埃政权、妇女、共青团等决议案。1929年7月20日，50多位代表在2楼正式召开中共闽西"一大"，邓子恢代表闽西临时特委作工作报告后，毛泽东也作了重要讲话。事后，据参加会议的邓子恢、张鼎丞回忆，在毛泽东指出闽西党组织今后的任务是巩固和发展闽西红色根据地时,他问与会代表:能不能巩固?大家高声回答:能!紧接着,毛泽东追问道:有什么条件?看会场一片寂静,毛泽东这才用粉笔在黑板上写下实现这一任务的6个有利条件:1.闽西根据地已有80万群众,经过了长期斗争,而且暴动起来了;2.闽西各县有了共产党,这个党与群众建立了亲密的联系;3.闽西各县已建立了人民武装——红军、赤卫队;4.闽西的粮食可以自给;5.闽西处于闽粤赣3省边界,山岭重叠,地形险阻,便于与敌人作战;6.敌人内部有矛盾,可以利用。

毛泽东的讲话,极大地鼓舞了与会代表斗争的信心,为闽西革命根据地的巩固和发展指明了方向。其后,中共闽西"一大"通过的《关于土地问题决议案》,点燃了土地革命的星星之火,在不到一个月时间里,根据地的群众被广泛发动起来,土地革命如火如荼展开,大约有80万贫苦农民分到了梦寐以求的土地。地主、豪绅的田契烧完了、田分完了,农民家里堆满了收成的谷子,欢天喜地。这不仅奏响了闽西苏区土地革命的壮丽诗篇,还对其他革命根据地乃至新中国成立后的土地改革都产生了重大影响,成为土地革命战争史上的典范。在后来20年尖锐复杂的形势里,龙岩、永定、上杭一带大约20万亩"苏区"时期分得的土地始终保留在10多万的农民手中,在白色恐怖包围的环境里,堪称20年红旗不倒。中央红军主力长征后,与张鼎丞、邓子恢等一起领导军民坚持3年游击战争的谭震林,这样评价闽西的保田斗争:"这在全国是绝无仅有的,是一个伟大的奇迹……"

当时,闽西革命根据地星火燎原的形势,使毛泽东因红四军"七大"落选前委书记之职的阴霾情绪一扫而空,3个月后,他饱蘸激情写下的一首诗词,表达了对闽西革命根据地的高涨热情:"……红旗越过汀江,直下龙岩上杭。收拾金瓯一片,分田分地真忙。"

那一年,蒋介石对闽西革命根据地实行"三省会剿",闽西"一大"提前闭幕。7月29日,陈毅、朱德赶往蛟洋,就在文昌阁举行红四军前委紧急会议,研究、部署粉碎闽粤赣敌人会剿的策略。会后,陈毅取道漳州,转赴上海,向中央汇报红四军的实际情况,后来带回了中共中央著名的《九月来信》,毛泽东重新回到了红四军的领导岗位。这次紧急会议,可以毫不夸张地说,它是"党指挥枪"的古田会议的前奏曲。

从这个意义上说,地处僻地的蛟洋文昌阁,虽然不是什么恢宏雄伟的建筑,但它内涵深厚,犹如璞玉一般,内敛通透,应该更红更火,蜚声华夏。

永远的红土地

◎ 李治莹

小引

1923年，40多位进步青年就组织起进步社团"晨钟"社，创办起《钟声》杂志，宣传革命思想的永定；

1926年，成立福建省第一个农村党支部的永定；

1928年，声名赫赫的张鼎丞等共产党人就先后举行声势浩大的"湖雷暴动""闽西秋收暴动""金砂溪南农民武装暴动"……并成立起工农革命军、红军营武装组织的永定；

1929年，革命领袖毛泽东就深入这块山水指导革命斗争；之后，根据毛泽东思想，先后建立起12个区苏维埃、123个乡苏维埃政权，成立起县苏维埃政府的永定；

1930年，就成立起110个党支部、拥有1425名共产党员的永定；

1934年，就有4000多位永定儿女参加红军，其中多达2000多人参加二万五千里长征的永定。

……

这是一块许许多多革命者用鲜血染红的土地；这是一块共产党人高举了80多年党旗，让镌绣着镰刀斧头的旗帜，猎猎飘红的土地。在这块红土地上，多少先烈的鲜血汩汩流淌；多少英雄的事迹千古流芳；多少不朽的故事代代流传。在满山遍野的故事花丛中摘下几朵吧，让今天的人们看看那恒久的艳美，闻闻那永不消失的芳香……

红色金丰"小井冈"

1929年的春天，永定金丰山万亩山野的红杜鹃红了那一方山水。正当红杜鹃烂漫之时，毛泽东、朱德率领的工农红军第四军走下井冈山，转战在闽山赣水，走进了永定、走上了金丰山。

海拔1300多米的金丰山巍巍矗立，地势非同寻常的险要，高山险峰的气势，有着摄人心魄的雄浑。更有那古藤老蔓缠绕山间林丛，羊肠小道纵横峰岭，真是山景这边独好。毛泽东等一行站在金丰大山腹地牛牯扑的山峰上，一览如此壮观的山岭，十分惬意，欣喜地对众人说："此山地形复杂，回旋余地大，群众基础好，是建设革命根据地的好地方……"

毛泽东等一行察看金丰山后的第三个月，也就是1929年的8月21日，由于反动势力的再度猖獗，加之毛泽东当时患上较严重的疟疾，永定党组织领导人阮山等一行把毛泽东、贺子珍夫妇秘密护送到金丰大山的腹地牛牯扑，进行隐蔽性治疗养病。

化名为"杨主任"的毛泽东深居牛牯扑期间，一边请当地的老中医诊治疾病，一边指挥永定以至全局的革命斗争，频频接见永定县委和当地革命斗争领导人张鼎丞、阮山等，一起分析永定内外的革命斗争形势，总结指导"永定暴动"的经验和教训，研定新的革命斗争策略，商谈如何有力地贯彻闽西"一大"和建立永定革命根据地等一系列问题。与此同时，毛泽东还带着病体，坚持在牛牯扑走村串户、访贫问苦，与村民促膝深谈，调查研究农村、土地、反租反息和农民生活现状等问题；夜晚，便点灯秉烛，在自己亲笔题写的"饶丰书房"里，着手起草"古田会议决议案"。

一日，当地反动势力进行"三省会剿"，地毯式地遇村必查、逢山必搜，进行"围剿"式的大搜寻。敌人追到牛牯扑的那一天，毛泽东正在病榻上养病，因久泻未愈，身子骨十分虚弱，而敌人追捕的脚步声又突然逼近。危难之际，游击队员陈添裕、陈万裕等人急中生智，立即反穿草鞋，果断地背起毛泽东撤离牛牯扑。一路上，他们穿林越岭、涉水过溪，绕至雨顶坪、石岭等小村寨，直下湖雷，歇脚在凹下村。因陈添裕、陈万裕身背毛委员时反穿了草鞋，笨拙的追敌沿途寻觅反穿的草鞋印一路追踪，自然是瞎子点灯白费蜡，竹篮打水一场空，告败而归。

毛泽东隐身湖雷凹下村后，继续请中医治病，十余日之后，病体稍有好转，便由湖雷的赤卫队员一路护送，离开永定，暂居上杭临江楼，重新回到红四军前委工作。

毛泽东走进永定，后又挥手告别永定，这在永定的革命史上留下了闪闪发光的一页。

自从毛泽东走上金丰山，走进牛牯扑之后，金丰大山就成了真正的红色政权根据地。当时红色政权的重要机关和领导人，便沿着毛委员的足迹以金丰大山为根据地开展革命工作，曾先后驻设过永定县苏维埃政府机关、闽西南军政委员会、红八团、红九团、红五十六团、中共永定县委、永（永定）和（平和）靖（南靖）县委、王涛支队、闽西支队、闽越赣边纵队、永东工作团、永定游击队等红色政权的党政军重要机构，成了永定一个著名的革命根据地。无论是当时驻扎此地的各路革命队伍，还是金丰山里山外的老百姓都把金丰大山称作"小井冈山"。

"小延安"里的大生产

北方拥有个"大延安"，南国诞生出个"小延安"，这是20世纪40年代初期永定革命基点村群众口口相传的"秘密"。当年这个光荣的"小延安"，就坐落在永定县东南部老吴子村的旗扇山中。

老吴子村虽在深山老林之中，但地处永定、平和、南靖三县的边境，是开展游击战和驻扎首脑机关的要地，早在1929年就成立了苏维埃政权。1935年，闽西军政委员会主席张鼎丞和红九团以及永东游击队，从下洋的月流村转战老吴子村，与广东的一支军阀部队激战后，在老吴子村成立了党支部。从此全村老少心向共产党，赤胆忠心的投身革命。由于反动势力无休止的"清剿""围剿"以及三番五次的烧杀抢掠，农民群众的生活已是困苦不堪。红色政权、特别是长年转战深山老林的游击队的给养难以接济，严重威胁着革命力量的生存与发展。为了能将革命进行到底，永定县委决定在老吴子村开展隐蔽性大生产活动，生产基地选择在人迹罕至、且四周高山密林的旗扇山。他们把一批骨干力量和当地接头户陆续潜入旗扇山，在那方处女地上披荆斩棘。以陕西延安"自己动手，丰衣足食"的精神，把旗扇山当作陕西延安的南泥湾。在山中开垦出一丘又一丘、一片又一片的荒地，种下多种农作物。春天播下种，夏天长出粮……热气腾腾的大生产，鲜活了旗扇山那一方山水。从此，旗扇山中日日飘荡着"红米饭、南瓜汤"的阵阵香味。他们在生产粮食的同时，喂起了鸡、鸭、兔等家禽，养肥了大猪，丰富了供应，又在那不能耕作的山坳里种上了各种果树和竹子。果子熟了，老吴子村的群众便挑下山赶墟天赴集市；竹子长高了也悄悄运下山去，卖给制作竹器的工匠，以此补充革命经费。从此，"饭菜飘香"的老吴子村旗扇山就成了当地红色政权坚强的"大后方"。

这个"大后方"在周边群众的严实保护下，像个密封的金箱银桶，不曾向外透露半点风声，敌人做梦也没想到在旗扇山中的大山坳里，竟然还从无到有地隐蔽着一个红色政权的粮食生产基地。在那艰苦卓绝的非常时期，得以维持了几年的生产自给，保护和壮大了革命力量。

在"小延安"大生产的革命人士坚持两手抓，一边挥起锄头镰刀，栽菜种粮；一边则紧握枪杆子，以秘密的方式与反动势力开展武装斗争，仅仅在攻打小芦溪村的一次战斗中，就缴获了敌人长短枪50多支、粮食两万多斤、一堆光洋和其他多种物资。

1944年的夏末秋初，中共永和靖县委在老吴子村复建，边委和特委机关也全部迁驻老吴子村。这个小山村成了闽粤边革命活动的领导中心，红色政权重要领导机关的进驻和生产基地的建立，老吴子村这个光荣的乡村，名副其实地成了一个微缩的闽西"小延安"。在这个"小延安"驻设的红色政权机构和生产基地一直坚持到抗日战争胜利之后。

在国内革命战争时期，反动势力再次"清剿"老吴子村一带革命基点村，终于发现了隐藏在旗扇山中的"小延安"生产基地。敌人还在旗扇山的草寮和山洞中发现了边委机关驻地痕迹，搜出一批印刷材料的纸张。敌人气急败坏，不但纵火烧毁了山中的草寮、毁坏各种生产用具、铲除旗扇山生活设施，还烧毁了老吴子村，甚至连老吴子周边的村庄也不能幸免。最为残酷的是，以凶残的手段杀害了老吴子村党支部书记等革命人士。

中共闽西地委立即派出重要武装力量反击敌人，之后又在老吴子村成立起南溪游击队，继续开展筹粮筹款、请医买药工作，基本保证了红色政权的给养，对敌人进行持续性的武装斗争。

风展红旗如画

在当年永定腹地深处，而今通达的309省道湖雷镇羊头村路段上，平日里风展红旗一片。党旗、国旗、红旗，在金色的阳光下格外灿烂夺目。今日羊头村党支部和全体村民用飘飘的红旗告诉川流不息的过往车辆和路人，告诉过去和未来，告诉昨天和今天，告诉先烈和一代又一代的革命后来人——这里是福建省第一个农村党支部的诞生地！这片土地是光荣的，这个村庄是光荣的，这里的村民更是光荣的。

光荣的羊头村村民不会忘记：自1921年那个火红的夏日，华夏大地上诞生了中国共产党之后，马列主义终于在中国大地上迅速而广泛的传播，革命真理的火花渐渐闪亮在闽西这块苦难深重的土地上，闪亮在永定的山山水水。

永定，在这块2000多平方千米的土地上，高峰低岭、山山相连。在这山岭之间的客家先民，一代又一代，生生不息地生存、劳作着。但山岭之间，地无三尺平；触目之处，尽是穷乡僻壤；开垦的田地，大多是瘦田薄地，"豆腐"块大小的田垄。"丈二田坎尺二田，田埂高过屋，牵牛寻无路"，这就是当年山高田小的写照。仅仅在1922—1926年间，发生在永定境内的军阀战争就达30多次。短短三四年间，打着不同旗号的军阀往返盘踞永定7次。1923年，永定一批进步青年就热血沸腾地组织起"晨钟社"，创办起宣传革命思想的《钟声》杂志。不久，《雷鸣》杂志问世。

在革命的激流涌动之下，1926年初夏，中共厦门总干事会书记阮山奉命回到永定建立党组织。7月16日晚，在羊头村一座小型四方土楼前面的"万源楼"上，一盏闪烁着光明的煤油灯映照着几个激情在胸的身影，昂扬着革命斗志。在一遍又一遍的坚强誓言之下，这个由阮山任支部书记的中共永定支部成立了。

这是福建省成立的第一个农村党支部；这是永定农村、也是闽西农村革命的星星之火。

那天的会议开得很久很久，那天的月光很亮很亮。每个人的胸中都澎湃着一股砸烂旧世界、迎接新生活的激情和信念。在党支部成立会议上，提出了一系列行动计划和步骤，研定了在各地农村发动群众投身革命，如何兴办公学、创立夜校、组建农会、抗租抗税……共产党员林心尧在一本草纸订成的笔记本上，对会议做了记录。

两个月以后，1926年9月22日，党支部再次在"万源楼"召开了会议。会议研究了如何组织和配合各地农民暴动，扩大革命声势、壮大力量、迎接北伐军……

革命激情的涌动和革命行动的一步步开展，使得原本就草木皆兵的反动势力更加的惊慌失措，一次又一次的搜查、跟踪、追捕、屠杀共产党员的恐怖气氛，弥漫在永定内外。为保存革命力量，共产党员四处隐蔽。

自从湖雷羊头村"万源楼"建立起第一个中共农村地方组织之后不到3个月，永定金丰党支部在下洋公学成立。翌年，由张鼎丞任书记的溪南党支部成立。不久，太平党支部又在文溪村成立……

各地党支部的先后建立，奠定了永定大暴动、金砂溪南大暴动等各地大暴动的政治基础。星星之火，可以燎原。

红土地上的铜墙铁壁

革命的烽火点燃之后，永定的劳苦大众就高高举起革命的火炬，纷纷以参加共产党组织、加入农会、进行武装暴动、声援和支持革命等多种形式，直接或间接地加入革命队伍中来。他们为此而流血牺牲、倾家荡产、背井离乡的不计其数。

永定的革命者和劳苦大众尽管遭受反动势力惨无人道的镇压和杀戮，但仍然不屈不挠地坚持对敌斗争，另一方面则为各级红色政权和各路游击队筑起一面面铜墙铁壁。

三年游击战争之初，反动势力就实行全面封锁，穿梭在深山密林的游击队缺衣断粮没子弹，给养方面常常中断，处境极其艰难。这时候，各乡各里的人民群众冒着丧失生命的危险，利用一切时机、想尽一切办法，为各支游击队送衣送药送粮。村民们想出了"串担"（即以捅穿竹节的竹子做担杆）的法子，在被捅去竹节的竹筒里，装粮、装盐、装药；或是用"双层桶"，在下层装米面，却在上层伪装上一层粪土；再就是用"大蒲包"装米饭等几十种机智巧妙的办法，把粮食和各种物资悄悄地运送给各路游击队。就因为有了这许许多多充满智慧的办法，各级红色政权和各路游击队才得以有效的保护，多种形式的革命斗争才能持续开展。"一根竹竿五尺长，捅开竹节把米装……"类似于这样的民谣在当时永定的山里山外广泛流传。

　　在三年游击战争期间，尽管处处都是白色恐怖，但基点村群众还是想方设法帮助游击队、保护游击队，如佯装上山打柴，下田干农活，把给养送到游击队手中。更有少年儿童，一旦发现敌人搜山，就以吆喝耕牛为信号告知游击队。当时张鼎丞等领导人隐蔽的山洞，距离敌人驻扎地仅300米，但在人民群众铜墙铁壁的保护下安然无恙。

　　在三年游击战争中，由于有了广大基点村群众的支持和保护，保存了永定各地党组织70多个、党员300多人，有力牵制了敌人的部分兵力，为配合中央主力红军的胜利长征作出了重要贡献。

　　永定自1926年有了党组织之后，共计有10余万人直接投身于革命斗争，占当时全县人口的70%左右，人民群众是红色政权真正的铜墙铁壁。

永定，永远的红土地

　　永定是土地革命战争时期中央苏区21个县之一。在这块红土地上，建立了全省第一个农村党支部；举行了震撼八闽的永定暴动；建立了全省第一支红军部队和最早的苏维埃政权。在这块红土地上，留下了毛泽东、朱德、陈毅、张鼎丞、邓子恢、谭震林等老一辈无产阶级革命家的战斗足迹。在漫长的革命征途中，永定老区的人民为中华人民共和国的诞生，披荆斩棘，流血牺牲，前仆后继。28年红旗不倒，涌现出数不胜数、可歌可泣、光芒四射的革命人物和英雄事迹，谱写了光照千秋的英雄史诗。

今天，在这块红土地上，永定各级党组织和人民群众"发扬革命传统，争取更大光荣"！在改革开放上独树一帜；在经济建设上以科学发展观引路，大思路、大视野、大手笔地描绘大蓝图，步步攀登经济建设新高峰！浓墨重彩地谱写着红土地上的革命新篇章……

泽东楼的诉说

◎ 何英

永定抚市荷坳头张屋，有一幢"泽东楼"。据说，这是到目前为止，在祖国大陆唯一以伟大领袖毛泽东的名命名的楼。

这幢楼，深藏于金丰山脉的大山深处。

金丰大山，重峦叠嶂、奇石累累、沟壑纵横，绵延到天地交接的深处。在绵绵延延几十千米中，面积近五百平方千米的金丰山脉由天子嶂、马脐嶂、仙嶂、贵人嶂、对面嶂、五指嶂、九九嶂、赤竹嶂、东华山、东福山等23座大小山峰组成。大山深处，全长五十多千米的"金丰溪"就孕育其中，曲曲回回迂回后注入广东的韩江。

在20世纪初期的"土地革命"年代，金丰大山树起了"红旗不倒"的党组织——中共金丰支部(后改为区委)。毛泽东、周恩来、朱德、陈毅等许多老一辈无产阶级革命家，都在金丰大山进行过重要的革命活动。从闽西三年游击战争时期至全国解放，金丰大山里一直是中共永定县委、闽西南军政委员会、中共闽西特委等机关驻地。在长期的艰难岁月里，金丰大山的人民为革命的胜利付出了沉重代价，牺牲的英烈近千人。中华人民共和国成立后，生活在金丰大山里的村庄，有75个村被政府列为革命基点村。

当年在金丰大山战斗过的国家领导人谭震林曾感慨万千地说："江西有井冈山，闽西有金丰大山，都是有着光荣历史的大山啊！"

（一）

荷坳头，位于永定区抚市镇五湖村上寨革命基点村，在金丰山脉的五指嶂的半山腰，与老楼下、陂子头的卢屋相邻。海拔800多米的山下，泽东楼就瞩目在那里，静静地等待着探寻伟大足迹的人们，默默地诉说着曾经的历史。

1929年，一代伟人毛泽东化名"杨先生""杨子任"曾几次到永定，在金丰大山深处的虎岗、坎市、湖雷、抚市等地养病并进行社会调查。金丰大山里的人民，以热情的情怀和大无畏的革命精神，为毛泽东的治病、养病和指导中国革命做出了重大贡献。

荷坳头地处抚市、湖雷、陈东3个乡镇的结合部，村里分张屋和卢屋，是当年国民党反动统治比较薄弱的地方。因此，在革命战争年代，山上是红军活动的核心区域。

荷坳头张屋，有一幢1896年建成的"四方土楼"，当地人称"张家四方楼"，楼主人姓张。张屋的对面，住的是卢姓村民，本地人称之为卢屋。据楼主人的后代张万生等介绍，1929年8月下旬，毛泽东由地下党组织秘密护送转移到这里时，张家父母逝世，留下尚未分家张茂煌、张茂春和张茂荣三兄弟。当时，毛泽东因患严重的疟疾，由闽西特委指定当地的赤卫队员，用担架从上杭大洋坝一路抬到荷坳头张屋后，在乡苏维埃主席张茂煌家作临时休养了10天。

毛泽东住在这里时，一边调养休息，一边开展调查研究、宣传发动群众、分析斗争形势、指导当地的革命运动。

1936年三年游击战最艰苦的时候，国民党为消灭红军，对革命基点村实行惨无人道的烧光、杀光、抢光的"三光"和移民并村的残忍手段，荷坳头张屋曾6次被强迫移民并村和烧杀抢掠。其时，这幢楼和周边的房屋因毛泽东曾居住在这里，全都遭遇国民党民团的烧毁。

1951年，永定县政府全额拨款按原貌重建一幢四方的土楼（即现泽东楼院中的主楼）。其时，永定县委经请示时任中共福建省委书记张鼎丞同志同意，将该楼取名为"泽东楼"，同时为了褒扬张家祖辈为革命做出的贡献，请人为此楼作对联一副："泽水长流革命宅，东风争放和平花。"

如今，泽东楼里的正中的楼称为"总楼"，两侧因人口发展后分别为1972年和1974年建的二层和三层横舍、土木结构共占地六间的住房。楼的左边为附属设施，右边为造纸厂旧址（原游击队哨位）。该楼正对面的山头（五指峰）为1948年3月"荷坳头突围战"战场旧址。

（二）

荷坳头，村里传统的谋生手艺是做"竹麻纸"，当年那做纸的"纸槽"家家户户都有。所生产的草纸，挑到陈东街头的"墟上"去卖，再转卖到各地，村民同时换回生活所需品。

至今，村民口口相传着一个与一代伟人毛泽东有关的感人故事。当年，出生在湖雷镇上湖雷的永定地下党领导人、金融家之一阮山的侄女阮唐嬷，很小的时候就被送到"张家四方楼"给老二张茂荣当童养媳。后来在阮山的影响下，三兄弟都参加了革命，张茂煌成为区苏维埃主席。

1929年8月下旬毛泽东由闽西特委领导邓子恢等人安排，从上杭溪口经永定的虎岗、坎市、湖雷等地进入来到这荷坳头入住张家四方楼。

荷坳头张屋对面的卢屋，有一家娶了湖雷"平水坑"张细妹为妻子。当年的荷坳头因交通非常偏僻，张细妹回娘家的路实在太远了，便认张茂煌家为"娘家人"。而张茂煌家父母只有三个儿子，没有女儿，非常乐意认这个女儿，这种习俗在闽西的客家地区至今仍在流传。

毛泽东入住张家四方楼后约八九天后，张细妹吃过晚饭收拾好家务事后，点着火把到邻居去玩。这时邻居的家人正在议论说：今天挑纸去陈东墟，看到墟上贴了国民党的宣传单，说有"赤匪的头目"到了陈东躲藏在山上，如知情举报，可以奖励10个大洋。突然间有人说，好像对面张屋这几天来了"客人"，那客人的样子和平常来的客人不太一样。

张细妹听后，心里一怔，但表面上仍然装着一副不在意的样子。

她赶紧回到家，还故意把大门"砰"的一声关上，意在让人听到她已经回家里睡觉去了。接着，张细妹摸黑悄悄地从后门绕到菜地，再从菜地绕道摸到了对面张屋的"娘家"，悄悄地把这消息告诉了张家。

（三）

张家三兄弟得到消息后，马上与赤卫队员商量，连夜用"竹床子"做成担架，从荷坳头出发，沿着后山羊肠小道的山路，途经陂子头、石岭村自然村，艰难地把毛泽东安全护送到岐岭"青山下"自然村的"华兴楼"赤卫队员陈添裕的家里。

第二天，果真有人以挑纸到陈东墟去卖为名，把荷坳头张屋的张家来了"客人"的事，向陈东国民党的头子卢九连举报。卢九连得到消息后如获至宝，马上与广东大埔的民团联合，包抄荷坳头企图围捕毛泽东。

卢九连带着民团扑向荷坳头没有抓到毛泽东，便把张茂煌抓去关押起来后进行严刑拷打。但张茂煌死不招供，残忍的国民党民团就把他杀害了。

（四）

革命的火种是扑不灭的。荷坳头的革命群众始终冒着生命危险支持和保护山上的红军游击队。1946年初，为适应革命形势迅速发展的需要，中共闽粤边委机关从湖坑镇南溪老吴子村迁驻荷坳头。同年6月，中共七大代表、原中共闽粤边委组织部部长王维参加中共七大后，从延安回到中共闽粤边委机关驻地荷坳头，向闽粤边委、中共闽西特委和所属各县县委负责人魏金水、朱曼平、范元辉、张昭娣、江岩、赣祖雄等人传达中共七大精神，从而为闽西胜利进行解放战争奠定了思想基础。

1948年3月，闽西支队近百人由支队长蓝汉华、副政委邱锦才率领，开到荷坳头后山休整。国民党福建保安团在地方民团的配合下，以700余人的兵力跟踪而至。闽西支队设于村口造纸作坊边（即张家四方楼）的岗哨及时发现了敌情，蓝汉华、邱锦才等人果断命令指战员迅速抢占五指峰制高点，凭借有利地形，与兵力、武器占绝对优势的敌人展开激战。此役共歼敌200余人，击退了敌人的进攻，但副支队长郑永清和5名战士在战斗中光荣牺牲。同年冬，永定游击队在荷坳头村成立。

张家三兄弟，老二张茂春是地下党的交通员，长期为活动在金峰大山里的红军游击队送医送药送情况，牺牲在地下交通战线。老三张茂荣跟着部队当红军去了，1950年在"东山战役"中光荣牺牲。

新中国成立后，张细妹被评为"五老人员"（老接头户）。同时村里有4人被认定为"革命烈士"，其中就有张家3兄弟。

阮唐孁任五湖公社的妇女代表和荷坳头生产队长。1978年，阮唐孁又将自己的四儿子张万和送往部队。1979年3月张万和在对越自卫反击战中牺牲后，她把国家给的400元抚恤金直接捐给生产队用于水利建设。随后，她又把五儿子张万汀也送去应征。

历史没有忘记，中华人民共和国成立后，人民动情地用歌声赞颂：毛泽东是人民的大救星。殊不知，毛泽东在闽西的脱险经历以及人民为中国革命做出的重大贡献，也证明了：人民，胼手胝足的农民，却也曾经是毛泽东的救星。

泽东楼诉说着：领袖和人民，鱼水相依，生死与共。

再读重阳

◎ 马照南

历史上许多历史文化名楼，皆因诗文名篇扬名，如南昌滕王阁与王勃的《滕王阁序》、武汉黄鹤楼与崔颢的《黄鹤楼》、洞庭湖岳阳楼与范仲淹的《岳阳楼记》。这些名楼大都沿江湖而建，因景观秀丽，引发历代文人墨客吟诵诗词歌赋，获得普遍赞誉，流传千古，成为人们仰慕的文化旅游胜地。地处闽西上杭的临江楼，则因毛泽东1929年在这里写过一首《采桑子·重阳》而脍炙人口，闻名天下，像一颗耀眼明珠，临江楼为中国革命圣地、共和国摇篮闽西红土地，平添一份神圣的光彩。

人生易老天难老，岁岁重阳。今又重阳，战地黄花分外香。
一年一度秋风劲，不似春光。胜似春光，寥廓江天万里霜。

我登临临江楼。深秋的汀江，依旧空阔旷远，浩渺秋水，流向天际。江之两岸，绿树成荫，街道整洁，新楼林立，鳞次栉比。远山郁郁葱葱，生意盎然。

上杭自古繁华。山城扼汀江中游，江面宽阔，航道通达，舟楫云集。宋代以来，北达赣湖，南通潮汕，及于南洋，各类货物集散于此，又筑有坚固城墙，素有"铁上杭"之称。紧邻汀江水码头的临江楼，始建于清代。原来是一座平房，1927年改建为中西合璧的3层小洋楼，作为货栈，名"广福隆"，后改为酒楼，因名临江楼。临江楼坐北朝南，砖木结构，骑楼式建筑风格，占地面积293平方米，分为上下厅和一天井。楼的底层和二层走廊前，上下各有石砌藻饰的3个拱形廊檐，显得精致典雅。

"红旗跃过汀江，直下龙岩上杭"。毛泽东、朱德率领红四军，自1929年初入闽，建立了红彤彤的中央苏区。随着革命根据地和红军队伍的扩大，许多新问题产生，特别是旧军队中的各种非无产阶级思想未能克服。1929年6月，红四军在龙岩召开第七次党代会，会上由于领导者的意见不一致。毛泽东未能继续当选前敌委员会书记一职，和贺子珍离开部队，到闽西各地指导地方工作和调研土地革命运动。因长期工作繁忙，积劳成疾，他不幸染严重疟疾，身体虚弱。9月，毛泽东的战友朱德指挥红四军4个纵队和地方赤卫队，以万人兵力，一举攻下久战不决的"铁上杭"。很快成立了上杭县苏维埃政府。至此，上杭成为中央苏区重要的核心县域。

10月上旬，重阳节前夕，病中的毛泽东由当地赤卫队员抬着担架，从永定县合溪来到上杭临江楼。到达临江楼，毛泽东热情挽留赤卫队员们住下。他们却因为要赶回过重阳节，决意要连夜走山路回去。毛泽东与赤卫队员们一一握手，表示感谢。

毛泽东住在临江楼二楼东厢一房。这是一间10平方米左右的木板屋，一张床，一张桌，桌上一盏油灯和一只碗。床上铺着毛泽东喜爱的白床单，给人一种悠长和静远的历史观。据介绍，毛泽东刚在临江楼住下，就在二楼前厅接见了红四军第4纵队司令员胡少海、政治部主任谭震林和上杭县肃反委员会负责人傅柏翠等，并指示他们做好地方政权建设工作，恢复各地群众组织，筹备成立闽西苏维埃政府。

上杭的重阳节特别隆重热闹。客家人称重阳节为"兜尾节"，意为年尾大节，有"过了重阳无大节"之说。出门的人很多都要赶回家，带着小孩一起爬山，登高远眺、观赏菊花、遍插茱萸、饮菊花酒等。客家人还把重阳节俗称为"芋卵节"，或叫"肉丸子节"。"芋卵丸"香软顺滑，鲜美可口。当地老乡以此送给毛泽东，他品尝后连声称赞。

临江楼是一栋白墙平顶，拱形廊檐的三层小楼，虽不似滕王阁豪华壮观，但也称得上清奇雅致。第二天清晨，毛泽东伫立在上楼屋最高层正厅平台上。深秋的汀江，秋风猎猎，寒霜万里。四顾江天，寥廓悠远。古朴山城，屋瓦接堞，尽收眼底。毛泽东触景生情，挥毫写下《采桑子·重阳》上阕："一年一度秋风劲，不似春光。胜似春光，寥廓江天万里霜。"

重阳节正是上杭菊花盛开的时候。毛泽东凝望烟波浩渺的汀江两岸，战地的黄花，丛丛簇簇，如同播撒满地的碎金。回顾红四军入闽半年多来的战斗历程，战场上硝烟未尽。此情此景，毛泽东心潮澎湃，高声吟诵，一气呵成下阕："人生易老天难老，岁岁重阳。今又重阳，但见黄花不用伤。"

"但见黄花不用伤"，是毛泽东原稿。当时，他身处逆境，又患重疾，但是没有一点消沉。"不用伤"，是勉励自己不必伤心，革命意志依旧坚定。菊花和悲秋，古人总是托物咏怀，借景生情。把人与大自然联系在一起，面对四季轮回、花开花谢，都会引发对人生的感叹。萧瑟深秋，或叙写羁旅的清冷孤寂，或寄寓伤时忧国的痛楚苦闷，或描述仕途失意的抑郁衰颓。屈原《离骚》有"夕餐秋菊之落英"的诗句，陶渊明吟唱"采菊东篱下，悠然见南山"，同样透着秋节的苍凉之情。毛泽东的这首词，充满壮志豪情，一扫凄凉萧瑟之气，抒发出登高远眺，恢宏空阔的深远意境。

下阕起笔化用李贺的"天若有情天亦老"。"人生易老"是自然之理，时光流逝，难以逆转；"天难老"同样体现自然规律。以"易老"对"难老"，看似矛盾，实则表现作者"只争朝夕"，解黎元于苦难的急迫心情，展现了"慨当以慷"的胆气与豪情。

《人民文学》1962年5月号发表毛泽东的《词六首》。《采桑子·重阳》这首词的上下阕原先是相反的，刊发时毛泽东把它调整为现在的顺序。同时，诗人将原句"但见黄花不用伤"改为"战地黄花分外香"。这一改动，更凸显了毛泽东对人民革命事业自信和乐观的情怀，给人以刚毅的鼓舞，从豪迈的诗意中体验到哲理的光辉。

临江楼下，有朱毛"临江谈心"旧址。出楼，下穿拱形城墙，便是著名的汀江水码头。一坎坎大型石条铺设的阶梯直插江边。码头旁边，一棵粗壮榕树昂然挺立。榕树下摆着石桌棋盘，石桌边有两张石椅。当年毛泽东与朱德在此一边下棋一边谈心。两位一同走上井冈山，进军赣南闽西，经过激烈战火的洗礼生死相依的战友，在此推心置腹，深入谈心，相互交换建军治军的看法和建议。"临江谈心"，两位红四军最高领导在新的思想基础上肝胆相照、达成高度共识和默契，为古田会议的胜利召开奠定了重要的思想基础。两位战友的手更紧地握在一起。"临江谈心"，两位伟人在这里吹响前进的号角，拉开革命胜利的帷幕。

在临江楼居住十几天之后，10月21日，毛泽东离开上杭临江楼，前往古田苏家坡指导闽西特委工作。两个月后，在古田廖家祠堂，红四军召开第九次党代会。朱德、陈毅坚决贯彻中央"九月来信"，毛泽东重新恢复前敌委员会书记职务，这就是历史上有名的"古田会议"。2014年10月31日，"新古田会议"成为人民军队在强国强军梦的伟大征程中加强军队思想政治建设新的里程碑。以"古田会议"为标志的党和军队思想政治建设的优良传统，深深融入党和军队思想政治建设血脉，延绵持续，不断从胜利走向胜利。

临江楼前，汀水长流。我沿着汀江岸边漫步，回望秋阳中的临江楼，更加壮丽、更加伟岸。和着滔滔汀水，再次吟诵《采桑子·重阳》，人生易老，宇宙无穷，初心永恒。这首词的历史底蕴和博大精深的意境，我似乎理解得更深了一些。

走进新泉整训的历史和今天

◎ 张惟

"一个幽灵,共产主义的幽灵,在欧洲徘徊。"在马克思和恩格斯《共产党宣言》第一次以单行本形式在伦敦出版81年以后,毛泽东、朱德和陈毅率领中国工农红军第四军的4000将士,1929年12月3日出现于连南河畔新泉镇,按照马克思主义的原则,进行新式整军运动。其结果是产生了随后移师上杭古田召开的《中国共产党红军第四军第九次代表大会决议案》,实际上是初步形成的中国化的建党建军纲领,一直指导着之后的党的建设工作,诚为"永放光芒"。

新泉人和许多红四军将士一样,他们是在前委驻地望云草室或区苏维埃礼堂上看到大胡子的马克思画像的,而在他们眼前的不是马克思所谓"徘徊的幽灵",却是活生生的一群中国共产党人。首先映入眼帘的是高高个头的党代表毛泽东,听说他是军中唯一的党中央委员,因而被称为毛委员。朱德军长身背斗笠脚蹬草鞋像个大兵,闻知他是滇军将领辞高官留德归来,却和留法的政治部主任陈毅一般,丝毫不见"洋气"。陈毅去上海向主持工作的李立三、周恩来汇报,带回周恩来签署的"中央九月来信",支持自井冈山进军赣南闽西以来毛泽东在沿途争论中所阐述的一系列原则观点,朱德表示同意,中国党的第一代领导核心的主要成员毛泽东、周恩来、朱德此时形成了中国式建党建军的共识。进驻新泉十余天,毛泽东在"望云草室"的泥瓷灯下执笔起草"九大决议草案"时,自是思路通畅意气风发了。

新泉整训的背景是极为深刻的,从大的方面来说,当时共产国际对中国共产党是生长在半封建半殖民地的农业大国,产业工人的比例不到1%,能否保持无产阶级先锋队的先进性存在疑问,以致党的建设因受到教条主义的束缚而徘徊,在莫斯科召开党的"六大"选出的中央委员硬性要求工人成分占到2/3，对大知识分子瞿秋白不信任而推出工人出身的向忠发为总书记（后来瞿秋白在闽西长汀从容就义而向忠发在上海被捕叛变成为历史对这一教条主义观点的生动批判）。

中国大革命失败后，中国共产党被迫退到农村去开展土地革命，毛泽东上井冈山开辟了中国革命由农村包围城市的道路，朱德、毛泽东井冈山会师组建的红四军，主要是北伐军的雇佣士兵和暴动入伍的农民，各种非无产阶级思想大量地渗透到红军包括党的各级组织中来。如何建立一支党绝对领导的真正的人民军队，这一历史时代提出的崭新问题，显然从教条主义者那里是找不到答案的，必须由中国共产党人自己在实践中去探索、思考和解决。

红四军党代表毛泽东在井冈山的频繁战斗中，就曾提出"要设法避开一些战斗，争取时间训练红军的军事技术"。而自井冈山向闽西进军以来，前委会议经永定湖雷、上杭白砂、连城新泉直到龙岩召开"七大"的争论，已经将党对军队的绝对领导和无产阶级军队建设的问题，提到迫切的日程上来了。历史选择了新泉作为中国工农红军第一次大规模新式整训运动的地点，实际上也是为古田会议做了必要的政治上思想上的准备。

从龙岩"七大"毛泽东离开红四军，到1929年11月26日，他在福建省委驻红四军总联络员谢景德陪同下，由上杭蛟洋到汀州与红四军会合，重新就任前委书记，形势已发生了变化，这时在周恩来签署的中央九月来信的指示下，毛泽东对党和人民军队的建设问题已经"心存蓝图，了然于胸"，正如他致信党中央所表示的：四军党内的团结，在中央正确指导之下，完全不成问题。陈毅同志已到，中央的意思已完全达到。唯党员理论常识太低，须赶紧进行教育。

8天之后的12月3日，毛泽东和朱德、陈毅率师进驻连城新泉，他又住进了半年前他住过的望云草室。这时毛泽东的心情与前次不同了，那时因为白砂会议上的分歧，年轻的第一纵队司令员林彪曾上书毛泽东，对红四军的状况表示忧虑，希望他有决心纠正党内的错误思想。由白砂到新泉后，毛泽东首次住进望云草室，6月14日着手给林彪写了回信，并发表在《前委通讯》上。毛泽东指出"个人领导与党的领导，这是四军党的主要问题",也就是要不要坚持党对军队的绝对领导的原则问题。

现在有中央来信的明确支持,毛泽东、朱德、陈毅等红四军主要领导思想一致,达成共识,全军开赴新泉整训。朱德军长每天背着斗笠脚蹬草鞋走上竹背山练兵,毛泽东不舍昼夜地召开干部、士兵和民众座谈会,征求建党建军的正确途径和方法,提出了"从思想上建党"的原则,也就解决了从大量的旧军队、农民出身的红四军官兵中发展的党员,能够通过学习与教育保持无产阶级先锋队的先进性问题。

在史称"新泉整训"81周年之后,又是闽西的一个温暖南方的冬天,我又来到一枕青山、两水环抱的新泉镇,踯躅于连南河畔氤氲的温泉旁。走到桥头连南河弯的大榕树下,原为红四军第一支队长的萧克上将,1981年重返闽西战地时,曾站在这棵大榕树下,向我们讲述一位旧军官出身爱打骂士兵被唤作"铁匠"的连长,如何在毛委员的谆谆教导下,认识"红军是执行革命的政治任务的武装集团,官兵都是阶级兄弟"的道理,改变带兵方法,并对士兵也进行了克服极端民主化和极端平均主义的思想教育。我也听过当时担任新泉乡苏维埃政府主席的张南生回忆,毛委员、朱军长走在新泉的田间小道上,22岁的第一纵队司令员林彪看到许多官兵在温泉裸浴,提出"六项注意"之外应加上"洗澡避女人",政治部主任陈毅说"要的,还应该加一条大便找厕所"。毛委员、朱军长谈笑中表示同意,第二天红四军发布的公告,就将"三大纪律,六项注意"改成"八项注意"。后来成为原北京军区副政委兼政治部主任的张南生中将,接受我的采访时说:"当年我耳闻目睹我们党的建设和军队建设,不搬教条,都是在斗争实践中创造性地形成的。新泉整训后,我也就领着乡里一批参军的青年跟红军走了。"

当年这位乡苏主席是归属连南18乡暴动后组成的连南县委领导,其时县委书记方方接到中共中央特科项与年托人来苏区接走10岁的儿子项南去上海,庙前乡人江一真在汀州福音医院当学徒,也由傅连暲介绍到红四军卫生队随军出发。新中国成立后江一真任福建省省长、河北省委第二书记、国家卫生部部长,项南在改革开放初期主政八闽任省委第一书记,连同抗美援朝入朝作战的第20兵团政治委员后为志愿军政治部主任的张南生,被称为连南走出去的三位杰出的政治家。历史的风云际遇,他们都曾沐浴过"新泉整训"的温暖阳光。

整训之后接着召开红四军"九大"就顺理成章了。黄埔军校六期女兵出身的长汀县委委员傅维钰风尘仆仆赶到新泉，跳进温泉不避男人，惊起满池将帅，她是跑来报告福建省防军第二混成旅4个营和赣军金汉鼎的一个团进占长汀的消息。红四军遂移师上杭古田做准备攻打龙岩之势，实际上着手召开"九大"，会议于12月28—29日举行，依据毛泽东所作报告，通过了《中国共产党红军第四军第九次代表大会决议案》，也即习惯称为"古田会议决议"，这个决议是毛泽东思想初步形成的标志，也宣告摆脱了教条主义束缚的中国式的建党建军思想走上康庄大道。其内容我们从新泉整训甚至6月14日毛泽东在新泉写给林彪的前委通信中，可以看到思路的发展轮廓和成熟过程。

从毛泽东思想在中央苏区这片土地上开始产生、形成，历史又经历了邓小平理论、"三个代表"重要思想和科学发展观的继承与发展。当年"新泉整训"的那些原则，在与科学党建和创先争优活动的结合中，又鲜活起来了。

我来到当年红军整训的练兵场旁边的一座小楼上，那里挂着新泉镇"农村实用人才百事服务中心"的牌子。据服务中心管理员的介绍，他最多的一月接待过600多人次，该镇现在又着手建立"农村信息快车"服务的崭新模式。咨询和服务的问题有：猪生病了怎么办？怎样能以杂草为原料制作经济价值高的"菌草鹿角灵芝"，收入多了又节约木头保护了生态环境？儿子不孝顺找谁去说理等等。这种精心细微的"农村实用人才百事服务"，不是当年毛委员关注"洗澡避女人""大便找厕所"的执政为民精神的延续和弘扬吗？

随后我到县城采访县委领导，获知这是连城县创新组织、人才工作的新思路。在县委创先争优活动领导小组的部署和领导下，组织部门以县级人才库为依托，由乡镇职能干部和农村"六大员"实用人才组成"百事服务中心"，行政村则建立"百事服务站"和"百事服务中心户长"。如罗坊乡肖坑村中心户长刘文康是槟榔芋种植的土专家，他自己种植的槟榔芋年收入7万元，今年带动全村种植50多亩，仅此一项收入可达30万元。人们以前常赞扬组织部门是"党员之家""干部之家"，现在把工作做到温暖农村千万家。这符合党中央开展服务"三农"的战略要求，是拓展新农村建设理念，延伸服务范围的新探索、新创造。从战争环境中的"新泉整训"，到今天执政党的理念追求，都维系着一条党与人民血肉相连的精神纽带。

县委组织部的两位副部长陪同我去参观党建综合示范点的林坊乡林塘村鲜切花基地，我怎样也没有想到，今天的党建工作，竟同眼前看到的鲜艳的红玫瑰联系起来。在花圃基地，向我津津乐道鲜切花品种的，如红玫瑰、非洲菊、剑兰、神马白菊、康乃馨、百合，以及珍稀苗木海南花梨木、沉香、印度小叶紫檀的，不是农业局局长，而是组织部部长。林塘村作为党建综合示范点，由龙岩市委常委、秘书长挂钩指导，县委派驻包点的是县委常委。

党建综合示范村以党员示范、农民群众增收致富为目标。如林塘村的鲜切花已开始销往广东深圳、上海等地，年产值可达100万元，全村仅此一项就人均增收1000多元。村民林绍功夫妻原来外出打工年收入不到3万元，现回村包种10亩鲜切花纯赚5万元。全村规划种植鲜切花和珍贵名木1000亩，确保农户每亩收入不低于8000元，由此可见特色产业可迅速壮大农村经济。

中国式的建党、建军原则的探索和确定，新泉不是活水源头之一吗？我伫立在连南河畔的大榕树下不忍离去，溪岸留下了毛泽东、朱德、陈毅和红四军将士远行的背影，斯土成长起来的项南、江一真、张南生等斯人也远去了。蓦然间，我望见了田野上矗立的党员示范岗，一代伟人所树立的党风犹存，通过党建综合示范点而扩大，连城冠豸山机场和火车站已经将当年的中央苏区与北京、上海、深圳贯通，这是参加"新泉整训"的红四军4000将士所追求的理想的飞翔。"立党为公，执政为民"的理念深深地扎根于中华大地，我们必将创造新时代的辉煌！

圣地古田

◎ 林爱枝

圣地，说到这个词，心中就会涌流一股崇敬之情。

琢磨着，如何体会它、解释它，才能使它立于应有的崇高之处！

品味着，它该有怎样的厚重、怎样的深邃，才能永远闪射着耀眼的光芒！

笔者深感，圣地孕育真理，圣地培育绝世奇才，圣地让人悉便走进而仍牵挂不已，盼望再来。

朝圣之旅

我到了古田会议会址，感受到了朝圣！在会址前田埂上留影，感觉自己的心，永远与圣堂在一起！

古田会议会址是一座别致的建筑，古色古香。大门的门楣上刻有"北郭风清"。据查，"北郭"为廖氏先祖廖扶，东汉初人氏。载于族谱曰："三十一世扶公、字文起、号北郭先生，居平南，明经纬推算之术"。门两旁对联曰："万福攸同祥绵世彩，源泉有本派衍叉溪"，这是一副藏头对，表明廖氏族在古田繁衍发展，绵延世彩。这副对联外侧还有一副对联："学术仿西欧开弟子新智识，文章崇北郭振先生旧家风"，这分明告诉世人，要以中西结合教育弟子。

那是一座平房，青砖、白墙、黑瓦、红栏、飞檐、翘角，木梁上、藻井上都有彩绘，或历史人物及其故事，或山水花鸟，栩栩如生。正大门的门板篆刻着"耕种""礼仪"，承载着、体现着富有历史厚度的耕读文化。

"古田会议永放光芒"几个红色大字十分抢眼，远处即可看得清晰。

屋后一片林子，当地称之风水林，生机勃勃，郁郁葱葱，像当年集结此地，能排除万难、甫定乾坤的人们那样，不畏狂风暴雨，遗世独立！

正厅上似乎会议正酣，毛泽东同志的报告铿锵有力，如闻其声。几盆炭火照得代表们满脸红光，心中敞亮、暖流涌过！

"主席园"是新建的纪念地，有了这个纪念地，整个古田会议的纪念才算圆满。

为了解决党内的不纯思想、不同观点，为了使工农红军能成长为一支有思想觉悟，明确为什么、为谁打战，又能守纪律、能吃苦耐劳的完全新型的军队，毛泽东眼光独到、思路深远，顽强地坚持着自己的主张。他要建立一个使人民群众不受压迫、不受剥削的崭新的社会制度，他坚韧不拔地为之奋斗。他是中国共产党的缔造者之一，如何建设党，如何建设军队，是他那美好理想的核心、关键，一定要建设一个与剥削阶级有别的政党、一支有别于旧军队的、能为人民服务的人民子弟兵。

古田会议的顺利召开，毛泽东立了头功。

1929年3月，毛泽东与朱德两位革命领袖率红四军首次入闽至1934年红四军撤离闽西踏上二万五千里征程，其间毛泽东六次入闽，九临上杭，几经苦战，建立了闽西革命根据地，成为中央苏区的核心区域之一；主持召开了对我党我军建设具有里程碑意义的古田会议，铸就了党魂军魂；抒写了独具睿智的雄文：《星星之火，可以燎原》《关心群众生活，注意工作方法》《反对本本主义》《才溪乡调查》等等；吟咏了《采桑子·重阳》《如梦令·元旦》等多首词作。

毛泽东同志在闽西的革命实践，为"农村包围城市""武装夺取政权"的革命道路提供了思想建党、政治建军的指导原则。闽西是毛泽东思想的重要发祥地。

主席园的主体是一尊汉白玉的毛主席塑像。塑像经精心设计，每个尺寸数字都有蕴含或象征，或毛主席生平的重要阶段，或中国革命的重要节点。比如像高7.1米，寓意中国共产党的生日；基座分5个层面，寓意党领导的军队从国民革命军到红军到新四军到八路军到中国人民解放军5个阶段……老区人民把自己跟随党，经过艰苦卓绝、浴血奋战，把"红旗跃过汀江，直下龙岩上杭，收拾金瓯一片，分田分地真忙"的胜利喜悦，把对伟大领袖的深情厚谊凝聚得那么细密精致，匠心独运地表达在"主席园"里，令人感动。

党魂·军魂

严冬，雨雪纷飞，寒气逼人。放眼远近，山川大地白皑皑一片。唯有万源祠上厅，暖意融融，除了几盘炭火让人驱散身上的寒气，即将在这里召开的"中国共产党红军第四军第九次代表大会"，会消除他们心中的郁闷、寒冷吗？

时光老人的指针定在了1929年12月28日。来自闽西革命根据地各处的各方面代表在这里举行重要会议，商讨事关中国共产党及其领导的军队的前途命运问题。

这次会议开得很艰难。会后毛泽东离开了红四军的领导岗位，到地方开展革命工作，但他没有放弃建党建军的思想，他对理想、对正确的目标，有着顽强的追求精神，不会因为个人的得失、去留而轻率地改变主义。

恰逢陈毅受红四军委派，前往上海出席中共中央军事工作会议，并向党中央汇报红四军的工作。陈毅不愧是一位襟怀坦白的共产党人，他坚持实事求是，把红四军中的分歧和盘托出，向中央做了汇报。中央十分重视，召开了政治局会议听取汇报，又组织了由周恩来、李立三、陈毅组成的三人小组，专门研究讨论红四军的问题。陈毅遵照周恩来的指示，为中央起草了《中共中央给红四军前委的指示信》，即《九月来信》。来信对红四军的工作给予充分地肯定，又多方面地对红四军工作做了指示，特别指出红军当前的三项基本任务：发动群众斗争，实行土地革命，建立苏维埃政权，最终指示："先有农村红军，后有城市政权，这是中国革命的特征，这是中国经济的产物"。实际上支持了毛泽东同志建党建军的正确思想，这无疑促进了红四军第九次党代会的顺利召开。

陈毅心情愉快地回到了闽西，在红四军的前委会议上，他汇报了上海之行，传达了周恩来同志的口头指示及中央的《九月来信》，统一了思想；又派人送去亲笔信及中央《九月来信》给在苏家坡养病的毛泽东同志。一切就绪,只欠东风——古田会议的召开。

古田会议体现在决议上,共有:关于纠正党内的错误思想;党的组织问题;党内教育问题;红军宣传工作问题;士兵政治训练问题等八个决议案,件件要害,难怪周恩来同志称其为"别开生面",闻所未闻,见所未见。

毛泽东同志雄才大略,既有理论,又重实践,对存在的问题,高屋建瓴,理论思考,总结提升,就成了原则,成了指导思想。毛泽东同志的报告,一开始就直捣党内的错误思想,毫不留情,又分析了原因,给予了解决办法。这正是古田会议决议的核心、灵魂,读来令人振聋发聩。

永放光芒

屈指数去,那个在偏僻山村召开的仅100多人参加的小会议,却产生了震动全国的大影响。毛泽东同志那一代人创造了这份真理,从古田播散到所有红军那里,更从红军那里传播到全国,至今仍光芒四射。

古田会议之后,周恩来同志大力宣传古田会议精神。1930年,周恩来到莫斯科参加联共(布)党的第十六次代表大会,有意见相左,他坚持了与"山沟沟里创造出来的马克思主义"相一致的关于中国革命发展的道路问题,说"在游击战争与土地革命的发展中,半殖民地的中国革命便有它特殊的产物——这便是中国工农革命的红军"。

直到1930年9月,在中央军委扩大会议上,周恩来做了题为《目前红军的中心任务及其几个根本问题》的报告,又一次概括了朱毛红军的建军经验和建军原则:在红军中"党的领导作用要绝对地提高",要努力"排去非无产阶级的意识,加强共产主义教育与宣传"。

从中人们可以感受到他们虽隔千里,却心心相通,配合默契,推动了古田会议的顺利召开,还为党建、军建总结了经验,提升了理论,为中国革命艰难曲折地走向胜利打下了坚实的基础。直到延安整风,《关于纠正党内的错误思想》(古田会议决议案之一)仍是学习材料。

邓小平同志评价古田会议时说:把列宁的建党学说发展得最完备的是毛泽东同志。在井冈山时期,即红军创建时期,毛泽东同志的建党思想就很明确。大家看看红军第四军第九次党的代表大会的决议就可以了解。

古田会议精神是一份颠扑不破的真理，它的正确性经得起实践的证明，又能对实践起到强有力的指导作用，不管中国共产党处在什么阶段，它都能永放光芒！

不能忘记探寻真理的勇敢者、先驱者。不应忘记我们党是经历了无数艰难困苦、七灾八难，才迎来曙光，那是创举，那是奇迹呀！要倍加珍惜！不能忘记许许多多前仆后继的古田会议精神的实践者，他们的事迹、他们的精神、他们的品格应永记后人心中，视为一份瑰宝而珍藏。不能忘记党的许多优良传统，必须继承和发扬。不论什么阶段、什么形势，丢了、淡化了这些优良传统都会遗患无穷，造成无可挽回的损失。

历史是一条长河，从源头出发，不论平坦还是曲折，都会奔流不息。如果嫌弃弯弯曲曲，只想走坦途，会堵塞的、不通畅的。

中国共产党的历史也是这样，有创始，有发展，有曲折，有顺畅，环环相扣，从昨天走到今天再走到明天。圣地古田，你永远在我心中！

刘亚楼：豪情才气两干云

◎ 钟兆云

青年将才先后引起林彪、毛泽东瞩目。

古人云：猛将必发于卒伍，宰相必起于州郡。1910年出生于武平湘店的刘亚楼，便是一位发于卒伍的新中国开国上将。

1930年初，红四军军长林彪看见红十二军一营营长刘亚楼，对红十二军军长罗炳辉说："19岁当营长，这个小营长不错！"刘亚楼大大咧咧地回敬林彪："你说我是个小营长，你才多大呀，不就是个24岁的小军长嘛！"那时，林彪还不是刘亚楼的顶头上司，却一下注意到这位与众不同的年轻指挥员来。

中央红军第一次反"围剿"时，刘亚楼任政委的三十五团为活捉敌中将师长、前线总指挥张辉瓒立下大功。祝捷会上，毛泽东称将才难得，特地把张辉瓒的手表作为战利品奖给刘亚楼。

1932年2月，从军三年、时年22岁的刘亚楼被任命为红十一师政委。纵观同时代的红军将士，在同一时期像他这样迅速提升的人并不多见。刘亚楼从班长到兵团司令，除跳过军长这一级阶梯外，一步未漏。可以说，是毛泽东指挥的战争这所大学，把刘亚楼这样一个铁匠的儿子，逐步培养成统率千军万马的一代名将，使他的军事才干如豪雨瓢泼般潇洒倾泻。

长征先锋在枪林弹雨中为全军杀出一条血路

第五次反"围剿"失败，中央红军被迫实行战略大转移，刘亚楼担任政委的红二师作为红军的王牌主力师，被定为左前锋。红二师逢城攻城，遇隘夺隘，将是勇将，兵无孬兵，个个猛如虎狮，人人争露锋芒，在枪林弹雨中硬是为全军趟开一条血路。朱德赞曰：红二师开路好快！

红二师夜行晓宿突破敌人第三道封锁线后，踏上湘江岸。前有湘江阻挡，后面和左右两侧有数十万敌军围堵，情况危急！红军能否绝处逢生，关键在此一仗！林彪、聂荣臻给红二师下了死命令：不惜一切代价，突破湘江，为部队行进打开通道。

刘亚楼亲自在脚山铺左侧一个叫黄帝岭的山坡上指挥战斗。此时红一师只有一个团过江，红一军团掩护中央纵队的任务主要靠二师。这个渡河地点能否守住，关系到整个战局的命运。红二师3个团，阻击敌人4个师16个团，以单一兵种抵抗敌人步、骑、炮和空军的联合进攻，在火海中寸土必争。几天几夜的湘江恶战，红二师损失近千人，终于完成了艰巨的任务。战斗中，刘亚楼的帽檐被打了一个洞，好不危险。

电影《强渡乌江》是20世纪五六十年代风靡一时的故事片。片中的师政委，几乎可与刘亚楼对号入座。因为当年率先强渡乌江的，正是刘亚楼任师政委的红二师。

乌江的突破，解决了红军进军遵义最困难的障碍。刘亚楼特别交代红六团代政委王集成：夺取遵义事关全军的战略全局，既要勇敢，又要机智。红二师攻占并防卫遵义，使决定党和红军命运的遵义会议得以顺利召开。

过草地前夕，刘亚楼被改任红一师师长。进占甘肃省的小镇哈达铺后，中央决定部队改编为中国工农红军陕甘支队，彭德怀任司令员，毛泽东兼政委。陕甘支队下编三个纵队。刘亚楼任第二纵队副司令员，毛泽东说：刘亚楼一路敢打敢冲，战功卓著！

刘亚楼和第二纵队在毛泽东和中革军委的直接领导下，翻越六盘山，向北疾进到陕北保安县吴起镇后，宁夏二马（马鸿逵、马鸿宾）和毛炳文的骑兵紧追而来。1935年10月21日，根据毛泽东的指示，刘亚楼率二纵队为左翼，林彪率一纵队在正面，向正迂回吴起镇西北部的2000多敌骑兵出击。由于战术得法，指挥有方，不到2小时就取得了长征最后一仗的胜利。

东征唱"压轴戏"·从抗大到伏龙芝军事学院

到陕北后，刘亚楼重回红二师，接任师长职务，和政委肖华指挥部队参加了直罗镇战斗,给党中央把全国革命大本营放在西北举行了一个奠基礼,继而又挥师渡过黄河,参加东征抗日讨阎之战,并被毛泽东指定为右路军(红一军团)的先遣队。胜利回师后,毛泽东在黄河边等候,动容地说:"你们二师为渡河作战杀开了一条道路,又为主力回师赢得了时间,你们唱了压轴戏!"

1936年5月,刘亚楼进入中国共产党创办的红军大学(后改为中国人民抗日军政大学)第一期,和林彪、罗荣桓等编为第一科,并任第一组组长。年底毕业时,毛泽东点将,刘亚楼留校担任训练部长。毛泽东找他谈话,说:"办校是一项根本建设,培养干部的干部,我们是认真挑选的,你是再合适不过的人选。"一年后,刘亚楼担任抗大教育长。

有段时间,毛泽东要刘亚楼搬到凤凰山下他隔壁的窑洞里住,早晚协助他整理战役理论、研究抗日战争等一系列战略战术问题。刘亚楼十分珍惜这个"美差"。除了完成任务,他还在毛泽东的指导下学习党的历史、学习辩证唯物主义、学习战略战术。毛泽东为了写《论持久战》,特地请刘亚楼等高参开座谈会,听取意见。

1938年5月,刘亚楼受命前往苏联素有"红军大脑"的伏龙芝军事学院深造。毛泽东还专门叮嘱刘亚楼设法和共产国际沟通,汇报我党的历史和现实状况,还让他带上《矛盾论》等文著,当面交给斯大林和共产国际总书记季米特洛夫。刘亚楼的这条使命,被称为"沟通共产国际的第三条途径"。

和军政主官相提并论的参座,高招迭出战辽沈

1945年8月,刘亚楼随苏联红军进入中国东北,对关东军发起攻击。1946年五六月间,中央军委任命刘亚楼为东北民主联军参谋长。四平血战后,东北民主联军损失严重,刘亚楼的到任,可谓"受命于危难之际"。刘亚楼就任后,为这支准备在历史上建奇功的英雄部队解决了许多实际难题。

刘亚楼协助指挥历时3个月的"三下江南"和"四保临江"战役后,针对东北敌我兵力已基本相等的变化,在1947年4月总部高级作战会议

上建议：为执行军委打通南满北满联系的指示，从根本上改变东北战场的形势，应于适宜时机发起一次攻势。

从1947年夏季攻势开始，共产党人在黑土地上的每次胜利，都有刘亚楼的智慧闪光。国民党军界高层认为，在解放战争中，东北解放军的战术水平最高。东北解放军在黑土地上由弱变强，越打越精明，与这些战术原则分不开。

1948年夏，东北野战军由准备打长春，转变为南下北宁打锦州。刘亚楼想，如果在东野大军声东击西的动作中，能派出一部电台编造假情报，造成敌人判断和指挥上的失误就更好了。他为此找到东北局社会部"借东风"，利用他们不久前破获的尚未被敌发觉的敌"长春站"电台提供假情报。

在电波的往来周旋和敌方的分析辨别中，东野主力正争分夺秒地通过千里运输线向南挺进。当东北"剿总"副总司令兼锦州指挥所主任范汉杰发现苗头不对，频向卫立煌告急时，东野几路主力均按时箭一般逼近锦州。9月12日，震惊中外的战略大决战的枪声，划破了北宁路山海关至唐山段天空的沉寂。

锦州战役结束后，东野攻锦大军取消了毛泽东"休整15天即行作战"的电示，提前10天出动。他们公开宣称南进扫荡北宁线，却在夜幕掩护下，以排山倒海之势向辽西战场开进，协同黑山阻击部队及隐蔽的机动纵队，与号称东北蒋军实力最强、最精锐的廖耀湘兵团展开大会战。

如果说锦州之战是辽沈战役的关键性初战，那么辽西歼灭战就是辽沈战役的最后决战。对部队特点了如指掌的刘亚楼，指挥起部队来驾轻就熟。曾受过南京人民"万人空巷"热烈欢迎的国军名将廖耀湘，不出几天就输光了十万精兵，仰天长叹。

看到解放东北全境的伟大胜利，毛泽东在西柏坡兴奋地写下《中国军事形势的重大变化》，向世界宣告：原来预计，从一九四六年七月起，大约需要五年左右时间，便可能从根本上打倒国民党反动政府。现在看来，只需从现时起，再有一年左右的时间，就可能将国民党反动政府从根本上打倒了。

力陈己见，变更军委计划，挂帅津门

1948年11月30日，东野百万大军放弃休整，在"林罗刘"率领下迅速进关。12月7日，"林罗刘"乘汽车来到河北省蓟县孟家楼村。从这天起，刘亚楼就组织指挥着东野大军的行军、接敌、展开、战斗等各项任务的完成；中央军委的部署及林、罗首长的决心，也都通过他付诸实施。在他身上，再次明显地表明了参谋长繁重的工作：大到兵团、纵队行动方案，作战部署的拟定，战斗总结，请示报告的起草与定稿，小到属下请示的批阅与答复，以及吃喝拉撒睡，包罗万象。

东北、华北两大野战军完成战役第一阶段的任务——将傅作义集团分割，包围在张家口、新保安、北平、天津、塘沽互不连接的5个军事孤岛后，又根据中央军委的指示，开始了战役的第二阶段——各个歼敌阶段。

中央军委提出的平津战役总战略是"先打两头后打中间"，刘亚楼通过实地审议，又冒着凛冽的寒风踏着积雪察看地形，认为"不打塘沽转而夺取天津"。在战斗就要打响的时候，却要求改变作战计划，何况这还是出自军委的计划，确非寻常之事。刘亚楼认为，打塘沽还是打天津这个先后顺序不弄好，势必影响整个平津大战。他向林彪陈述意见，又连夜向中央军委和毛泽东请示，建议先不打塘沽这头而打中间，"拟以五个纵队的兵力包围天津，进行攻打天津的准备"。12月29日23时，毛泽东回电："集中五个纵队准备夺取天津是完全正确的。"

天津这一仗非同小可，如果拖延战事，无益于北平作战，也不便大军挥师南下，5月入夏后，长江水位暴涨，不利于渡江作战，而蒋介石的江南防线则有了巩固的时间。刘亚楼毛遂自荐挂帅津门后，在制订作战计划时，特别注意突出一个"快"字。天津一仗，要起到解决华北战争的关键作用。

1949年1月4日，刘亚楼在天津杨柳青召开攻津部队高级将领会议。有5个主力纵队和一个特种兵纵队，另加六纵、十二纵的3个师，总计34万大军。众将林立，虎虎生威，其中，邓华、李天佑、肖华、刘震等莫不是响当当的开国上将。可以不争地说，刘亚楼是解放战争中指挥兵力最多的上将。

攻津最大亮点之一是，解放军参战的炮兵和坦克比过去任何一次都多，工兵则是首次参加攻坚作战。各兵种协同动作，是解放军有史以来攻坚作战规模最大、内容最丰富的一次。刘亚楼在周密调查研究的基础上，写就《关于天津攻坚战的协同计划》，下发给连以上指挥员。这份"计划"，在解放军协同作战史上占有重要地位。

刘亚楼设计：如果能将敌军主力调到城北，造成中心地带兵力空虚，然后从东西方向攻打城中心，不仅容易得多，还可避免部队的重大伤亡。他先设一个"迷魂阵"，将大口径火炮、坦克和装甲车北调佯攻，做出一个将从城北强攻的姿态，然后又利用接见敌人派出城的谈判团之机，让他们"摸"到解放军指挥部在城北。天津守将陈长捷事前虽然已通过侦察，怀疑解放军主攻方向在西南面，但刘亚楼如此这般却使他思维混乱，因此赶忙调整守城部署，将摆在市区中心最精锐的一五一师全部调往城北防御，对城北又是加固工事，又是重点布防，而金汤桥核心地区就显得空虚了。这样也就有了他被俘前的跌足长叹：我上了刘亚楼的圈套！

设计好让陈长捷钻"圈套"攻城方案和协同计划，得到当时和后世军事评论家的赞赏。"东西对进"能迅速求得可靠的贯通，并使敌人的堡垒威力大打折扣；"拦腰斩断"可以打乱敌人的防御体系，又可将兵力自由地向两翼扩展，并有利于实行分割围歼……这个精湛的战术，是解放军能谈笑间让强敌灰飞烟灭的主要原因。

事前，毛泽东和中央军委命令3天内攻下天津，而刘亚楼却表示30个小时就够了。最终，却只用了29个小时，歼俘陈长捷及将级军官以下13万人。

天津战役打开了北平和谈的大门，对解放战争发展产生了举足轻重的影响，毛泽东嘉勉称："在整个平津战役中，天津战役对傅作义集团的最后解决具有决定性作用。"他在中共七届二中全会上，把津门浴血奋战的经验命名为"天津方式"——在短时间内彻底消灭拒不投降的反动军队，从而又促成和产生了另两种有名的方式，使傅作义、董其武不得不以"北平方式""绥远方式"作出历史的交代。

天津战役是平津战役的重要组成部分，也是克敌制胜的最关键一仗。此仗是刘亚楼回国后独自指挥的精彩一仗，堪称巅峰之作，给他在陆地纵横驰骋的军事生涯写上了一个圆满句号，此后，他的战场便直上万里长空而去。

组建人民空军，跻身"世界十大空军人物"

1949年7月，十四兵团司令员刘亚楼受命组建空军。8月，他率精干代表团访问苏联，和苏方进行三场谈判后，双方草签了协议。10月18日，刘亚楼从苏联回到北京，毛泽东立即停下其他工作，和周恩来在中南海单独召见了他。

新中国年轻空军的第一支航空兵部队建立不久，1950年6月25日，朝鲜战争爆发。刘亚楼奉命紧急组建志愿军空军，毛泽东对《关于空军参加抗美援朝作战方针的报告》甚表满意，批示：刘亚楼同志，同意你的意见，采取稳当的办法为好。

刘亚楼既勇敢大胆又谨慎求实的作战方针奠定了决战胜利的基础。朝鲜战争结束后，美国军方对中国空军的作战计划作出高度评价，美国军界由衷地称中国空军司令刘亚楼是"一个优秀的军事计划制订者"。

刘亚楼从无到有建空军，人们戏称有"三板斧"。前两板是在国内舞的：办航校大刀阔斧，建部队只争朝夕。这第三板斧，他是要放到国际舞台上舞的，主题：在抗美援朝中成长壮大！是朝鲜战争，让骄傲的美国空军了解了中国空军，被迫承认独霸天空的日子一去不复返。战后20多年，美国空军还认真研究、分析刘亚楼为中国空军制定的"一域多层四四制"等战术。

在抗美援朝中，刘亚楼带领空军广大指战员实现了"边打边建""在战争中发展壮大"的预期目的。从1950年10月底组建第一支部队起，到战争结束，已发展到拥有25万人、27个师、3000多架飞机的空军，成为仅次于美、苏的第三大空军强国，其中有好几个师装备了当时最先进的米格—15比斯型飞机。如此惊人的发展速度，在世界空军建设史上绝无仅有。

朝鲜战争的胜利，不仅让中国"打"出国际声望，拥有真正能进行国家建设的一个外部环境，而且奠定了中国空军在强手如林的世界空军中的地位。刘亚楼"三板斧"建空军，在蓝天白云间留下一座无形的丰碑。此后，台湾海峡大空战、国土防空、击落U-2飞机之战，都有他的出色指挥。

1964年出现了"全国人民学解放军，解放军学空军"的热潮。也是这一年，以刘亚楼为首的空军领导机关被军委树为标兵。

这是空军建军以来最辉煌的一段时期，有人称之为"刘亚楼时期"。为了迎接这个辉煌时刻，刘亚楼像台不知疲倦的机器，超负荷工作着，直至过早耗尽了最后一滴油。1965年5月7日，年仅55岁的刘亚楼病逝于上海。

从红军名将、四野参谋长而空军司令员，毛泽东和中共中央用人堪称一着神棋。刘亚楼也确实不负这"天降大任"，以出色成绩交上让人拍案的答卷。他由此和"制空权"理论的首创者杜黑、美国空中力量的倡导者米切尔等人，并列为"世界十大空军人物"。他们的军事理论、指挥艺术和战争实践，至今影响着各国的空军乃至整个军事界。

那一年，从新泉到古田

◎ 傅翔

古田是个很神奇的地方，从我认识它的那一天起，它的神奇就一直在流传着，丰富着。时光得回溯到1929年12月的那个冬天，当一群衣衫单薄的士兵陆续抵达这个山坳里的村庄时，这里顿时热闹起来。除了八甲村的松荫堂、中兴堂，赖坊村的协成店、苏家坡村的树槐堂，最热闹的当然还是溪背村的廖氏宗祠。1929年12月28日至29日，彪炳史册、影响深远的红四军第九次党代表大会（即古田会议）在这里召开。这是我党、我军建设史上的里程碑，古田会议决议也成了我党、我军建设史上的纲领性文献。

历史就这样选择了它，这座建于1848年又名"万源祠"的廖氏宗祠，民国初曾为"和声小学"，1929年5月红四军进驻古田后，将其改名为"曙光小学"。

如今，这座朴素无华、雕梁画栋的祠堂依然如故，它背靠一片茂密的树林，树林里长满了郁郁葱葱的参天大树。绿树掩映下的"古田会议永放光芒"8个红色大字熠熠生辉，数里之外便赫然跃入眼帘。在树林背后不远处是高耸而立的笔架山，会址正面是宽阔平整的稻田，一年四季，这里都成了花的海洋，花香四溢，蜂蝶飞舞，游人如织。

1929年，在党中央的支持下，中国共产党红军第四军第九次代表大会在这里胜利召开，120多位红四军党代表、士兵代表、地方干部代表和妇女代表参加了会议。会议由毛泽东、朱德、陈毅共同主持，毛泽东作了政治报告，朱德作了"关于军事问题的报告"，陈毅传达了中央"九月来信"精神，并作了"关于废止枪毙逃兵问题的报告"。与会代表经过热烈讨论，一致通过了毛泽东亲笔起草的《中国共产党红军第四军第九次代表大会决议案》以及《废止枪毙逃兵决议案》《士兵决议案》等5项决议案。古田会议决议共两万余字，分8大部分，其中第一部分"关于纠正党内的错误思想"是全文的核心和精华。会议还选举产生了新一届前委，毛泽东任前委书记。

会场设在正厅，整个会场布置得简朴、热烈而庄重。会议期间，正是大雪纷飞的寒冬季节，与会代表衣衫单薄，有的还穿着单衣和草鞋，难御严寒，便在会场内堆起木炭烤火取暖，地板上留下几处当年炭火烧烤的斑斑痕迹，至今仍历历在目。

古田会议在中央"九月来信"精神指引下，总结了从南昌起义以来两年多时间里红军建设的丰富经验，批判了红军党内存在的单纯军事观点、非组织观点、极端民主化等各种非无产阶级思想，强调了用马列主义和党的正确路线教育全党全军的重要性，重申了党对军队的绝对领导等原则，坚持以无产阶级思想建设党和人民军队。

1961年，国务院公布古田会议会址为第一批全国重点文物保护单位。江泽民两次为古田会议题词："继承和发扬古田会议精神，加强党和军队的建设""古田会议是我党我军建设史上的里程碑"。2014年10月30日，全军政治工作会议在古田召开，习近平发表重要讲话。

与古田会址相距不过几百米，便是中共红四军前委机关暨红四军政治部旧址——松荫堂，松荫堂又名"耕心堂"，位于八甲村，是一座清代建筑。整座建筑融合了南方建筑和客家建筑的特色，飞檐翘角，雕梁画栋。1929年12月红四军进驻古田，前委机关和政治部设在松荫堂，毛泽东、陈毅住在这里。

同样在八甲村的还有一座清代建筑——中兴堂。红四军进驻古田后，司令部和朱德的住所都设在这里。毛泽东、朱德、陈毅等人在新泉整训与调查的基础上，在这里召开了各级党代表联席会议。朱德在这里起草了"关于军事问题的报告"，同时撰写了一万多字的《新游击战术》。

在不远处的赖坊村，一座2层砖木结构的老房子格外引人注目，这就是毛泽东经典作品《星星之火，可以燎原》的写作地旧址——协成店。红四军到古田时，林彪率第一纵队司令部驻扎于此。1930年1月5日，毛泽东同志在这里针对林彪"红旗到底打得多久"的悲观情绪写了回信，这封信最初以《时局的估量与红军行动问题》为题印发给红四军广大干部士兵阅读、学习。新中国成立后出版《毛泽东选集》第一版时，这封信改名为《星星之火，可以燎原》。

与古田会议有关的旧迹很多，如位于古田镇苏家坡村的中共闽西特委机关旧址树槐堂与位于蛟洋乡蛟洋村中共闽西第一次代表大会会址文昌阁是保存较好的遗迹。树槐堂建于明末清初，1929年10月，中共闽西特委从上杭城迁至苏家坡，特委机关设在树槐堂，毛泽东携贺子珍住在后厅左侧的小阁楼上。文昌阁建于清乾隆年间，1929年7月20—29日，中共闽西第一次代表大会在此召开，毛泽东出席并指导会议。

时光继续回溯到1929年初，随着根据地和队伍的不断发展，红军队伍成分日益复杂，严重影响了红军的指挥与战斗力。红四军急需整顿军中思想作风，理清纷扰的思想意识。10月22日，陈毅从上海到达广东梅县松源，召开前委扩大会议，传达中央指示和"九月来信"，同时致信毛泽东，请他返回红四军主持工作。11月26日，毛泽东到达福建长汀，重新担任红四军前委书记，28日他在长汀主持召开了红四军前委扩大会议，认真讨论中央"九月来信"精神。根据"九月来信"的指示，前委扩大会议决定开展军政训练，以彻底纠正党内的错误思想，全面提高部队的素质。

12月3日，毛泽东、朱德率领红四军主力从长汀到达连城新泉。针对红军中存在的各种问题，进行了为期10天的正规军政整训。红四军全军4个纵队4000多人都参加了集训，规模空前。按照前委分工，毛泽东、陈毅负责政治整顿，朱德负责军事训练。经过整训，全军军事技能有了很大的提高，部队面貌焕然一新。与军事整训相比，新泉整训更重要的是进行了政治整训，以明确中央要求的主要任务，自觉克服非无产阶级思想，纠正旧军阀作风。

整训期间，毛泽东先在自己的住所"望云草室"召开了两天的干部调查会，随后又召开连队士兵调查会、农民座谈会。通过调查研究，毛泽东进一步摸清了红四军内存在问题的种类、性质和根源，为解决问题准备了第一手资料。同时，毛泽东领导红四军开展了思想教育活动，探索政治建军。他还发动红四军官兵进行大讨论，从而实现思想统一，使整训成为一场全员参与的思想政治运动。

新泉整训是红四军首次大规模、规范化的全军集训，特别是政治整训的规模和规范更是人民军队的首次，成为我军政治整训制度化、规范化的首创，对我军思想政治建设和建设人民军队具有深远的意义。新泉整训是人民军队建设历程中一个重要里程碑，它既是我党建军史上具有重大意义的一次民主整军运动，也是中国工农红军乃至人民军队第一次正规的军政整训。

新泉是著名的"新泉整训"的所在地，是"古田会议"决议的起草地，是红四军第四纵队的诞生地，是中央苏区第一所工农妇女夜校所在地。如今，新泉保存有革命旧址20余处，其中被列为古田会议旧址保护群的有：毛泽东起草古田会议决议初稿所在地——望云草室，中央苏区第一所工农妇女夜校旧址、毛泽东召开士兵调查会旧址、连南区革命委员会旧址、毛泽东召开农民调查会旧址、红四军司令部旧址等。

就在毛泽东彻夜起草决议案，准备召开红四军党的第九次代表大会时，参加蒋介石"三省会剿"的敌军占领了长汀，先头部队抵达长汀河田，距新泉不到60里。在敌强我弱的情况下，红四军决定撤离新泉，移师古田，这才有了著名的"古田会议"。

历史往往就是在一个瞬间定格成永恒，原本的"新泉会议"就这样成了"古田会议"。我们在慨叹古田今日之辉煌时，自然也不会忘记，当年的"新泉整训"正是"古田会议"不可分割的一部分。因此，当我们再次面对这一群保存得如此完好、古色古香的清代建筑时，我们心中充满了骄傲与自豪。

当年鏖战急,青山人未老
——明溪苏区革命烽火回望

◎ 林思翔

明溪,位于闽中腹地,其地形版图犹如一只展翅飞翔的蝴蝶。在不足2000平方千米的范围内,这只"蝴蝶"连接着三明市的九个县(市、区),是福建省与周边接壤县份最多的一个县。同时,明溪还是沟通闽西与闽北、福建与江西的枢纽区域,地理优势极为明显。蝴蝶生活在花丛草野之中,有蝴蝶飞舞的地方必是青山绿地。明溪这只"蝴蝶",通体皆绿,遍地林木葱茏,花草丰茂,绿水青山延绵不绝,是大自然赐予的一块大地明哲、溪水澄澈的福地。

明溪古称归化,明成化六年(1470年)建县,为"汀属八县之一"。这里人少地广,然地多为梯田,"田尽而地,地尽而山,土浅水寒,山岚蔽日",耕作困难,收获无多。农民辛苦劳作一年,到头来还不得温饱,一遇灾害更是颗粒无收,断粮缺食。

天灾损失犹可怕,人祸危害更惨烈。鸦片战争以来,这块土地上"军阀跋扈,地痞专横,烟赌林立,土匪猖獗,教育衰颓,实业不振,青年坠落"。农村广大农民深受地主地租与高利贷的剥削,苦不堪言。

从1913年到1926年底,北洋军阀福建陆军第三师李凤翔部,盘踞汀属八县,横征暴敛,欺压百姓。北洋军阀政府军周荫人部第49团也来明溪掠夺财物。1927年,福建省防军第二混战旅旅长郭凤鸣和地方军阀卢兴邦在明溪争夺地盘,为非作歹,吸吮人民膏血。民团土匪、地主豪绅恃强掠夺、霸占田地,给人民带来了无尽的灾难。当时,在福州一元钱能买到二三十斤盐,由于卢兴邦的垄断和苛捐杂税,在明溪一元钱只能买到两斤多一点盐。当年在明溪流传着一首《镰刀挂壁肚里饥》的歌谣:"出门上岭岭又崎噢,镰刀挂壁肚里饥噢,半根酸菜吃三餐哟,日午冒（没）粮夜冒（没）米噢。厝底（家里）阿娘人带走噢，剩下孩仔哭啼啼噢。穷人家里实在苦哟，黄连落肚冒（没）人知噢……"真实地表达了当年穷苦农民的心声。

有压迫就有反抗。素有争强抗暴传统的明溪人民，早在"五四运动"期间，县城第一小学师生就联合社会各界人士，发电声援北京学生爱国斗争。"五卅"惨案后，明溪有识之士又举行大规模示威游行，声援上海"五卅"运动。1926年冬北伐军入闽，一批共产党员到闽西开展革命活动。1927年春，明溪青年张隆友、罗福钦等20多人参加了在上杭举办的"汀属八县社会运动人员养成所"或在汀州城举办的"训政人员养成所"后回到明溪，开展革命活动，深入农村宣传和组织农民开展斗争。

1927年5月，中共第五次全国代表大会发布《土地问题决议案》后，明溪的农民运动出现了新的局面。同年7月间，城区成立"县农民协会筹备处"，组织青年开展禁赌、禁嫖、禁抽鸦片以及反对苛捐杂税活动。发动农民起来进行"二五"减租、统一度量衡斗争和开展生产合作运动。农会也在斗争中不断发展壮大，会员发展至160多人。

1928年，在长汀读书的明溪籍青年黄礼嘉、邱文澜、黄凯、黄谟等加入共产党，他们利用假期回乡，宣传革命形势，秘密开展活动。1929年3月，党组织派邱文澜回明溪秘密发展党员，开展党的工作，并于同年成立了明溪第一个党组织——中共归化城市小组，直属中共汀州县委领导。从此，共产党的种子在明溪扎下了根，革命的星星之火在明溪山野闪烁光芒。

毛朱率部入明，点燃熊熊革命烈火

使星星之火熊熊燃烧形成燎原之势，是1930年初毛泽东、朱德率红军入明之后推动的。1930年1月7日，毛泽东指挥红四军第2纵队，完成阻击敌刘和鼎部掩护主力出击江西任务后，按预定计划，向连城、清流、归化县挺进。16日上午，红四军第2纵队进入归化县的西部地区。红军行军走的是雪后泥泞溜滑的山路，队伍由清流县林畲兵分两路进入明溪盖洋。一路从大洋—邓地—雷西—盖洋—村头—泉上，另一路从大坑—画桥—桂林—葫芦形—盖洋—村头—泉上，而后转战赣南。当年毛泽东骑一匹大白马，在行军途中，与大部队一起穿越羊肠小道，艰苦跋涉。面对原生态山野，憧憬光明前景，毛泽东吟咏了气壮山河的光辉辞章《如梦令·元旦》。

1931年7月6日，毛泽东又一次率部来到归化，朱德也一起来，视察指导归化新区域的革命工作。毛泽东住在归化城北部鱼塘溪畔的"四贤祠"，朱德住在坪埠谢厝湾村吴家大厝靠水井边的右厢房。毛泽东到归化当天就向县民众教育馆借阅《归化县志》，并深入群众询问归化肉脯干制作和价格情况，还在四贤祠召开贫苦工人、农民代表座谈会。第二天毛泽东、朱德在坪埠村口柿子树下草坪召开群众大会。其间，毛泽东还在坪埠村的万春桥上召开调查会，与老贫农拉家常，调查了解明溪商业、造纸和人民生活情况。

毛泽东、朱德率领红军来到明溪后，党的坚强指挥和红军顽强的军事斗争，推动明溪大地土地革命如火如荼地开展起来。正如当地民歌《毛主席到过厝这里》中所唱的："毛主席到过厝这里，领导厝们闹翻身，革命的烽火遍地起……斧镰打出新天地，碧血染红遍地旗。"

毛泽东率红军路过宁、清、归区域，沿路传播革命火种，坚定了当地人民的斗争信心，使苏区版图不断扩大，推动了红色政权建立。1930年3月18日，明溪3名代表秘密参加的闽西第一次工农兵代表大会在龙岩召开，选举成立了闽西苏维埃政府，标志着包括明溪县在内的闽西革命根据地正式形成。同年秋，"中共归化县城市特别支部"成立，邱文澜任书记。

此时，红12军等部队数百人来到明溪西北部的枫溪和夏坊一带，发动群众开展革命斗争。第二次反"围剿"胜利后，1931年7月初，红四军、红12军等所属部队陆续挺进明溪，击溃在明溪县城和东南、东北及西北区各乡反动保卫团，首次解放了明溪县。

明溪的解放，促进了明溪党组织和苏维埃政权发展。红四军13师进入明溪胡坊、冯厝和沙溪等地，开展筹款活动和抗租抗高利贷斗争，并指导当地党组织建立政权工作。在外地的明溪籍共产党员蔡福钦、张国华、杨芳等回县，从事建党建政工作。

1931年6月28日至7月1日，毛泽东接连三次从建宁发出指示信，指出明溪、清流、宁化和闽赣边区域是个好地方，群众基础好，地理位置重要，资源丰富。"电令4军及3军团，不去顺昌和沙县，立即摆在将乐、归化筹款。以10天为筹款期"，要"以筹款和群众工作同样作为主要任务"。明确指出红四军以归化等县为工作区，发动群众，分配土地，建立政权，建立地方武装。在毛主席指示信的推动和红军帮助下，7月5日，明溪县建立了临时红色政权——"中华苏维埃共和国归化县工农革命委员会"，蔡福钦、赖水金先后任主席，县贫农团、工会等群众团体也得到建立和发展。全县筹款工作取得了很大进展，并普遍开展了打土豪运动，部分地区还分了田，一大批青年参加武装队伍。当时的《福建民国日报》惊呼："归化东北区无一片净土，大小二百余里尽成匪窟。"从一个侧面反映了明溪当时的革命斗争盛况。

1931年11月，中华苏维埃第一次全国代表大会在瑞金召开，正式成立中华苏维埃共和国临时中央政府。从此，归化县列入中央苏区版图，成为中央苏区21个组成县之一。

革命的道路是曲折的，在发展和保卫苏区的斗争中，一大批明溪优秀儿女献出了宝贵的生命。明溪第一批共产党员、也是明溪第一个党组织的创建者邱文澜与其妹邱惠莲，在对敌斗争中光荣牺牲，成了闻名明溪的"邱门双烈士"。1933年2月，由于王明"左"倾路线的为害，削弱了苏区的革命力量，明溪的革命随之转入低潮。

东方军纵横驰骋，迎来苏区鼎盛时期

1933年7月，按照中共临时中央的战略部署，彭德怀、滕代远率领以红3军团为基干的东方军进入归化苏区作战。1934年1月初，遵照中革军委命令，彭德怀、杨尚昆率领红3军团和红7军团从广昌出发，第二次进入闽西北，挺进宁清归一带，开民军事斗争。东方军两次入闽作战，第一次历时近三个月，第二次两个月，时间虽然不长，但在福建党政军民的积极支援和共同努力下，广大指战员英勇善战，战绩是巨大的；恢复和开拓了纵横数百里的苏区，发展了革命根据地；消灭了大批敌军有生力量，促进了第 19 路军将领联共反蒋；为革命战争筹集了大批款项、物资、武器。就明溪而言，东方军入明的积极作用，主要表现在以下几方面。

光复明溪县，打击反动势力。1933 年 7 月，东方军在围攻宁化县泉上土堡的同时，于 7 月 9 日首先光复明溪县，解放了明溪、清流全境和宁化东北大片土地。东方军进入明溪后，在县城内设政治部和司令部，在西廓村设被服厂，在城西设兵站，还在城里设多处红军临时医院，收治了 300 多位伤病员。明溪处于福建省苏维埃政府所在地汀州的北端，是中央苏区的东方屏障，地理位置极为重要。1933 至 1934 年两年里，红军在夏坊等地设立兵站、电台和粮库，并建立了一条地下交通线，由夏坊兵站运送弹药、粮食到泰宁。东方军第二次入明溪后，以明溪等地为依托，打沙县，攻尤溪，并把夏阳、御帘、旦上作为攻打沙县的大后方。苏区军民恢复和开拓了纵横闽西、闽中、闽北数百里的苏区，消灭了敌军大批有生力量。

党组织发展壮大。东方军在宁清归期间，1933 年 8 月中旬，中央和省组织共有 200 多人参加的工作团深入苏区开展工作，在"一切为了战争"的号召下，帮助建立政权、发展地方武装，壮大党组织。为完成福建省委提出的"在年底前全省发展党员数一万名，其中归化、清流县 800 名，宁化 1000 名……"任务，明溪县利用广州暴动纪念日，在全县区、乡党组织中连续举行 2 个"征收党员活动周"，发展了一大批党员，这些党员在保卫苏区斗争中都发挥了核心作用。

苏维埃运动蓬勃发展。1933 年 10 月，明溪全县已有县东南等 5 个区建立了苏维埃政府，130 多个乡、村成立苏维埃政府或革命委员会。在东方军第二次入闽作战后，1934 年冬，经各区、乡工农代表的选举，成立了归化县苏维埃政府，主席叶鸿辉、副主席张国华，这标志着明溪革命斗争进入鼎盛时期。在党组织和红色政权领导下，明溪打土豪、分田地，扩大红军和支前工作，经济建设和文化教育、保卫红色政权等全面有序展开，并取得出色成绩。分田斗争把土地革命引向深入，苏维埃政权通过建立领导机构、宣传发动群众、清查田亩、土地分配四个步骤，广大农民都分得土地，新垦荒地免纳土地税 5 年。农民土地所得权得到保障，耕种热情高涨,旱季作物产量比上年增产一成。

开展发展经济运动。为保障红军军需物资供给和满足当地群众生产生活需要,明溪苏区党政认真贯彻中共关于发展经济指示,加快发展经济。除农业外,还采取了统一财政收入、节省开支、发展商业、废除苛捐杂税、组织合作社、发展轻工业、发展金融事业等一系列措施发展经济,取得了很好成绩。

教育文化事业也有了发展。苏区机关、部队、学校、农村普遍建立了俱乐部和列宁室,组建文艺宣传队、歌咏队等。发行各种进步报刊10多种。县、区设立卫生委员会,乡、村设卫生防疫小组,组织开展群众性的卫生防疫运动。主力红军在苏区设立的战地医院,也对当地的医疗卫生事业发展起到推动作用。

岁月定格历史,铭刻当年光辉业迹

在土地革命中,明溪苏区军民经受了血与火的洗礼,为革命做出了重大贡献。毛泽东、朱德等无产阶级革命家在这片土地上留下足迹,工农红军在这里创造了辉煌的战果,英雄的明溪儿女更是用生命和鲜血来抒写保卫家园可歌可泣的壮丽篇章。

"当年鏖战急,弹洞前村壁。"革命战争在明溪留下了许多史迹,它们承载了许多红色故事。如今这些革命遗址、遗迹成了对人民群众特别是对青少年进行爱国主义教育的精神财富。苏区时期,东方军司令部所在地的御帘村和"归化之役"发生地的铜铁岭,更是人们瞻仰、探访和了解那段历史的实地和进行革命传统教育的基地。

出明溪城往东一个多小时车程就到了夏阳乡的御帘村。群山环抱的小山村,不大,然很美,黛瓦粉墙,小溪流水,村边地头一派清绿。这里虽处山区腹地,当年却是古驿道经过之处,是沙县通往明溪的必经之地。

苏区时期东方军两次入明,均驻扎御帘,战地指挥部设在张家祖祠内。彭德怀、杨尚昆等领导同志就住在这里。如今这座祠堂保护完好,门前一副对联赫然写着:"彭帅功德永怀青史,杨公风尚堪比昆仑",巧妙地把彭、杨名字嵌入并彰显他们的功劳和品德。村里当年的战地医院、红军战壕哨所、革命烈士墓等保存完整。如今村里建起了展馆，展出革命史实。走进御帘村，谒访遍布村间地头的革命史迹，仿佛走进第二次国内战争时期，真切地感受到当年革命斗争的伟大与惨烈。

明溪与将乐交界的铜铁岭战斗，是红军粉碎国民党进攻苏区计划的重要战斗。如今在战斗发生地的山上立有纪念碑，供人瞻仰和缅怀。史称"归化之役"的战斗发生在1934年3月间。3月22日，国民党东路进剿军第10师在国民党空军支援下，由将乐白莲出发进入铜铁岭地带欲犯明溪。我红一方面军红7军团3000多名指战员在军团长寻淮洲、政委乐少华率领下与敌交战，战斗极其激烈。3月26日，敌10师李默庵部换防回将乐，进入铜铁岭地界我军预先设伏的包围圈内，双方展开肉搏，打得敌人心惊胆战，四处逃窜。红7军团在宁清归军分区独立七团的配合下，一鼓作气追至白莲。两次战斗，敌伤亡400多人，我军缴获7000多支枪，俘敌团长1人、营长2人。次月，我军又收复了归化城。这次战斗，是第五次反"围剿"中著名的敌我力量悬殊的一次战斗，它拉开了第五次反"围剿"东方战场战斗的序幕。这对保卫中央苏区起了很大作用。战斗胜利后，红7军团受到中革军委的表彰，军团领导人被授予二等勋章。在这次战斗中明溪人民做出了重大牺牲和贡献，一批优秀的革命同志献出了宝贵的生命。如今在铜铁岭的高地上耸立起了5米高的书状纪念碑，旨在希望后来者不忘发生在这里的那场惨烈战斗，不忘英雄们为民族独立、人民自由而献身的历史篇章。

远去的战火硝烟，幻成心头的永恒记忆。回望历史，宁化清流归化，路隘林深苔滑；放眼当下，明溪广袤大地，风展红旗如画！

踏遍青山人未老，风景这边独好！

宁化：红军的后勤保障

◎ 林爱枝

从上杭到宁化

在上杭瞻仰"圣地古田"时，我深感古田会议召开之万分艰难，那是事关中国共产党和人民军队生死存亡的大事。毛泽东同志在会上做了报告，会议形成了以他的报告为内容的决议，铸就了党魂军魂，他心中的巨石落了地。会后，他与朱德同志分别带领部分红四军前后登上征程。

虽然一路上是"路隘，林深，苔滑"，但他心中充满了胜利的喜悦，回望来路，林深草密，红旗迎风，队伍逶迤，禁不住豪情满怀地咏唱了《如梦令·宁化途中》：

宁化、清流、归化，路隘林深苔滑。
众志已成城，今日向何方？
风卷红旗如画，直指武夷山下。

这首词的手迹直到 2002 年才在吉林省延边大学出版的《毛泽东诗词书法手迹赏析》中找到。

这首词首次发表于 1956 年 8 月《中学生》杂志上，题为《如梦令·宁化途中》；1957 年 1 月《诗刊》发表时改为《如梦令·元旦》。如今我们所读到的词是这样的《如梦令·元旦》：

宁化、清流、归化，路隘林深苔滑。
今日向何方？直指武夷山下。
山下山下，风展红旗如画。

把"宁化途中"改为"元旦"，应是立意更高远。"元旦"是一年起始，万象更新，预示着新气象、新成就、新胜利。

毛泽东三次经过宁化，这是第二次。古田会议之后，他与朱德一路走去，一路宣传革命道理，号召建党建政，开展土地革命，建立工农武装。

毛泽东还三次给进驻宁化的红12军军政委谭震林和边界工作委员会的周以粟同志去信，对红12军工作区域划分提出调整意见。从宁化的发展、闽西北革命根据地的建设情况看，这个部署符合当时的形势，有利于苏区建设扩大，使宁化成为福建苏区三个区域革命中心之一，与赣南、闽西连成一片，有利于再一次反围剿战争。也完全符合古田会议精神，是一次生动的农村武装斗争的建设，也体现了毛泽东同志高超的战略和策略思想。

苏区建设，后勤保障

古田会议之后，毛泽东、朱德分别率部北上，经宁化、清流、归化，向赣南挺进。一路上，他们动员群众、发展红军、建设根据地、进行土地改革。朱德同志到了宁化，在县衙门前召开了千人群众大会，讲话都不离上述内容。群众听了他很有号召力的讲话，群情热烈，当即就有人报名当红军。朱总司令还与当地一批积极分子座谈，给他们布置做好根据地建设等任务。

在毛泽东同志给宁化的三封信中，亦是十分强调建立根据地的重要性。宁化人民积极行动起来，在"扩红""支前""筹粮""经济建设""社会事业发展""拥军优属"等等方面都做了许多工作，宁化按"苏维埃政权"建设的架构全面实践，使之成为红军强有力的后方保障。

扩红模范县

第二次"反围剿"胜利时，人民群众参军参战活动轰轰烈烈地展开。当时中央扩大百万红军，其中分配给宁化的是600人。

中央省委先后派毛泽覃、胡耀邦、陈丕显、伍洪祥等同志到宁化指导开展扩红工作,使宁化的扩红高潮迭起,先后动员了13700多宁化儿女参加红军。当时宁化人口才13万多,也就是说10人中就有一人参加红军,每三户就有一户是烈军属,是福建苏区参加红军人数最多的一个县。还组织成立了赤少队、群众武装7个营4个连。赤卫队员3717名,他们既是红军的来源之一,又是支前的骨干力量。

在扩红工作中,出现了地方群众武装成建制地加入红军,淮阳、禾口两个扩红模范区,被福建省苏区授予"我们模范区"光荣匾,还涌现出二十多个党团支部全体党团员集体加入红军的先进事迹。中央政府机关报《红色中华》多次刊登了宁化"兄弟同参军""父子齐上阵""夫妻一条心"的感人事迹。

宁化扩红工作可分为三个阶段,四个特色。

第一阶段是自觉自愿参军。如朱德、毛泽东首次入闽时,就有许多进步青年随军而去。济村青年饶立栋等三人步行200多里到汀州加入红军;任家坊村10多个青年到县城卖柴火,听到了红军的宣传,就参加了红军;这种事在当时是不胜枚举的。

第二阶段是建立独立师、独立团、独立营、游击队,不断扩大红军队伍。当时红色政权仍处于敌对武装包围中。为了保卫新生政权,建立了如上述建制的武装力量。第二次反"围剿"胜利后,宁化建立了两支100多人的游击队,后来也加入了红军。

第三阶段是整个团、营、连、排成建制地加入红军。时遇第四次反"围剿",中央号召:"争取这一决战胜利"、动员所有模范队、模范少先队整营、整团"加入红军去";并建立了"少共国际师""工人师",宁化人民热烈响应,又一次掀起了参军的热潮。

宁化扩红工作突出,引得周围许多县乡组团前去学习,其主要做法有:一是作为党和政府的头等任务,摆在工作日程的第一位;二是采取了层层组织动员,各方面组织都起了自己的最大作用;三是开展竞赛,营造了参军光荣的浓烈氛围;四是群众团体的不可替代作用。

三年多时间里,据不完全统计,宁化征集了一万多人加入红军,为前线补充了可观的兵力,成为"全红县""扩红模范县"。

苏维埃政权全面建设。在第二次国内革命战争期间,先进的革命思想在宁化得到广泛的宣传，诸如三民主义、联俄联共、扶助农工三大政策，还有赴法勤工俭学的宁化籍进步青年童寅亮、曹志骞等人回乡传播马列主义、土地革命思想，一批进步书刊随之而来，如《马克思主义浅说》《中国青年》《团刊》《前锋》《先驱》《汀雷》等等，宁化人民接收了革命思想的洗礼。

宁化人徐赤生是宁化县第一位共产党员，他带领成立了秘密农会，又以连岗中学作掩护，进一步向进步青年介绍进步书刊，秘传《共产党宣言》《唯物史观》《资本论》等书籍，并成立团组织。中共长汀临时县委又派员到宁化，与徐赤生一起筹备宁化建党工作。成立宁化第一个农村地下党支部——三党支部。接着，中共曹坊支部、禾口支部、李七坑支部相继成立。至1928年8月，宁化就有4个地下党支部、2个党团混合小组，党员50多人。

毛泽东在四天内给十二军政委谭震林和闽赣边工作委员会的周以粟三封信，明确指示要调整管辖区域，以及发动群众、开展土地革命、发展地方武装、建立地方临时政权和临时党组织，使于都、瑞金、石城、宁化、会昌、长汀六县连成一片，形成一片大的革命区域，成为中央革命根据地的组成部分。

在第二次反围剿胜利的鼓舞下，宁化分批分期建党建政工作如火如荼地展开了。从1931年7月成立曹坊、禾口、淮阳三个区苏维埃政府开始，到年底，由中共闽粤赣省委委员、闽西苏维埃主席张鼎丞率工作团赴宁化指导建党建政工作。他在淮阳区淮阳乡罗家边刘氏家庙召开宁化县第一次工农兵代表大会，正式宣布成立宁化县苏维埃政府、中共宁化县委，少共宁化县委也一并成立。

1933年9月，泉上县苏维埃政权的成立，标志着宁化县境内实现了全县一片红，总共建立了3个县、28个区、190多个乡的苏维埃政府、党组织和群众团体，与长汀县一起成为福建省二个全红县，是第一个建立县苏维埃政权的县。

分田分地，发展经济，支援前线。宁化曾被称为苏区"乌克兰"。乌克兰是指苏联的一个加盟共和国，盛产农产品的，尤其是粮食谷物，被称为粮仓。宁化亦有如此良好的自然条件，故亦有如此称谓。

第二次反围剿胜利后,宁化分三批开展了土地分配,以原耕地为基础,坚持"按人平均分土地,抽多补少,抽肥补瘦,地主不分田(后来改为让他们成为自食其力之人),富农分坏田"的原则,这对当时无地或少地的贫苦农民来说,无异于天降甘霖,"耕者有其田"不仅是他们梦寐以求的天大愿望,也是历史上追求社会进步的仁人志士的夙愿。得了土地的群众,由衷地感谢共产党和苏维埃政府,激发出极大的生产积极性。

宁化各级党组织和苏区政府,积极地组织生产,发展苏区经济,兴办社会事业。粮食生产是头等大事,每年春耕夏收、秋收冬种政府都有指令,各项工作都收获甚丰。如1934年春种前,宁化及汀东、长汀3县就修陂坝2300多条,新开了几十条。宁化人民计划开荒一万亩,不仅如数完成,还多垦了许多荒坝;农忙时节,还成立耕田队,互调余缺;提出"男人上前线,妇女学耕田"的号召,发动了青年妇女补充劳力;县区乡干部克勤克俭,深入实际,与群众打成一片,一边组织生产,一边参加劳动。为增产节约,除参加机关组织的垦荒种地外,县区乡干部还坚持礼拜六劳动制度和帮助红军家属种田,成为根据地干部的良好作风、光荣传统。

从1931年春至1934年秋,宁化共筹集了950多万斤粮食、近54万元钱款和大量的支前物资。

宁化妇女在苏区建设中,不论是打土豪分田地、动员参军参战、参加生产、支援前线都发挥了显著的、独特的作用。

当时苏区被封锁,商业萧条,物品紧缺且昂贵,农产品价格猛跌,食盐贵如金,煤油贵如银等反常现象。苏区党和政府认真执行中央政府颁布的《关于合作社暂行组织条例》《商人》的规定,采取有效措施,发展公营商业、合作商业和私营商业,沟通内外贸易,搞活商品流通,保障了基本商品的供应,保证了军民的日常生活需要。

为了保卫和巩固红色政权,配合中央主力红军粉碎敌人的军事围剿,宁化人民积极参军参战支援前线,在人力、物力、财力上都作了很大的贡献和牺牲。1932年7月和9月,中央执委发出训令,要求普遍组织赤卫军、模范营、少先队,18至23岁的青年加入少先队,24岁至40岁的加入赤卫军。从此,宁化广泛组织起地方群众武装,支持革命战争,前后数次征集 1 万多人。

为充足战争经费,中央执委在一年多时间里,三次号令募集短期"革命战争"公债,宁化干群"节省一个铜板""减少伙食费运动"(一日二餐),每次都出色地完成任务。这时期宁化通过广泛地开展经济竞赛、收集粮食、节省 3 升米、借谷等运动,共筹集军粮 950 多万斤、军费 54 万元,支前民工 2 万多人次,是苏区的模范县。

虽说条件极差,但宁化因地制宜,办了识字班、午读班、干部培训班,兴办了列宁小学 200 多所;有图书馆、讲读所、体育场、俱乐部等;并开展唱歌、读报、讲演、文娱活动,意在提高干部群众的文化水平。

中华苏维埃政府内务部做出的在各苏区设立医疗机构的决定,不仅为群众提供了方便的诊疗,更为红军提供了后勤保障。宁化总共办起了 20 多个医院、诊所、急救室等。

我到陈塘村参观了第四医院旧址。那实际上是红军医院的总院,一个村子就是一所医院,门诊部、住院部、药房等等十分齐全,分设在不同的住宅里。门诊部,是一所大户人家的名为"瑞日裕后"的大宅子,前后上下共有 30 多间房子,墙面由青砖砌成,很牢固,是省级文保单位。在村后面还辟有一块红军战士陵园,送到医院因伤重不治而亡的战士就掩埋在陵园里,这也是对红军战士英魂的告慰。

如今,红军医院(诊所)还有八处保留下来,如城关红军医院、石下红军医院、湖村巫坊红军医院、沙罗坝红军医院等,可能原先都是家庙、宗祠,所以能得到保留。

在石壁村有一个红军医院展览馆。走进展厅,左边墙壁上是"救死扶伤,实行革命的人道主义"的题词,是毛泽东同志于 1940 年为中国医科大学第一届毕业生题写的;左边墙上也是一幅毛泽东同志的题词:"制药疗伤,不怕封锁,是战胜敌人的条件之一"。这是在延安八路军化学制药厂训练班一期毕业时的题词。

从 1929 年到 1934 年长征起始,共产党、苏维埃的政权建设、党政建设、经济建设、武装建设、群团建设,以及各项社会事业建设,在宁化得到了全面的实践,使宁化大地春光明媚,朝气蓬勃,一片生机,呈现出从未有过的新天地。宁化成了中央苏区的一部分，与赣南、闽西连成一片。

宁化人民给红军子弟兵送上充足的军粮，在漫漫的长征途中好充饥，又有13000多儿女加入红军队伍，二万五千里长征路，每10里就有3位宁化儿女牺牲，在惨烈的湘江之战中，宁化籍红军所在的三十四军全部壮烈捐躯！

宁化，为新中国的缔造做出了怎样的贡献和牺牲啊！

中央苏区乌克兰

◎ 汪兰

在中国革命历史上，宁化县拥有诸多光荣称号，其中最引人自豪的，就是"中央苏区乌克兰"。

说起中央苏区，首先离不开"苏"字。苏者，苏维埃也，人们就把人民代表会议所选举出来的红色政权称为苏维埃政权。1922年12月30日，"苏维埃社会主义共和国联盟"正式成立，简称苏联，是第一个社会主义国家。到了第二次国内革命战争时期，中国各革命根据地所建立的红色政权，也都称为苏维埃政府，其所管辖的地区，也都称为"苏区"，而中国工农红军主力部队，即中央红军所在地的闽西赣南，自然也就称为"中央苏区"了。

当年，中央苏区共有21个县，宁化是其中之一。那么，它又为何与苏联的乌克兰相提并论呢？原来，在苏联的15个加盟共和国中，地处东欧平原、黑海之滨和多瑙河三角洲的乌克兰，素称"欧洲粮仓"，是全苏联工农业经济最发达、对革命贡献最大的地区之一。当年，在中国的中央苏区，宁化县既是"扩红模范区"，又是"支前模范县"，再就是红军的故乡，因此，称它为"中央苏区乌克兰"，可谓实至名归，当之无愧。

红旗白马进军曲

作为"中央苏区乌克兰"的宁化，是一代伟人叱咤风云的地方，是一代英豪驰骋疆场的地方。在这块红色土地上，到处留下革命领袖和开国将帅们的光辉足迹。

1930年1月12日，朱德军长来到县城火烧坪，在原宁化县国民政府的大门口召开千人群众大会，他亲自上台演讲，用浓重的四川口音，号召劳苦大众"打土豪分田地"。1933年7月18日,彭德怀率领东方军东征福建,在宁化首战造捷,一举攻克敌军重兵把守的泉上古堡。

毛泽东三次率领红四军进入宁化,并在进军途中写就《如梦令·元旦》。毛泽东第一次来宁化是1929年3月11日,红四军从江西入宁,途经隘门、大王、凤凰山向长汀进发。毛泽东第二次来宁化是1930年1月,古田会议之后,他和朱德兵分两路进入,两支队伍最后入江西广昌汇合。毛泽东第三次来宁化则是1931年6月,他从建宁回赣南,曾途经在此小住。《如梦令·元旦》一词写于1930年1月,即他第二次率军来宁化的行军途中。

抬头仰望,只见青年毛泽东站在高山顶上的巉岩之上,他左臂横胸,右手叉腰,迎风伫立,任凭军大衣的后摆在风中向后飞扬。他留着长发,脸容清癯,但目光如炬,有一种高瞻远瞩、稳操胜券的从容气度。在他身后,是他的那匹大白马——传说是1929年攻打长汀时,从敌军旅长郭凤鸣胯下夺来的坐骑,也仿佛抑制不住前进的激情,正仰起长颈嘶鸣。时令正是寒冬,他仿佛看见红军队伍正在深山密林之中,沿着弯弯曲曲、又湿又滑的盘山小路急行军,眼前红旗猎猎,耳畔战马萧萧,好一幅壮丽的行军图,好一支高昂的进行曲!

铜雕的基座上,镌刻着《如梦令·元旦》的全文:

宁化、清流、归化,路隘林深苔滑。今日向何方,直指武夷山下。山下山下,风展红旗如画。

当年,中央红军正是在毛泽东的英明领导下,才取得了从第一次到第四次反"围剿"斗争的节节胜利,因此在宁化及其周边各县的这段日子,是他心情最舒畅、最愉快的日子,也是他诗兴大作的创作高峰期,他接连赋词六首。1962年,应《人民文学》之约,他在《词六首引言》中回忆道,他的这六首词,"是在马背上哼成的""反映了那个时期革命人民群众和革命战士的心情舒快状态。"

当然,有关此词写作的具体时间和地点,在史学界和文艺评论界有些不同的推测。但我以为这些也许并不重要,因为包括诗词在内的文艺作品创作,从构思酝酿时的腹稿,到落笔纸上的初稿,再到反复修改后的定稿,往往不是一朝一夕的一挥而就,而很可能是一个费时多日、甚至多年的过程。就像他所骑的那匹大白马,时而一路飞奔,时而缓辔徐行,时而就地踏步,并不固定在某一个节点上。

作为诗人领袖的毛泽东,一向赞同古人的"诗言志"。他在《星星之火,可以燎原》一文中,满腔热情地写道:"中国革命高潮就要到来了,它是站在海岸遥望海中已经看得见桅杆头了的一只航船,它是立于高山之巅远看东方已见光芒四射喷薄欲出的一轮朝日,它是躁动于母腹之中的快要成熟了的一个婴儿。"这段散文诗式的排比句,与"风展红旗如画"一脉相承,至今读来,尤让人荡气回肠,深深为之神往。

韭菜开花一杆心

宁化是客家人的祖地。客家人爱唱山歌,用客家方言吟唱的山歌,是劳动人民心灵的声音、智慧的花朵,千百年来,它在武夷山下,翠江两岸广泛流传,久唱不衰。

但在宁化的客家山歌中,流传最广、影响最大的,却是一首以韭菜花为比兴开头的革命山歌:"韭菜开花一杆心,剪掉髻子当红军,保护红军万万岁,割掉髻子也甘心。"

宁化是中央苏区的"扩红模范区",这首山歌正是当年"扩红"运动的真实写照,它表现了宁化人民一心一意干革命,连妇女也剪掉髻子踊跃参加红军的动人情景。还有一首客家山歌,题为《禾口淮土比参军》:"保卫苏区有责任,禾口淮土比参军,禾口扩红一千个,淮土一千多两个。"宁化"扩红"的先进事迹,随着山歌到处传唱,据说连著名的上杭县才溪乡,也闻讯专门派人前来取经。

据党史资料的不完全统计,从1929年3月至1934年10月,宁化全县先后动员组织13700多名优秀青年参加红军,约占中央主力红军总兵力的十分之一。当时,全县总人口13万人,其中男性6.65万人,青壮年2.16万人。也就是说,全县平均不到3户就有1户是军属,每10人中就有1人参加红军,男性每5人中就有1人参加红军,青壮年中不到2人就有1人参加红军。如果加上地方的赤卫队员,全县的青壮年几乎全部上了前线。当时,就在宁化县城,以宁化子弟兵为主,成立了红军独立

第七师和新编独立第七师两支英雄部队。对此，中央机关报《红色中华》连续报道，称宁化为光荣的"红军故乡"。

宁化不仅是"扩红模范区"，也是"支前模范县"，它既是中央红军的"兵源"，也是中央苏区的"粮仓"和"金库"。

尽管宁化山区原先并不富裕，广大人民尤其是农民弟兄，在反动政权和地主老财的欺压下，过着"地瓜当饭饱，蓑衣当被盖，火笼当棉袄"的贫穷生活，但红军来了，帮助他们打土豪、分田地、闹翻身，帮助他们建立红色苏维埃政权，帮助他们发展生产、繁荣经济，他们就把共产党当作自己的救星，把红军当成自己的亲人，他们宁愿自己住草房，也要把最好的房子腾出来让红军驻扎；他们宁愿自己勒紧裤带，吃野菜，啃杂粮，也要把最好的粮食送到前线，决不让自己的子弟兵饿肚子；宁愿自己穿破衣烂衫，也要把最好的布料让给红军做军衣、纳布鞋，决不让子弟兵受冻挨饿。此后，他们又积极响应"发展经济，保障供给"的号召，冲破敌人的重重封锁，掀起建设根据地的大生产热潮，让中央苏区一度出现百业兴旺的欣欣向荣景象，让他们不但在人力上，也在物力和财力上，能给前线提供切实有力的后勤保障，让前线所急需的粮食、布匹、纸张、药品、食盐、煤油和火柴等，都能得到及时和尽可能充足的供给。

1934年夏秋之际，红军面临重大危机，中央发布《关于在今年秋收中借谷六十万担的决定》，宁化人民义不容辞，短短一个月就超额完成任务，其所收集的粮食约占全中央苏区总数的三分之一。当年7月，在红军长征前最艰难的日子里，中央又下达指标，再次大量征粮。其时，宁化百姓家中所剩余粮不多，但为了前线，他们宁可自己饿肚子，也要倾其所有，于是又在短短半个月里筹集粮食三万四千担，并运送到指定地点。与此同时，他们还交付了大量公债，获得中央的高度赞誉。

宁化，作为"中央苏区乌克兰"，享有巨大的光荣。然而，在这光荣的背后，却是无私的贡献和无谓的牺牲。伟大的宁化人民，正是用"扩红"和"支前"的实际行动，证明自己就像山歌里所唱的那样："韭菜开花一杆心""保护红军万万岁"。

五线谱的传奇

庄严肃穆的北山，汹涌澎湃的松涛，把宁化县革命烈士纪念碑高高举起，把人们对中央苏区的红色记忆，写进蓝天白云，与阳光、月光、星光一起永放光芒。

宁化县革命纪念馆，一幢怀抱大天井、四合院式的红砖楼，就坐落在纪念碑的下方，掩映在湖光山色的无边绿意之中。这里，是全国百个红色经典旅游景区之一。面对上千件珍贵的革命文物、上千件静默无声的革命文物，大家眼前一亮。

这件国家一级文物，就是该馆的镇馆之宝——用西式五线谱编写的《中国工农红军军用号谱》。它，内页20页，对折成40页，为32小开本，用毛边纸黑油墨印制而成。令人惊奇的是，其内页曲谱均采用西方的五线谱。1994年10月，经国家文物局近、现代文物专家组鉴定，认为它是全国目前唯一一本最为完整和正规出版、印刷的《中国工农红军军用号谱》。战争年代，我红军通信设备极为欠缺，凡发布命令、指挥战斗、振奋军威、安排生活作息时间等，都只能通过军号声来传达，其作用不亚于"密码本"。由于这本《军用号谱》是研究中国工农红军革命斗争史、红军军事生活及红军音乐的宝贵实物资料，极为珍贵，故定为国家一级文物。

说起它的来历，还真有一段传奇故事。1975年，县里筹建革命纪念馆时，向各地广泛征集革命文物。有一天，一位老人送来这本军用号谱和一个铜号嘴，这位老人是谁？他怎么得到这件文物呢？

事情要从1930年初说起。当时，闽粤赣国民党军队对我中央苏区实行"三省围剿"，古田会议结束后，毛泽东、朱德就率红四军分兵取道宁化向江西转移。途中，年仅15岁的长汀人罗广茂毅然参加工农红军。罗广茂长得比同龄人小，可是声音洪亮，中气足，因此他成了红四军第三纵队的司号员，后被选派到中央军事学校陆地作战司号大队学习。结业时，学校郑重发给每位学员一本《军用号谱》，领导再三叮嘱，要像保护自己的生命一样保护好《军用号谱》。罗广茂深知《军用号谱》的机密性和重要性，结业后带着《军用号谱》到朱德军长身边任司号员，后调红十二军一〇一团；第五次反"围剿"初期，又调到红五军团三十四师师部当号长。无论工作如何频繁调动，他都把《军用号谱》和一个号嘴始终藏在身上，就像爱护自己的眼睛一样。不料，他在连城白洋崟的一次恶战中负伤，被送到长汀四都红军医院治疗。半年后，第五次反"围剿"失败，医院被冲散，他突围后回到长汀家中，听说中央红军已撤离苏区，他再也无法赶上长征队伍，只好先将《军用号谱》交给母亲好生保存，然后外出靠木匠手艺做工流浪，以躲避国民党的抓捕。后来他迁居宁化泉上，这才把母亲从长汀接来同住。新中国成立后，罗广茂想找那本《军用号谱》，多次询问母亲，但母亲年事已高，老想不起存放的地点。直到1974年，在拆建家中谷仓时，才发现《军用号谱》被母亲用布和油纸裹得严严实实，用铁钉钉在谷仓底板下。于是，他这才把它送到县里，并说明自己年轻时曾是朱德身边的司号员。为了证实他的身份，县委宣传部特地从宁化五中请来一位懂五线谱的音乐教师，要求罗广茂当面依照《军用号谱》中的曲调一一吹奏。罗广茂稍稍浏览了一下《军用号谱》，眼前立即浮现出当年战火纷飞的岁月和熟悉的旋律，于是他气定神闲、准确无误地将全书340多首号令一一吹出，并作了详细的解释。那位音乐教师听罢，喜出望外地说，《军用号谱》的旋律，多用同音反复和乐节反复，以增加气势和感染力，这确实是高亢激昂的军号，农家出身的罗广茂，假如没有经过红军的严格训练和反复吹奏，是不可能识得五线谱，更不可能熟练地把它一一吹奏出来。罗广茂，的确是一位红军司号员！

被罗广茂及其母亲珍存四十年的军用号谱，就这样像出土文物一样，大放光芒！为了表彰罗广茂这位无名功臣，县里特地为他颁发了"纪念状"，并奖给一本《毛主席语录》。

从此，这本号谱和号嘴，就成为宁化县革命纪念馆的镇馆之宝。有关它的传奇故事，也越传越远。后来，八一电影制片厂把它搬上银幕，向全国亿万观众广而告之。后来，宁化县又在革命纪念馆一侧，为它创立了人物群雕，供后人所瞻仰。

今天，我在纪念馆里，久久注视这本传奇的军用号谱，它的封面，虽然纸质发黄，但墨迹依然清晰，透出年代的久远和历史的沧桑。当年，军号嘹亮，一声声，振奋军威，指挥千军万马一往无前，向敌营冲去，向胜利冲去，迎接新中国有如旭日从东方的地平线上冉冉升起。而今，为实现中国梦，新的长征又吹响了进军号，一声声，振奋人心，鼓舞人心，继续向前，向前……

《如梦令·元旦》与清流苏区

◎ 楚欣

宁化、清流、归化,路隘林深苔滑。今日向何方,直指武夷山下。山下山下,风展红旗如画。

这是一首充满革命乐观主义的诗篇,深为广大读者所喜爱,许多人甚至能流畅地背诵下来。然而,"宁化、清流、归化",毛泽东当年率领红军走过的是3个县,这首词究竟写于哪里,作者并没有具体交代,因此引起了人们的争论。1960年,时任国务院副总理的邓子恢,奉毛泽东之命抄录这首词时,写下了"兹录毛主席卅年前红军进军清流时所作如梦令词一首以资纪念"的注明。邓子恢是原闽西革命根据地的领导人之一,他的"注"具有权威性,从而为这场争论画上了圆满的句号,即毛泽东的《如梦令·元旦》写于清流。

锅蒙山战斗红军大获全胜

为什么当年毛泽东会率领红军进入清流呢?这要从1930年初说起。那时,具有历史意义的古田会议刚刚开过,红四军经过思想上的整顿,士气旺盛,斗志昂扬。为了粉碎敌人的"围剿",这支队伍在毛泽东、朱德的率领下,开始从福建向江西作战略转移。他们兵分两路,一路为第1、3、4纵队,由朱德指挥;另一路为第2纵队,由毛泽东指挥。

1月3日,朱德率领的3个纵队,从上杭县的古田出发,经过连城,翻越鳌峰山,进入清流里田乡境内的锅蒙山。而在稍早之前,盘踞汀州(今长汀)的敌保卫团马鸿兴部,已经奉命以6个连的兵力以及当地民团共1000多人在此设下埋伏，妄图将红军一举消灭。

锅蒙山地形险峻，一边是陡峭的悬崖，另一边是幽暗的深谷，只有南边半山腰的一条小道，沿着渔沧峡谷通往山隘。山隘处为一道天然石门，巨大的石壁立于门外，当地人称之为"把门石"。自以为胜算满满的马鸿兴觉得，如此绝境，红军就是插上翅膀也难飞过。

然而事情出乎敌人的预料。第二天凌晨，充满斗志的红军突然出击，采取的是智取而非强攻，即组织一哨人马，由熟悉情况的当地群众引导，从锅蒙山背后悄悄地包围了敌人的指挥所。枪声一响，事前毫无思想准备的敌酋马鸿兴吓得魂飞魄散，连忙带着几个贴身溜之大吉，其余的人看见头头不在了，更是乱成一锅粥，当即被歼灭。就在此时，红军主力对锅蒙山的正面之敌展开进攻，红军奇袭敌指挥所的部队也及时向主峰转移，两支队伍遂即形成对敌夹击之势，并迅速发起冲锋，一时间杀声震天，令驻守在"把门石"的马鸿兴保卫团望风而逃，溃不成军。然而没有料到，藏于暗堡的敌兵，却用机枪密集向外扫射，压得前进中的红军战士抬不起头来。当此关键时刻，有位小号手不声不响地将冲锋号别在身上，揣起手榴弹，依着山边的树藤向暗堡的洞口攀去，途中虽中弹负伤，仍顽强地忍着疼痛，继续向前攀爬，在接近洞口时奋力扔出手榴弹，霎时间一声巨响，将暗堡炸得粉碎。小号手也因为体力不支坠入山崖，壮烈牺牲。这场战斗于当天上午9时结束，红军取得彻底胜利，共歼敌600多人，缴获大量枪支弹药。

锅蒙山战斗，是古田会议之后红军取得的第一个胜仗，在红军历史上留下了具有独特意义的一笔。这场战斗，不仅灭掉了敌人的嚣张气焰、打通了红军顺利回师赣南的通道，为瓦解国民党军第二次"围剿"创造了有利条件，而且大大鼓舞了清流、宁化、归化地区的革命斗志。

我从豫章公庙出来（即罗氏宗祠），登上面前的一处高地，眺望锅蒙山。此时正下着瓢泼大雨，远处的山峰一片灰蒙蒙，什么也看不清楚，原本想去渔沧峡谷的计划也因此"泡了汤"，但黑压压的锅蒙山横亘在眼前，依然让人感到它的险峻与当年红军以弱胜强的不易。

毛泽东行军途中写下壮丽诗篇

就在朱德率部离开古田不久,毛泽东也于1930年1月7日带领第2纵队,经过连城进入清流县,10日到达林畲乡,住在塘堀村的邱氏祖厝"诒燕第",前后约一个星期。

红军在清流期间,毛泽东和他的战友们做了许多事:组织部队休整,并筹集军饷,为下一步的行动打下坚实的基础。研究分析敌情,关注朱德部队的行动方向,制定战略决策。开展政治宣传,发动群众。据萧克将军后来的回忆,当时红军每到一地,毛泽东、朱德都要召开大会,发表讲话,鼓动群众。部队的宣传人员还四处张贴标语,如"红军是工农自己的队伍!""农民起来打土豪分田地!""打倒勾结童子兵的民团!"等等。

访贫问苦,帮助群众解决困难;调查研究,了解社情民意。短短7天时间,毛泽东广泛接触群众,就连深山里的和尚也没有忘记。

毛泽东在清流期间,最为后人津津乐道的是,构思并写下不朽名篇《如梦令·元旦》。这首词虽然创作于寒冷的冬天,却给人以春天般的气息,它不仅反映了古田会议之后毛泽东的愉快心情,而且以文学手法表述了一项重大决定——"直指武夷山下",即命令队伍向着武夷山进发,并预言"风展红旗如画",革命斗争必将取得更大的胜利。

1月16日,毛泽东在获悉朱德部队已经向江西进发时,立即率领红四军第2纵队离开林畲,由盖洋进入宁化、归化(今明溪县),并最终在江西南部与主力红军会师。

毛泽东在清流的时间虽然不长,但意义非同一般。这是古田会议之后他重新获得红军主力军事指挥权的首次行军作战,而在稍早之前的1月5日,他刚刚给林彪复了一封信(即著名的《星星之火,可以燎原》)。信中批判了当时党内的一种悲观论调,明确指出,中国革命高潮快要到来,并以诗的语言加以描述:"它是站在海岸遥望海中已经看得见桅杆尖头了的一只航船,它是立于高山之巅远看东方已见光芒四射喷薄欲出的一轮朝日,它是躁动于母腹中的快要成熟了的婴儿"。正是在这种坚定的革命乐观主义精神的引领下，这次战略转移很成功，既挫败了敌人的阴谋，避免了我军因盲目行动可能造成的损失，又播下了革命种子，极大地推动了清流等地区的苏维埃斗争向前发展。

我怀着崇敬的心情瞻仰了毛泽东在林畲的住地——诒燕第。这座老宅建于清光绪三年（1878年），为闽西一带比较常见的"五凤楼"式民居建筑，两进三厅并附有左右护厝，建筑面积达1386平方米（约两亩）。当年毛泽东住的是厅东边的正房，其背后为警卫人员的居室。紧挨着毛泽东住处的是罗瑞卿（时任2纵的党代表）的房间。厅的另一边，还住着一些红军的指挥员，如著名的闽籍将军郭化若。

可以想象，当年的诒燕第应该是既紧张又有秩序，充满革命乐观主义气氛。而今，老宅一片寂静，唯有展室里的照片与实物，能让人对往事进行一番回顾。

清流人民为革命做出重大贡献

1989年，中国科学院考古研究所在清流县九龙湖狐狸洞发掘出几枚旧石器时代人类的牙齿化石，并命名为"清流人"。这件事曾经在闽轰动一时，因为它将福建的历史从六七千年前推向了一万年前。

我再次来到清流，对"红色堡垒"——清流苏区进行采访。因为当时这里的人民曾经为了革命，为了新中国，英勇斗争，前仆后继，做出了重大的牺牲与贡献，值得后来者大书特书。

清流苏区创建于1931年，发展于第二、三次反"围剿"斗争时期，鼎盛于东方军入闽作战之后。1930年1月，毛泽东与朱德分别率领红四军从古田出发，途经清流。这次战略转移，不仅打了胜仗，而且在这片土地上广泛发动群众，播撒革命种子。毛泽东还多次从建宁给红12军军委、闽赣边工委和红35军军委发出指示信，明确提出要求，"我们应该在这一区域作长期工作计划"。之后，多支红军队伍频繁进入清流区域活动。其中就有红四军11师曾士峨、罗瑞卿部，红12军罗炳辉、谭震林部。1931年7月6日，罗炳辉、谭震林率领的红军，解放了清流县城及其境内大片地区，成立了县苏维埃政权。同年11月，中华苏维埃共和国临时中央政府在江西瑞金成立，形成了最初概念的中央苏区，清流县正式纳入其版图，成为这片红色根据地的一个重要组成部分。

清流苏区在血与火的斗争中经受住严峻的考验。第三次反"围剿"时，苏区得到了巩固与壮大。第四次反"围剿"时，虽然一度失守，但1933年3月，在当时的红军学校校长叶剑英的指挥下，东南作战军出征清流，给予敌人沉重的打击。同年7月，彭德怀、滕代远率领东方军由江西进入福建，连战皆捷，恢复、发展了纵横数百里的苏区，革命圣火越烧越旺，清流苏区也因此进入了最兴旺发达的时期。

鼎盛时期的清流苏区，其管辖范围不仅包括现有的清流县全境，还包括永安、连城、宁化的一些乡镇，面积近2000平方千米，是当时中央苏区较大的县份之一，而且因资源丰富、群众基础好，是中央苏区重要的战略资源补给基地。清流苏区是第五次反"围剿"斗争的前哨阵地和中央苏区最巩固的战斗堡垒。1934年6月，蒋介石再度调集重兵，妄图以清流为突破口，冲开中央苏区的东方屏障，汇合东、北两路兵力，向腹地推进。清流苏区军民在党的坚强领导和主力红军的支持下，同仇敌忾，奋起反击，挫败了国民党部队的进攻，直至主力红军出发长征时，始终都没有让敌人踏进苏区一步。红军长征后，他们在失去重要依托的不利情况下，仍巧妙地与敌周旋了几个月，接着又与闽赣、闽西等地的红色武装并肩作战，坚持3年游击战争，拖住了国民党军队的大量有生力量，为配合中央红军的战略转移做出了不可磨灭的贡献。

历史告诉我们，在整个波澜壮阔的土地革命战争年代，清流县有2.7万多人参加革命斗争，其中当红军的就有6000多人。那时，清流全县不足6万人，这就是说，除去老人、小孩，几乎人人参加了革命，而绝大多数青壮年都当了红军。苏区革命群众那种大无畏的英雄气概，让人感到震撼。

据不完全统计，土地革命战争时期，清流县有4000多人牺牲或失踪，而新中国成立后登记烈士名单，在册的却仅有259名，这说明绝大多数的牺牲者都成了无名英雄，而他们当中，许多人是牺牲在长征途中的湘江战役。

今天，无论是闻名遐迩的"太极城"，还是偏僻的农村，都是青山绿水、鸟语花香、经济蓬勃发展，老百姓生活节节攀高，一派繁荣、和谐、安居、乐业的景象，不禁为之赞叹。今后的路还很长，任务很繁重，应该继续努力，不懈奋斗。

毛泽东与武夷山

◎ 李安东

6月初的一天，朋友听说我要出差，发微信问："今日向何方？"我即回复："直指武夷山下。"两人不经意的问答，竟引用了毛泽东的两句诗。

这是我第三次去武夷山。第一次是拍摄大型文献纪录片《毛泽东》，我带摄制组从井冈山东进，经于都、瑞金、连城，往上杭，再向北，过武夷山去上饶等地。路上，大家不止一次地背诵毛泽东的这首《如梦令·元旦》："宁化、清流、归化，路隘林深苔滑，今日向何方，直指武夷山下。山下、山下，风展红旗如画。"武夷山市当时叫"崇安县"。

当年，毛泽东在闽西开辟革命根据地，"收拾金瓯一片，分田分地真忙"，没有到过崇安，但这首诗却藏着他与武夷山在思想、军事和文化上关联的密码。

我们寻访了上梅、大安、坑口、赤石等分布在武夷山的众多革命斗争遗址。各个红色景点的事迹，更像是历史长河中的一朵朵浪花。而只有当人们看到由无数浪花集成的，曾在中国大地奔腾呼啸，从而改变了世界的滚滚历史潮流，才可能知道今日中国从哪里来，还将到哪里去。不谋全局者，不足谋一域。

我忽然有了一个想法，为何不从毛泽东的这首诗去解读武夷山红色历史呢？诗中所指的武夷山必不是现今被我们称为"小武夷"的城镇和旅游景区，它所指是一个横跨福建江西两省四个市县的整个武夷山脉，我把它叫作"大武夷"。而"山下、山下"，应是泛指闽赣两省交界的广大农村地区。这首词的关键句是"风展红旗如画"。这里的"红旗"指什么？我认为"红旗"指的是当时轰轰烈烈的农民运动和风起云涌的武装斗争。在参观上梅暴动遗址时，一张农民协会带领群众斗争地主的图片，让我想到了毛泽东于1927年3月在武昌农民运动讲习所完成的《湖南农民运动考察报告》。现在已经很少有人知道，毛泽东的这部著作曾经怎样影响和推动当年的农民运动。时年34岁的毛泽东断言：很短的时间内，将有几万万农民从中国中部、南部和北部各省起来，其势如暴风骤雨，迅猛异常，无论什么大的力量都将压抑不住。他们将冲决一切束缚他们的罗网，朝着解放的路上迅跑。一切帝国主义、军阀、贪官污吏、土豪劣绅，都将被他们葬入坟墓。

针对有人指责农民暴动是过激行为，毛泽东写下了他最为著名的论断：革命不是请客吃饭，不是做文章，不是绘画绣花，不能那样雅致，那样从容不迫，文质彬彬，那样温良恭俭让。革命是暴动，是一个阶级推翻一个阶级的暴烈的行动。

走进上梅暴动的展览室，我看到当年农民使用的早已锈迹斑斑的大刀梭镖和土枪土炮，脑海里蹦出的就是这段话，它至今读来依然让人血脉偾张。当年，全国农民运动的骨干都是来自农民运动讲习所的学员，毛泽东是农讲所的负责人和老师。毫无疑问，毛泽东的革命思想指导和推动了武夷山地区的农民运动。

1927年大革命失败以后，国民革命暂时进入低潮，党的工作重点由城市转向农村，毛泽东领导建立了第一个农村革命根据地——井冈山根据地。1930年新年来临之际，刚刚开完古田会议的毛泽东创作了《如梦令·元旦》，随后他率领红四军总前委和红二纵队越过武夷山往赣南与朱德会师。1月5日，毛泽东给林彪写了一封信，他借用"星星之火，可以燎原"的古语，指出革命的高潮一定会到来。他激情澎湃地写道：但我所说的中国革命高潮快要到来，绝不是如有些人所谓'有到来之可能'那样完全没有行动意义的、可望而不可即的一种空的东西。它是站在海岸遥望海中已经看得见桅杆尖头了的一只航船，它是立于高山之巅远看东方已见光芒四射喷薄欲出的一轮朝日，它是躁动于母腹中的快要成熟了的一个婴儿。

多么奇妙的比喻，何等浪漫的情怀。这是在"敌军围困万千重"的境况下写的诗一般的宣言书。可见毛泽东有着怎样博大的胸襟和坚定的信仰。悲观者眼里的"黑云压城城欲摧"，在一代伟人看来，却是"风展红旗如画"。红旗在武夷山下招展。1928年9月，上梅村打响了闽北暴动第一枪。后因遭敌重兵包围，暴动总指挥徐履峻英勇牺牲，暴动失败。但是，1929年1月，中共崇安县委组织了第二次上梅暴动，终于取得了胜利。

1930年5月，崇安县委在上梅建立了闽北第一个苏维埃政权，下辖18个区苏维埃政府、234个乡村苏维埃政权，横跨福建、江西两省6县，苏区人口达到20万人。到了1931年1月和7月，中共闽北分区委和闽北分区苏维埃政府先后在崇安坑口成立，后迁至大安，成为闽北苏区首府。鼎盛时期的闽北苏区纵横300余里，人口五六十万，横跨闽赣浙3省17个县，星星之火已成燎原之势，堪称中央苏区的一颗明珠。

武夷山留存的众多土地革命斗争遗址，为后人展现了当年"风展红旗如画"的壮丽图景。用毛泽东的诗词引领，将整个武夷山区独立分散的革命斗争遗址贯穿起来，与"绿色武夷"相呼应，打造了一个与"红色井冈山"相媲美的"红色武夷山"。

武夷山有着丰厚的历史文化，虽然古往今来有很多赞美它的诗文，但对于普通游客来说，真不如一句"今日向何方，直指武夷山下"说得直接、叫得响亮。毛泽东革命思想对武夷山地区农民运动的影响，和他亲率红军转战武夷山，以及为武夷山写下的千古名句，让一代伟人与武夷山有了多重意义上的关联，将成为这座名山一面风展万世的红旗。

我好想看到，在高山之巅矗立着身穿红军服的毛泽东雕像和一座刻着他手迹的诗碑。

如今，和平盛世的武夷山红旗飘扬美如画。但这美丽的画卷却得来不易。我看到一份文献资料，在苏区各个时期，崇安县先后有1.2万多名青壮年参加红军游击队，有名有姓被定为革命烈士的就有4000多名。那时，全县人口14.4万人，到新中国成立前夕仅剩下6.9万人，锐减7.5万人，其中半数为国民党杀害……

武夷山市仍然保留了红军时期的列宁公园。走进这里，我想起列宁的那句名言：忘记过去，就意味着背叛。在武夷山，我看到了许多烈士墓和镌刻着一排排英烈姓名的纪念碑，心灵受到极大震撼。在洋庄乡张山头一片竹林里，有一处神秘的墓葬群，后经考证有不少是红军墓，数量之多令人动容。他们是谁？为什么会葬在这里？也许永远是个谜。如果这些英灵有知，我想问，你们看到今日武夷山下迎风招展的红旗了吗？我还想问，假如生命可以重来，你们还会为革命的理想赴汤蹈火吗？我为红色题材电视片写了一首歌《你是风》，想唱给静卧于武夷山这片红土地上的先烈们：你走进我的梦里，醒来却不见你的脸庞。你站在我的眼前，却总想不起你的模样。你穿越楚汉古寨千年城墙，你掠过长缨烈火万里波浪。你是风，望不见你的身影，却听见你深情的歌唱。你是风，想看清你的面容，唯有一池揉碎的月光。你的声音就在耳边，回望却不知你在何方。你和我一路同行，却无法挽住你的臂膀。你温暖袅袅炊烟桂花飘香，你染尽层层山峦杜鹃怒放。你是风，握不住你的双手，怎能向你倾诉衷肠？你是风，拉不紧你的衣袖，思念是那山高水长。

　　你在何方？你去何方？可与我梦里同乡？

才溪：红色小镇的传奇

◎ 楚欣

这里，曾留下伟人毛泽东的足迹和他的调查研究名篇；这里，曾接受血与火的洗礼，演绎过3000男儿踊跃参加红军开赴前线的感人场面。

福建省上杭县才溪乡，一个令无数景仰者向往的地方。

"光荣亭"前忆光荣

到了才溪，我最想看的是那座光荣亭。它是这里的标志性建筑，也是才溪光荣历史的见证。

1933年春，当时的福建省苏维埃政府授予才溪乡"我们的第一个模范区"称号，随后拨款于当年的7月建造光荣亭，并勒石纪念。1934年1月，中华苏维埃共和国第二次全国代表大会在江西瑞金召开，毛泽东代表中央政府表扬了才溪，号召全苏区人民向才溪乡学习，团结起来发展革命战争，夺取全中国的胜利。

才溪乡何以能获得如此的光荣？这要从它所处的自然环境和当时的社会现实说起。才溪位于上杭县的西北部，既是闽粤赣三省的接合处，又是沿海与内陆山区的过渡地带。境内层峦叠嶂，林木茂密。志书上这样写道，"壤狭田小，山麓皆治为陇亩，汀踞闽上游，复岭崇冈，山多于地"。20世纪初，才溪的农民处于官僚与封建地主的双重压迫与剥削之下，70%的土地掌握在只占人口6%的地主手中，多数农民被迫向地主富农租田耕种，过着极端贫穷悲惨的生活，因而有了反对压迫追求解放的潜在意识。

在中国共产党先进分子的影响和带动下，1928年，才溪乡建立了党的组织和农会，之后举行了三次武装起义；1929年9月27日成立了区苏维埃政府，开展轰轰烈烈的土地革命，并在各方面取得了显著成绩。当时中央苏区的报刊，如《红色中华》《斗争》《青年实话》等，多次发表文章或报道，盛赞才溪区"一切工作取得光荣伟大的成绩"，是"选举运动的模范""生产战线的模范""扩大红军的模范""节约的模范""退还公债的模范"，才溪因此声名鹊起。据史料记载，"扩红"时，这里有3400多人踊跃参加红军，占全区青壮年总数的80%多，英雄主义的行为感天动地，成了当时的楷模。之后，3000才溪儿男，浴血奋战，有1000多人为革命捐躯，牺牲在战场上，而新中国成立后人民解放军的第一批高级将领中，才溪出了9个军级干部，18个师级干部，人称"九军十八师"。

值得一提的是，当年才溪的多数青壮年参加红军后，妇女们勇敢地挑起工作、生产与生活的重担，做出了不可磨灭的贡献。这种巾帼不让须眉的精神代代相传。1958年，才溪公社有13个青年妇女自动组织起来，耕山种田，吃苦耐劳，做出了显著的成绩，队长王太凤还光荣晋京参加国庆观礼。1961年初笔者第一次到才溪采访报道，曾专门收集13姐妹继承苏区妇女革命精神的事迹，还在光荣亭旁，与副队长王谷娣有过一番深入的交谈。

光荣亭作为革命象征，是阶级敌人的眼中钉、肉中刺。当红军离开才溪进行长征，国民党反动派疯狂复辟时，它不可避免地遭到了毁坏。面对敌人穷凶极恶的行径，才溪群众冒着生命危险，将那块"我们的第一个模范区"石碑藏了起来。1955年光荣亭按原样复建，才溪乡党委写信给毛泽东，请他为光荣亭题字。1956年春，毛泽东正在广州视察，陪同人员有中共中央办公厅机要局副局长李质忠，他是才溪人。毛泽东对他说，你回去时代我向才溪人民问好，才溪人民确实光荣，"光荣亭"三个字我一定写。现在，人们看到的"光荣亭"牌匾，遒劲有力的三个字，正是毛泽东当年所书。据说毛主席一生中只为两个亭子题过名，一个是湖南长沙的爱晚亭，另一个就是福建才溪的光荣亭，可见他对才溪的感情有多么的深厚。

经历过风风雨雨的光荣亭，如今依然屹立，而随着小城镇建设的发展，周边的建筑物明显多了起来。亭内原有的"我们的第一个模范区"

残碑，现在则陈列于新建的纪念馆展览室的橱窗里。

　　光荣亭附近还有一座台子，称"列宁台"。它是1930年区苏维埃政府为了纪念列宁60周年诞辰而建的，后来成为召开群众大会或欢送青壮年参加红军的场所。

毛泽东三赴才溪乡调查

　　才溪乡所取得的成绩，轰动了整个苏区，也引起了毛泽东的注意。从1930年到1933年，他先后三次到才溪乡调查研究。第一次，1930年6月，他从江西寻乌到了才溪；第二次，1932年春，他率领红军东征漳州回师到了才溪；第三次，1933年11月，他是中华苏维埃共和国临时中央政府的主席。而当时的苏区，外有国民党的军事"围剿"与经济封锁，内有"左"倾盲动主义所推行的政策干扰，严重阻碍着政治任务和建设计划的执行。他带着这些重大问题，专程到才溪乡，准备通过调查研究，总结经验，指导全局工作。

　　前两次因为带兵，毛泽东在才溪乡的调查时间都比较短，第三次则住了十几天。这期间，他走村串户，深入田间地头，虚心请教，口问手写，并多次召开有代表性人物参加的座谈会，广泛听取意见，开展热烈讨论。座谈会的旧址有两处，一是才溪区苏维埃政府，参加的对象为基层干部；二是才溪区工会（也称列宁堂），参加对象为普通工人农民。这两处现都辟为"才溪乡调查纪念馆"。走进旧址，我看到当年毛泽东的下榻处，是区工会天井边的左厢房，一个不足六平方米的小间，里面摆着一张小床、一张小桌，桌上放着一盏马灯，而就在这间斗室，他运用马克思主义的思想、观点、方法，对才溪乡的政权建设、经济建设、扩大红军、文化教育等方面的工作，进行了全面、系统的科学总结，写下了《才溪乡调查》。此文通过时任中央苏区政府总务厅文书、出版处处长黄亚光（长汀人，中共七大候补代表，新中国成立后曾任福建省政协副主席）之手刻写出版。

　　毛泽东在才溪乡调查的许多故事，仍在当地乃至整个上杭县流传。

　　故事之一，毛泽东到才溪乡调查的重要目的，是为了证明苏区在大力扩红之后,仍可有效地组织生产活动和经济建设,因此很注意扩红之后的情况,并关心妇女工作。他还亲自出面为溪西村因火灾被烧毁住房的老大娘解决困难,办法是亲帮亲、邻帮邻,有的扛来木料,有的挑来砖瓦,大家齐心协力盖起新房。而当他了解到这里乡苏维埃的选举,女代表占了六成,田里的农活也多半为妇女所承当时,非常高兴,给予了充分的肯定。

故事之二,才溪有个自然村,原名"衰坑",是个很穷的地方,但自从有了苏维埃政府,各项工作表现得非常出色。毛泽东来此调查时,热情赞扬了他们,并以商量的口吻对村民说,"衰坑这个名不好,我建议改一改"。毛泽东说,有中国共产党的领导,有大家团结奋斗,贫穷一定会改变,进而兴旺发达起来,我看,就改作"发坑"吧。村民一听,都说这个名改得好,拍手赞成。从此,"发坑"便取代"衰坑"在才溪一带叫响。如今这里,但见青山绿水,禾苗茁壮,新建的楼房鳞次栉比,一派欣欣向荣的景象。

故事之三,毛泽东到才溪乡调查,除了走访、开座谈会,还抽时间参加田间劳动。我到了"上坝段",面前的稻田曾是红军公田,捐田的人叫余木娣,她的儿子就是已近百岁的王直将军(曾任福州军区副政委、福建省人大常委会副主任)。毛泽东当年在这里劳动,一边锄草,一边察看作物,还不时与干部、村民亲切交谈,了解情况。

回忆毛泽东才溪乡调查的故事让我们怀念伟人,而重温《才溪乡调查》,更给了我们许多启发与教育。《才溪乡调查》指明了方向,这就是群众路线,实事求是,在建设有中国特色的社会主义过程中,仍将发挥更大的理论与实践的指导意义。

今日才溪令人刮目相看

昔日才溪,贫穷落后,苏区时期的才溪朝着积极的方向转化,而红军走后国民党复辟倒算,这里遭到了残酷的统治,哀鸿遍野,民不聊生。新中国建立后,才溪人民当家做主,开始了新生活,但由于自然灾害加之工作上的失误,20世纪50年代末到60年代初,导致全国性的粮食减产，闽西是严重地区之一。

改革开放后，才溪发生了可喜的变化。当我再次来到这里时，青山翠绿，禾苗茁壮，新的楼宇、新的道路、新的景观，更是应接不暇，已经看不见旧时貌。才溪是全省小城镇综合改革试点之一，才溪小学是全国百所名校之一，才溪是万亩脐橙之乡。才溪的各行各业也很发达，有从事矿山开采、加工制造的，有从事屠宰、饮食、家电销售、规模养鸡的，还有许多小商小贩，可谓"八仙过海，各显神通"。才溪有近1/3的人（约8000余人，占青壮年的60%以上）在外从事建筑业，挥舞"三千榔头八百斧"，成为远近闻名的"建筑之乡"。才溪还涌现出许多成功的企业家，财产超千万元乃至超亿元的已不是稀罕事。有的人戏称这种现象为经济界的"九军十八师"。还有的人称赞说，才溪过去是革命带头，如今是商海弄潮，都是好样的。

如今，围绕"红色圣地，建筑之乡"这个主题，才溪正以小城镇建设试点为抓手，大力发展旅游业。除了全面整修原有的"才溪乡调查纪念馆"，还新建了巍峨壮观的纪念新馆。胜迹光荣亭、列宁台以及才溪革命纪念碑公园，也分别得到了修缮。那个由毛泽东在才溪乡调查时改名的发坑村，红色旅游景区的建设已正式展开。其余各村的环境，也有了积极变化。可以预料，才溪的明天将更加美丽，更加富裕，更加文明。我忽然想起了蔡其矫的诗《才溪》：

啊，才溪！
今天我来踏看你，
走到那流血流泪的地方，
去捡拾过往时日的落叶，
搜集被遗忘的声音，
用全部深情瞧着你，
呼唤你，描摹你，
写下你的历史和你的歌……

诗人的呼唤，是对才溪那段"过往时日"的赞美与向往。每一个热爱才溪的人，无不对这片红色土地充满感情，并像朝圣者一样，来此寻找彪炳历史、永不消逝的苏区精神，承接不朽的革命传统。

来吧，朋友，才溪欢迎你！

重返才溪乡
——纪念毛泽东才溪乡调查 80 周年

◎ 张胜友

这是一个久远的故事。1956 年的春天,毛泽东风尘仆仆地行走在南粤大地上,身体力行他一贯倡导的调查研究。当陪同调查的时任中共中央办公厅机要局副局长李质忠提出想回才溪老家看看时,触动了毛泽东内心深处一根柔软的神经——他老人家沉吟良久,而后饱含深情地说,你回去代我向才溪人民问好吧,才溪人民确实光荣啊!80% 的青壮年男子上了前线,上千人为革命流血牺牲了……光荣亭一定要重新修建好啊!随即,毛泽东挥毫写下了"光荣亭"三个遒劲的大字。

才溪乡位于中央苏区县——福建省龙岩市上杭县西北部,汀江流经境内,是著名革命老区。1955 年 9 月 27 日,中国人民解放军首次授衔时,才溪籍的军人中涌现出了 10 位开国将军和一大批军师职军官,因而享有"九军十八师"之美誉,被称为"将军之乡";当年仅有 1.6 万人的小山乡,就有 3400 人参加红军,占全乡青壮年男子的 80%,其中 1242 人牺牲在疆场,又被称为"英烈之乡"。才溪乡的光荣是无与伦比的:1 家 2 人当红军的有 200 户,3 人当红军的有 46 户,4 人当红军的有 7 户,5、6 人当红军的各 1 户,夫妻同去当红军的有 9 户……

林金堂、林金森、林金香三兄弟争当红军的故事,在才溪乡传为佳话。扩红时上级规定一家只能去一人,三兄弟谁去呢?

"我是老大,出门多,力气也比你们大,我当然要先去。"大哥林金堂抢先表态。

"我今年已经 20 了,论个头不比你矮,论力气也不比你小,还是让我先走吧。再说大哥娶老婆了,当家、耕田留在家里最合适……"二哥林金森振振有词地说道。

小弟林金香着急啦，大声嚷嚷说："为什么不能三个人一同去报名呢？谁能去谁不能去，由政府裁决嘛。"

三兄弟互不相让，争着、吵着来到了乡苏维埃政府，乡苏主席也没法说服谁，只好请来三兄弟的母亲王永玉。

"俺讲不准数，乡里批准才有用。"慈祥的母亲脸上浮起微笑说，"为了俺穷苦人能永远过上好光景，三个仔都去当红军俺也一千个同意、一万个放心呐！"

经过几次扩红，林家三兄弟都如愿以偿当上了红军。林金森在一次战斗中报名参加了敢死队，在扫清暗堡障碍时，将三颗拉断导火索的手榴弹一齐塞进敌堡，然后用背堵住碉堡洞口，以生命换取了敌人碉堡的炸飞。林金堂、林金香也在战场上屡建功勋，都为中国革命奉献出了全部青春和热血……

才溪乡至今流传着"第一百顶"红军帽的故事。凡村里有人去当红军，裁缝王宽行都要做一顶军帽送给他，村里参军的人越来越多，他已做了第99顶军帽啦。一天下午，王宽行正忙着做第100顶军帽，突然村口传来一阵急促的铜锣声，反动派民团武装进村了。王宽行抓起梭镖朝村口冲去，突然看到从山坡上跑来几个戴红军帽的赤卫队员，便灵机一动大声喊起来："红军来了，红军来了！"其他群众也跟着大喊起来，匪徒们吓得连忙逃窜了……王宽行喜滋滋地跑回家里，赶忙做完那"第一百顶"红军帽，把帽子往自己头上一戴，当天便报名当红军去了。

新婚才几天的卓才连就动员丈夫当红军去了。当时，与才溪乡一河之隔的官庄还是白区。卓才连受命独自一人在深夜悄悄潜水到对岸贴标语，一张张红色标语刷在村庄的墙上、树上、石墩上……敌人发觉了，子弹"嗖嗖嗖"地射过来，她毫不畏惧，把事先准备好的鞭炮放进装标语的铁皮筒里，点燃鞭炮，深更半夜敌人以为红军的机关枪响了，吓得不敢追来。卓才连沉着地把标语全部刷完，回到才溪时才发现身上的衣服早被撕成了碎片，脚也扭肿了。卓才连很快成长为苏维埃政府妇女干部，随后又报名参加了红军。1958年，卓才连作为全国社会主义建设积极分子，受到了刘少奇、周恩来等党和国家领导人的亲切接见。

才溪乡为什么能够创造苏区一等的工作呢？时任中华苏维埃共和国

临时中央政府主席的毛泽东,曾盛赞才溪乡为"全苏区第一个光荣的模范"和"争取全中国胜利的坚强的前进阵地"。

从1930年6月到1933年11月,毛泽东于戎马倥偬期间,九赴上杭、三进才溪,分别在乡苏维埃政府和列宁堂,召开了工人代表、农民代表、耕田队长等各种类型的调查会。代表们围坐在中厅的长条猪腰形桌旁,每一次调查会都开得笑语欢声,其乐融融。

毛泽东事先会列出详细的调查提纲,诸如扩大红军、优待红属、生产支前、文化教育等等,口问手写,有问有答,有交流有讨论,并不时起身给与会的群众发卷烟和倒茶水……当群众谦让时,毛泽东笑着风趣地说:我请你们来,你们就是我的先生,学生对先生理应恭敬嘛!

毛泽东一再说:向群众求师调查,要有眼睛向下的决心,还要有放下臭架子甘当小学生的精神。

某日,毛泽东踩着田塍土路前去访问一户红军家属,他指着光荣匾和"红军家属优待证",问起了优待情况。

当家媳妇高兴地答道:"好处多着呢。挂着证章看戏,可坐在最前排;拿着证件买东西,可照市价减半成,不仅可以先买、买足,手头紧时还可以赊账,赊一圩两圩三圩都行,也可用米、豆来代还;看病药价也减二成。平时,党团员会来做'礼拜六',逢年过节,政府前来慰问,连柴米油盐都想到了。"

毛泽东转身微笑地对乡苏维埃主席说:"你们的工作做得很周到呀!只有密切了苏维埃干部与民众的关系,民众才会全心全意支持苏维埃的工作啊。"

这时,越聚越多的群众把房子挤得满当当,于是毛泽东建议把调查会搬到屋外。他大声问道:"扩大红军是强迫的吗?你们愿意让自己的孩子和丈夫去当红军吗?"

群众众口一词地答道:"一人参军,全家光荣。谁不喜欢当红军呀?!"

毛泽东又问道:"大伙的日子过得还好吗?"

群众再次异口同声地答道:"好呀!现在每片田塍都种上杂粮,大伙还上山造田呢。以前整年做牛做马,还是衣食无着落。自从红军来了分了田地，我们的柴米油盐都不用愁了。"

毛泽东越听越兴奋，他又继续问道："合作社好吗？"

"合作社最好！方便了大伙，又节省了劳力，我们还可自愿入股，赚钱大家分呢。"群众你一言我一句，争着抢着回答。

毛泽东来到名叫"衰坑"的村庄调查，说这个名不好，我们苏区应该兴旺发达，我看叫"发坑"吧。从此，发坑的名字叫响了，这个村兴旺发达起来了，直到现在都是全县的富裕村。

才溪乡的青壮年男人们都当红军上前线打仗了，留守的妇女们和老人们便组织起来，扛起了后方生产支前的全部重担。

乡苏维埃政府设立了"拥军优属""查田""选举""土地"等专门委员会；成立了总工会（包括木匠、泥水匠、纸业工人、挑担工人）和其他群众团体，如"贫农团""妇女会""少先队"等，把广大革命群众紧紧地团结在苏维埃政府周围；同时还成立了群众自愿参股的布匹合作社、粮食合作社等14个消费合作社，货物紧缺时优先照顾红军家属；组织各种形式的洗衣队、担架队等，红军驻扎或路过才溪时，他们就送柴、送米、送肉、送药材，为红军洗衣、补衣、送信带路。1932年红军攻打漳州时，才溪组织了运输队、担架队、救护队等，随红军参加运送弹药、抢救和护理伤病员的工作。据当年的《红色中华》报道，从1929年到1934年，才溪妇女为红军做布鞋2万多双，交红军公粮70多万斤，垒碉堡、送情报则不计其数。

俗话说："耳听为虚，眼见为实。"毛泽东在才溪乡亲眼看见了一幕苏区民主建政、群众当家做主的生动场景：选举大会，选民实到80%，连上年岁的老人都拐着棍子来到会场。

宣传队到各村宣传，白天讲演，夜间演戏。候选人名单张榜公布，一村贴一张，群众可在各人名下批注意见。

选举开始了，候选人背朝选民站在主席台前，每个候选人的身后都放着一块碗，识字不多的选民们依次走上前去，往自己中意的候选人身后的碗丢下一粒乌豆……连续10多天的调查、走访，一桩桩一件件，毛泽东的心潮激荡着、澎湃着，久久难以平复。

今日，我们看到的这座破旧的泥土房，厅堂内有些零乱且不整洁，四面老墙上的石灰粉剥落后尤其显得斑驳而古旧，褪了漆的门窗、桌椅好像总是蒙着厚厚的一层尘灰……然而，它们无语，却默默地向人们展示着一段凝固的历史。

1933年11月26日，夜沉沉，一盏马灯闪烁着昏暗的亮光，陪伴毛泽东伏案疾书、笔走龙蛇：（1）行政区划；（2）代表会议；（3）此次选举；（4）乡苏下的委员会；（5）扩大红军；（6）经济生活；（7）文化教育……雄鸡破啼，曙色微明，毛泽东撂下羊毫毛笔，伸伸腰板，踱步走出门槛……名震一时的《乡苏工作的模范——才溪乡》（收入《毛泽东选集》第一卷时，篇名改为《才溪乡调查》），就在这座古旧的泥土房内问世了。

毛泽东一贯主张从实际出发，注重调查研究，问政于民、问计于民、问需于民。毛泽东深入农村调查时，经常是一张桌子、几把凳子，参加调查的人或坐或站，简朴而又融洽。在中央苏区那段风雨如磐的岁月里，毛泽东还先后写下了《寻乌调查》《兴国调查》和《长冈乡调查》。

1930年8月21日，中共闽西特委曾把毛泽东反对教条主义的文稿《调查工作》翻印成小册子，这本小册子便在红四军和闽西革命根据地广泛传播开来。人们烂熟于心的"没有调查，就没有发言权""调查就像'十月怀胎'，解决问题就像'一朝分娩'""一切结论产生于调查情况的末尾，而不是在它的先头"等经典名言，均出自《调查工作》这本小册子。

关于《调查工作》（又名《反对本本主义》）这本小册子，还有一个颇为感人的传奇故事：小册子在战争年代意外地丢失了，毛泽东为此多次惋惜地表示："想念这篇文章就像想念自己的孩子一样啊。"

奇迹出现了——1961年1月，党的第八届九中全会刚刚闭幕，田家英在中央政策研究室发现一本发黄的石印本《调查工作》小册子，立即呈送到毛泽东手上。毛泽东喜形于色，连连说道："失散多年的孩子终于回到身边了！"

事情的原委是，上杭县茶地乡官山村一位老共产党员赖茂基，在红军长征撤离苏区后，冒死将《调查工作》及一些苏维埃政府文件用油布纸包好，装在一个小木箱里，把小木箱藏匿在自己睡觉房间的一个墙洞里，才躲过了国民党反动派一次又一次的搜查。

毛泽东甚感欣慰，盛情邀约与他同庚的赖茂基前来北京见面一叙，遗憾的是，赖茂基老人却在一年前辞世了。

1933年，毛泽东在长汀福音医院疗养期间，又写下了《关心群众生活，注意工作方法》这篇重要文章。1934年1月27日，在江西瑞金召开的第二次全国工农代表大会上，毛泽东谆谆告诫与会代表们：革命战争是群众的战争，只有动员群众才能进行战争，只有依靠群众才能进行战争。我们的力量在哪里？在人民群众；真正的铜墙铁壁是什么？是人民群众。因此，毛泽东要求苏区的所有干部"应该深刻地注意群众生活的问题，从土地、劳动问题，到柴米油盐问题。"

历史曾记录下这庄严的一幕：1931年11月7日至20日，中华苏维埃第一次全国代表大会在江西瑞金召开，正式宣告成立中华苏维埃共和国临时中央政府，选举毛泽东、周恩来、朱德等46人为中央执行委员，毛泽东为主席。

这是中国革命史上开天辟地的大事件，是中国共产党人执掌江山政权的最初预演。

中央苏区鼎盛时期，版图约有8.4万平方千米，总人口达453万余——面对国民党几十万大军的铁壁合围、轮番"围剿"，正是一个又一个才溪乡，男人以血肉之躯上前线抵挡枪林弹雨，女人以勤劳双手在后方收获五谷杂粮，共同支撑起了中央苏区的一片蓝天。

毛泽东首创建设、巩固、发展农村革命根据地，动员起千千万万的民众，从而开辟了"农村包围城市，最后夺取全国政权"的中国革命胜利道路！

民意是天。中华传统文化蕴含的"民本"思想源远流长，谓之"民为邦本，本固邦宁""水可载舟，亦可覆舟"。先哲孟子则曰："民为贵，社稷次之，君为轻。"

习近平总书记明确指出：人心向背关系党的生死存亡。开展党的群众路线教育实践活动，就是要把为民务实清廉的价值追求深深植根于全党同志的思想和行动中。

一言以蔽之：人民才是国之根本，根本固则国运兴。

我们重返才溪乡，拾起烽火连天的记忆碎片，重温老一辈共产党人一贯奉行的"群众路线"，回归共产党的根本宗旨：为劳苦大众求解放！

我们重返才溪乡，欣逢中华民族正描绘一幅伟大复兴的"中国梦"的今天，任重道远，心中应该永远矗立着一个坚定的信念：为广大人民谋福祉！

才溪雄文天下知

◎ 马星辉

  日月经天，江河行地。怀着对红色土地的一片深情，我走进了当年的红色根据地上杭县。本该是天寒岁暮，万物开始冬藏的季节，然而小雪不见寒，水暖不成冻。闽西上杭的才溪却是一路的青山绿水、一路的冬日暖阳，但见四处草木青青，花儿簇拥，天空蔚蓝，大地碧绿。行走在山清水秀、飘逸脱俗的红土地上，一种好心情油然而生。

  1000多年前，才溪一带是深山老林，溪流淙淙，俯拾皆柴。最早在这儿开基的刘姓老两口，把这地方称之为"柴溪"。过了许多年，一位陈姓客商经过"柴溪"，于山林腹地之中迷失了方向。犹豫彷徨之际，蹲在小溪旁捧水解渴，忽见溪中漂来一片青菜叶儿，客商心中顿喜，因为有菜叶附近必有人家，于是他沿溪而上寻找，果然见到一块大乌石头房的刘家老两口。歇息后，客商看到此地森林茂密，气候温和，土地肥沃，若屯垦开田，必将有利子孙后代。不久，陈姓客商便弃商务农，带领儿孙在此安营扎寨，开发柴溪。并将"柴溪"改称"菜溪"，纪念当年一片菜叶的缘分。

  后来从宁化等地陆续搬来不少居民，人烟渐稠，庐舍渐增，最多时达到24姓人家。菜溪村的年青男女都爱唱山歌，有一年，溪南村的一位姑娘与溪北村的一位小伙子，以山歌对唱联姻传为佳话，他们结婚那天，一位秀才给他们新房门上写了一副对联："才女配才郎结缔良缘青鸾交舞，溪南与溪北联成佳偶紫燕双飞。"后来人们取上下联首字作地名，即为才溪。

  山和山不相遇，人与人会相逢。才溪有缘，才溪有福。多年前的一个初冬，在晨雾蒙蒙之中，从山道上缓缓行来一位眉目清秀、身材高挑的青年人，他风里行，雨里走，走村串户、访贫问苦，在贫瘠的乡村田野之中扑下身子，虚怀若谷，问天、问地、问人间，问中国路在何方？谁主沉浮？

他就是伟人毛泽东，在他一生写下的众多名篇佳作中，有《才溪调查》一文，其中那句人们奉之为经典、誉之为中国共产党党史上的80句宝典之一的"没有调查，没有发言权"的名言，便诞生在这乡野之中。

才溪乡在第二次国内土地革命时就甚有名气，在当时仅有1.6万人的小山乡，有3762人参加红军，占当时全乡总人口的20%，占青壮年男子的80%，其中1192人牺牲在疆场，才溪也因此被誉为"烈士之乡"。在1955年为解放军部队授衔时，才溪乡有9位军级干部、18位师级干部，所以又有"将军之乡"的美誉。更因了一代伟人毛泽东的名篇佳作《才溪乡调查》，而天下谁人不识，无人不晓。

毛泽东3次到才溪调研，第一次是1930年6月，住在才溪上坑村，对土地问题、劳动问题、柴米油盐问题进行了调查，头尾6天时间；1932年7月，他第二次来到才溪，住在才溪塘子角3天；1933年11月下旬，他第三次来到才溪，住了十几天，写下了《才溪乡调查》一文。全文9540字，分8部分，文章尔雅从无俗，举求往迹得其化，全面分析了当时才溪乡基层政权建设、扩红支前、经济生活、文化教育等方面的情况，总结了才溪之所以成为中央苏区模范乡的典型经验，是土地革命战争时期著名的社会调查佳作。文章大气磅礴，有如出地春雷，惊天千里。

毛泽东同志极其重视调查研究工作，他一生中做过或组织过无数次深入细致的调查研究，而正是从这些调查研究中掌握了中国革命各个阶段的实际情况，指导中国革命和建设事业取得了一个又一个胜利。1933年，才溪乡因在乡苏维埃选举、扩大红军以及发展经济等方面的突出表现，得到中央苏区的嘉奖，被誉为"第一个模范区"。当年11月下旬，在中华苏维埃人民委员会主席任上正好两年的毛泽东，从红都瑞金出发，沿着汀江步行数日，来到才溪调查乡苏维埃工作。在调查中，毛泽东运用马列主义的立场、观点、方法，对才溪人民的革命斗争实践进行了全面、系统、周密的调查和科学的总结，为我们树立了深入实际、调查研究、实事求是的光辉典范。

在才溪的红色发坑村，村民们自豪地告诉笔者，你知道吗？我们这村名是毛主席给起的哩。发坑村原来叫衰坑,当年总共有800多人口,出外当红军上前线的有110多人,其中一家3兄弟争当红军就有2户。毛泽东在调研时了解到衰坑名字的由来后,说:有中国共产党的领导,穷人会翻身,以后不再倒霉了,将来一定会兴旺起来。他用商量的口气说:衰坑村名确实不好听,是不是改为发坑好?村民们一听,皆拍手赞成,点头同意。后来,毛泽东在《才溪乡调查》文章里第一次把"发坑"这个新村名写了进去。

往事历历,令人扼腕。毛泽东到才溪乡调查是有历史背景的,由于他不同意临时中央"左"的进攻路线,临时中央领导人对他很是恼怒,解除了他的总政委一职,让他回后方专职做政府工作。毛泽东身处逆境,对待不公正的错误处理没有消极沉沦、怨天尤人,而是忍辱负重,顾全大局。被解除军职后他坦然主持地方政府工作,以极大的精力领导苏区经济建设和政权建设,并写出了才溪乡调查这一部独特的教科书。但《才溪乡调查》这篇著名文章,当时亦遭到一些人的质疑与不屑。对此,毛泽东后来道:没有调查就没有发言权这句话,虽然曾经被人讥为"狭隘经验论",我却至今不悔;不但不悔,我仍然坚持没有调查是不可能有发言权的。

毛泽东历来痛恨形式主义、官僚主义,除了"没有调查,就没有发言权",他还说"不做正确的调查,同样没有发言权"。1961年3月,中央工作会议在广州召开。毛泽东逐段解读了他在1930年5月写成的《调查工作》一文,这是毛泽东一生中亲自解读的唯一一篇文章。毛泽东说:"民主革命阶段,要进行调查研究,社会主义革命和建设阶段,还是要进行调查研究,一万年还是要进行调查研究工作。"毛泽东强调,下去调查切忌张扬,也不要动辄要求各级领导作陪。不要"老爷式的调查",不要学"巡按出朝,地动山摇"那一套。毛泽东对形式主义官僚式的调查深恶痛绝,曾批示道:实行官僚主义的老爷式的使人厌恶透顶的那种调查法,党委有权教育他们。死官僚不听话的,党委有权把他们轰走。

岁月沧桑,时光流逝,才溪乡因为有独特的人文历史作支撑,这里的一草一木皆鲜活灵动起来,一砖一石也显得丰盈饱满起来。才溪镇作为红色中央苏区与《才溪乡调查》的诞生地,吸引了众多南来北往的游

金瓯一片

客纷纷慕名而来，仿佛回到了令人心潮澎湃、战火纷飞的土地革命时期。这里的一草一木、一山一水都在告诉我们：历史不能忘却，春天和冬天，温暖与严寒，都不能忘却。人类记忆如若丧失，便丧失了一切。想到当年革命前辈激情燃烧的岁月，对才溪乡这块红色土地的敬仰之情便油然而生。才溪的山水之中蕴藏着众多撼人心魄、动人心弦的红色人文故事。尤其是毛泽东的才溪调查，立言不袭，自成一家，藏古今学术，聚天地精华。不愧是：挥将日月长明笔，写就雷霆不朽文。

光荣亭里品光荣

◎ 林斯乾

冬日的暖阳照耀着这片南方红色土地。一拨拨游人进出毛泽东才溪乡调查纪念馆，穿过红军公田木栈道，踏进毛泽东才溪乡调查旧址。宁静的小镇逐渐热闹起来。革命老区上杭才溪，因毛泽东3次到来，并在这里写下调查研究的光辉篇章《才溪乡调查》而闻名于世。

距毛泽东才溪乡调查旧址不到500米远，就是"光荣亭"。这是一座简朴却独具一格的亭子：中间一个大大的拱门，拱门上方镶嵌着龙狮奔马、梅兰竹菊、青松古柏的浮雕，亭内矗立着一块石碑，上书"我们是第一模范区"；墙上悬挂着一块牌匾，"我们的第一个模范区"几个大字遒劲有力。亭子拱门上飘逸的"光荣亭"3个大字，一看便知是毛泽东亲自书写的。整座亭子主体都涂上朱红色，永远那么热烈、奔放、激情、有斗志。

这与才溪的荣光是那么吻合。1933年春，福建省苏维埃政府为表彰才溪人民在政权建设、经济建设、武装斗争和文化教育等方面取得的巨大成就，印发了为建立才溪光荣碑的《告才溪群众书》并拨款建光荣亭。亭子于1933年7月5日建成，亭中竖立着福建省苏维埃政府授予的光荣碑，亭中陈列奖匾、奖状、奖旗。1934年中央苏区沦陷，光荣亭被反动派烧毁，但当地群众冒死保存了省苏维埃奖给他们的那块光荣的石碑，因为那是他们光荣的基因。

直到1955年，才溪人民重建光荣亭，还写信到北京请毛主席为"光荣亭"题字。第二年春天，正在广州视察的毛泽东欣然为光荣亭题字，并由时任中共中央办公厅副主任的才溪人李质忠把题字从广州带回才溪。

据说毛泽东一生只为两座亭题写过亭名，一座是长沙爱晚亭，那是他青年时代指点江山激扬文字的地方；另一座就是才溪光荣亭，寄托着他对才溪、对闽西老区人民的深情厚谊,更是对革命时期老区人民巨大付出的肯定和赞许。在那篇光辉的《才溪乡调查》中,毛泽东高度赞扬了才溪人民踊跃参加红军的革命热情;后来又在全国工农兵代表大会的报告中称赞说:"才溪乡扩大红军多得很呀!百个人中有八十八个当红军去了。"在革命战争年代,才溪3000多好儿郎参加了红军,1000多名优秀儿女为革命流血奋斗、英勇献身,在册烈士962人。在历次反围剿中,父子当红军、叔侄当红军、夫妻当红军、兄弟当红军在才溪十分普遍。

当年人口不及1.6万的才溪,被共和国授予少将以上军衔的有10名,还有20位师、部级老红军,为福建省之最。这个英雄的群体被后人誉为"九军十八师"。

才溪是多方面的模范。1929年10月,闽西第一个消费合作社——才溪区消费合作社诞生。其示范作用在各乡引起积极反响,苏区陆续建立起消费合作社。1933年12月5日,中央苏区消费合作社第一次代表大会在瑞金叶坪召开,才溪区消费合作社被大会评为中央苏区5个模范消费合作社之一。

1930年6月,毛泽东到才溪苏区视察工作时,充分肯定了才溪耕田队这种农业组织形式,并提议将耕田队扩大为"互助社"。第二年,中央苏区第一个劳动合作社在才溪乡成立,成为我国农业合作运动最早的发源地。翻开1933年12月20日的《红色中华》报,"模范才溪"赫然在目:"模范的才溪能在战斗的春耕夏耕,得着更光荣的成绩……"不仅如此,为打破反动派封锁,才溪还从1930年开始创建了粮食调剂局,有效保障了苏区经济建设。

1933年10月下旬,经过10多天的社会调查后,毛泽东这样肯定才溪经济建设成就:劳动合作社(别地称劳动互助社)、消费合作社、粮食合作社,组织了全乡群众的经济生活。经济上的组织性进到了很高的程度,成为全苏区第一个光荣的模范。(《才溪乡调查》)

"没有调查就没有发言权",才溪用"铁的事实"为毛泽东这一著名论断找到了注脚,解决了在国内革命战争环境下,根据地的建设不仅是必要的而且是可能的重要问题。在《才溪乡调查》中,毛泽东以严肃而坚定的语气,道出了中国革命继续前进的动力:这一铁的事实,给了我们一个有力的武器，去粉碎一切机会主义者的瞎说，如像说国内战争中经济建设是不可能的，如像说苏区群众生活没有改良，如像说群众不愿意当红军，或者说扩大红军便没有人生产了。我们郑重介绍长冈乡、才溪乡、石水乡的光荣成绩于全体工农群众之前，我们号召全苏区几千个乡一齐学习这几个乡，使几千个乡都如同长冈、才溪、石水一样，成为争取全中国胜利的坚强的前进阵地。

无限荣光背后是对中国革命付出的巨大贡献。明白这一层含义，站在才溪光荣亭里，敬意油然而生，也对这个充满生机的中国南方小镇刮目相看。

与时代前行方能立于时代潮头。才溪用自己的实际行动印证着这个道理。

20世纪80年代，才溪老区敏锐地捕捉到了春天的信息。这里的后生像他们的先辈当年踊跃当红军一样，父带子、叔带侄、兄长带弟弟，开始了闯特区的创业生涯。改革开放之初，才溪70%的青壮年走出家门，凭借着敢拼会赢的胆识和精湛的传统建筑技艺，承建了广东众多城市的饮水和排污工程，这其中包括深圳"锦绣中华""世界之窗"浩大的给排水工程、当年广东最高的东莞彩印厂水塔等。由此，才溪形成了一支建筑大军，有人把他们比作新的"九军十八师"。他们发展了20多家建筑企业，其中不乏国家2级建筑企业。才溪儿女以自己的勤劳和智慧又一次闯出了一条新路。在此带动下，革命老区上杭的建筑产业产值占整个龙岩市的半壁江山，上杭被福建省人民政府授予"优秀建筑之乡"称号。

在改变中国命运的两个伟大历史时期，才溪儿女都谱写出了一曲激昂向上、催人奋进的交响曲。在上杭才溪迈向新阶段的历史时期，习近平曾分别于1996年5月、1998年5月和1999年1月先后3次到才溪，慰问老红军家属，调查农业农村工作，深入了解老区苏区发展状况，指导闽西经济社会建设。

两代领导人在不同历史时期先后多次来到才溪，这是坚持实事求是、深入调查研究的光辉典范；是坚持群众路线、践行勤政为民的生动写照，始终激励着上杭老区人民听党话跟党走，奋勇开拓不断前行。

看着通红的"光荣亭",再把目光转向人来人往的毛泽东才溪乡调查纪念馆,我心底不由自主地涌起"幸福都是奋斗出来的"这句话。这不就是才溪敢于立潮头的底气吗?历史大潮滚滚向前,但天道酬勤的道理永不过时。

花海四季，全域畅游

◎ 何少川

世上诸多物事和场景，有的让人屡次经历后却留不下印象而终于渐渐淡化；而有的只见一眼，却清晰地烙印在脑海一生难忘。

20世纪90年代末的一个夏天，我到了建宁县，当见到眼前出现的那片千亩莲田，在丘陵的山垄中梯次浪漫铺陈而上时，不由得一声惊叹！此情此景，恰似宋代诗人杨万里《晓出净慈寺送林子芳》中所描述的："接天莲叶无穷碧，映日荷花别样红。"我流连忘返，这场景之后经久地留在我的脑海里。当时旅游业正在福建起步，建宁处在比较闭塞的状态，还没有旅游这个概念。我当时也不了解建宁有丰富的旅游资源，但认为"赏荷"是难得的一景，曾建议可开展季节性旅游。一年又一年如流水而逝，我一直惦记着那"连天荷花"的壮丽画景，期盼再次前往一睹她的芳容，感受她田田绽放的灿烂和浓浓情意。

时过近二十年，正是盛夏季节，我重访建宁。"清风破暑连三日"（元代王恽《过沙沟店》诗句），巧在我访建宁整三日，天从人愿气候宜居宜游，知道我对往昔建宁荷田印象深刻。建宁县分管旅游的常务副县长告诉我，现在建宁已构建了"四季赏花，全域旅游"的新格局，这更引起我探寻的浓厚兴趣。

那天下午，我们去濉溪镇高峰村香溪花谷，正当阵雨过后天蔚蓝地如洗，空气清新无尘。高峰村位于建宁县东部，是革命老区基点村、市级旅游名村、省级生态村、省四星级乡村旅游经营单位，正在全力打造旅游设施逐渐完善的度假区，建成新兴的旅游目的地。离城关10千米路程，我们很快就到达了高峰村，改乘旅游电瓶车进入花谷。此时的花谷雨后初晴，呈现眼帘的是一丘丘的荷田，近看斗笠状的宽大荷叶重重叠叠连成一片，叶片上滚动的一粒粒水珠，形成了繁星般的晶体，折射出无数七彩荧光；细杆高托而傲立的莲花，一朵朵粉嫩，恰如其分地点缀在绿色的荷叶之中，显得瑰丽，人见人爱。

下了旅游电瓶车，我们登上专门为游客设置的观景长廊。在高高的长廊上，游客可以选择不同的方位和角度，去一览风光和拍照。我站在观景长廊上远眺，杳然天界下的千亩荷田无比壮观，名为花谷，四面环山。那不高的山有着女性般的妩媚和柔和躯体，在渺渺白云飘飘忽忽下，似乎含情脉脉地呵护着这些带给人间美丽风景和利民惠实的荷田，构筑一道别有天地的温馨景观。

另一处建宁赏荷地，在离县城约有 20 千米的均口镇修竹村，叫"修竹荷苑"。当地友人说，"修竹荷苑"是依托省级美丽乡村示范村、省级特色旅游村和国家级农业旅游示范点"千亩荷苑"的基础条件，建成全省单体面积最大、视觉效果最佳的赏荷目的地以及全方位展示和体验莲科技文化的主题公园。它将莲子生产与农业观光旅游有机地结合起来，把莲子生产和观赏融为一体。

"修竹荷苑"已是 3A 级景区，旅游内容比较丰富，设施比较完善。千亩荷苑由莲品种观赏园和莲田花海构成，莲田花海荷叶浪浪荡荡莲花亭亭玉立，微风轻拂阵阵清香；观赏园已种植 121 个各地莲类品种，色泽斑斓、婀娜多姿。苑中疏通有人工河流，构筑拱形石桥以及亭、台、楼、廊等，浓郁古意宛若皇家后花园。花海漫道、九曲栈道、泛舟水道等穿插于荷苑之中，艺术化地布局着整座景区，美轮美奂！专设的文化展区，建有"建莲科技文化馆"，向人们展示莲的科普知识，感受莲文化的丰富多彩。目前，"修竹荷苑"已开发"宿农家、吃莲餐、游荷苑、赏荷花、采莲露、摘莲蓬、闻莲香、挖莲藕、听莲韵、品荷蟹"十大品牌项目，努力建成 4A 级景区。

夏季赏荷已是建宁县吸引游客的重要旅游品牌。据介绍，每年三四月间，枫源百花乡村主题公园的梨花白和桃花红；五月金铙山万亩高山原生杜鹃花璀璨夺目；六至九月高圳千亩金针菜黄花遍野绚烂……建宁梨花白、桃花红、杜鹃艳、荷花香、金针黄，"五朵金花"竞现各自绝色，使四季赏花成为旅游的新业态。

清朝邑人徐时作《乾隆己卯重修县志序》，写道："建宁，归化南陲，永安西隩，金铙著迹，遥连射虎之岩；玉洞流馨，直通蒙龙之井，自应启土辟疆。郁郁葱葱，形胜跨霞岭、温陵之上；隆隆隐隐，秀灵拔古镡、旧镛之间。分百粤之雄风，炎州半壁，占八闽之杰气，巨镇一区。"在建宁除了品花，山川形胜，人文荟萃，有着众多佳境陈迹值得人们亲历玩味，为"全域游"奠定殷实旅游资源的基础。

建宁县的 4A 级旅游风景区两处，一处是闽江源生态旅游景区，另一处则是中央苏区反"围剿"纪念园。

闽江源生态旅游景区内的主景金铙山，位于泰宁和建宁两县交界，海拔 1858 米，为我国大陆东南仅次于武夷山主峰黄岗山第二高峰。它原名大历山，又名太弋山，为何改称金铙山？据传是因闽越王无诸在此校猎，失落一面金钹而得名。

"翠积金铙胜地偏，巧桩六出拥山巅。层崖剩有琼花布，乱石翻疑鹭羽悬。瀑布晴光飞万丈，松拖寒影傲千年。寻幽不必被茸去，只此峨眉列眼前。"清代郡判柳文标的《龙潭》，对金铙山进行了全景式的吟诵，把风光无限的金铙山一幕幕生动形象地介绍给人们。难怪当年徐霞客从武夷山来到这里，也要赞颂："武夷胜景甲天下，金铙东南第一窥。"

登临金铙山，我坐高空缆车，走人工隧道。去捕捉旷然天地瞬间美景，领略大自然的诗情画意怡悦心神。在金铙山，我一路欣赏云飘雾渺、艳花波绿、远水近瀑。金铙山的云雾是多变的，白云苍狗斯须幻化，天工巧手画影悬空；雾岚无声忽来即逝，缥缈朦胧人间仙境。金铙山的花木是有灵性的，四时花序捷报节气，装饰谷岭美若天堂；风吹叶动绿波荡漾，阳光普照满山青翠。金铙山的水是有形的。远眺金湖宛如玉镜，水光天影共泛青韵；碧峰瀑布似挂飞帘，落地遍撒万千珠玑。金铙山充满无穷的魅力！

我怀着崇敬的心情，参观了"建宁县中央苏区反'围剿'纪念园"。建宁县是早期 21 个中央苏区县之一，曾是红一方面军总司令部、总前委、总政治部和中共闽赣省委、省苏维埃政府、省军区驻地，毛泽东、朱德、周恩来、彭德怀、叶剑英、杨尚昆等老一辈无产阶级革命家在这里留下了战斗的足迹。纪念园是在原建宁县革命纪念馆基础上改扩建而成，是全国首个以中央苏区反"围剿"为主题命名的专题纪念园地。

整个园区规模宏大，占地面积约 4 万平方米。有全国重点文物保护单位——建宁红一方面军领导机关旧址、中央反"围剿"陈列馆、建宁民俗馆、建宁县历史文物展馆，以及广场上大型群体铜雕"红军颂"等。

  在这里，一幅幅革命先辈的照片让人感到亲切；一个个火热斗争的场景令人热血沸腾；一则则献身伟业的故事引人潸然泪下；一次次夺取胜利的捷报叫人振奋钦佩。建宁人民为五次反"围剿"做出了牺牲和贡献。建宁是第一次反"围剿"胜利后的筹粮筹款之地；第二次反"围剿"的完胜之地；第三次反"围剿"的决策之地；第四次反"围剿"的指挥中心；第五次反"围剿"的重要战场。在第二次反"围剿"胜利后，毛泽东进驻建宁，兴奋地写下了《渔家傲·反第二次大"围剿"》的光辉篇章："白云山头云欲立，白云山下呼声急，枯木朽枝齐努力。枪林逼，飞将军自重霄入。七百里驱十五日，赣水苍茫闽山碧，横扫千军如卷席。有人泣，为营步步嗟何及！"现在，纪念园地已被授予全国爱国主义教育基地、国家国防教育示范基地、全国百个红色旅游经典景区之一、福建省党史教育基地、福建省廉政教育基地等，是难得的集红色教育与红色旅游相结合的重要场所。

  建宁县 2015 年被列为福建省全域旅游试点县；2016 年荣获"全国森林旅游示范县"，同年被列为国家全域旅游示范区创建单位。建宁县正开辟一个"花海四季，全域畅游"的新天地！

五次反"围剿"与建宁

◎ 林爱枝

作为最早的 21 个中央苏区县之一，建宁是中央苏区东北部的前进基地、门户与屏障，是中央苏区联系闽北、闽浙赣苏区的战略走廊及交通要点，是中央苏区的重要战略基地，是建（宁）黎（川）泰（宁）苏区和苏区闽赣省的政治、经济、文化中心，还是第二次国内革命战争的主要战场，中央苏区五次反"围剿"战争与建宁都有关系。

遥想当年鏖战

自 1930 年 10 月开始的中央苏区反"围剿"，前后历时四年，是第二次国内革命战争军事斗争的主要形式和任务，实行"诱敌深入赤色区域"、集中优势兵力各个击破的战略，为第一次至第四次反"围剿"胜利打下了坚实的基础。第一次中央苏区反"围剿"建宁是筹粮筹款之地，为我军胜利做出了贡献。

在第一次反"围剿"中吃了败仗的蒋介石，委派何应钦到南昌任要职，并调集 20 万兵力，部署对中央苏区的第二次"围剿"。敌军在中央苏区北线构成了一条西起赣江、东到建宁的 800 里封锁线。他们分四路向苏区大举进攻，企图"于月内克服各县，会师广昌"。

我军当时虽只有三万多人，但经第一次反"围剿"的锻炼，又经整训，斗志正旺。根据地的广大群众和地方武装，经动员组织，也朝气蓬勃，军地都做好了战斗准备，他们接受毛泽东同志关于"在苏区诱敌深入、集中优势兵力先打弱敌，于运动战中各个击破敌人"的主张。"照顾全战役""照顾下一战略阶段"决定"战之必胜"的原则，先打富田，再向东横扫。第二次反"围剿"的战斗在白云山打响。之后，"七百里驱十五日""横扫千军如卷席",连续攻克了白沙、中村、广昌等地。

在建宁对决的是国民党军刘和鼎部。经过一昼夜的较量,红军攻克了建宁县。这次战斗是红军第二次反"围剿"的最后一仗。战后,毛泽东、朱德率红一方面军总前委、总司令部在建宁驻扎了一个多月,准备第三次反"围剿",并做出了"千里回师"赣南,开展第三次反"围剿"的战略决策。

建宁的决胜极大地鼓舞了红军的指战员。作为指挥员兼诗人的毛泽东,其喜悦心情溢于言表。从一曲《渔家傲·反第二次大"围剿"》词,我们感受到了伟人开阔的胸襟视野,感受到了伟人无比乐观、揽天下于胸中、握胜券于掌中的英雄豪气。词的全阕是这样的:

　　白云山头云欲立,白云山下呼声紧,枯木朽株齐努力。
　　枪林逼,飞将军自重霄入。
　　七百里驱十五日,赣水苍茫闽山碧,横扫千军如卷席。
　　有人泣,为营步步嗟何及!

白云山上烽火激烈,白云山头云拥立,为山下的人马呐喊助威,树林落叶齐来助阵,山谷到处回响急促的呼喊声,天兵天将自天而降,为人们展现了惊天动地的战斗场面。

红军自1929年下井冈山向赣南、闽西进军的一路里,扩大了根据地,发展到兴国、宁都等19个县境以及吉水、永丰等九座县城,并一度攻克湖南省会长沙市,令国民党十分恐慌。

1930年8月,蒋介石在武汉召集了由两湖、江西三省的党、政、军高级官员参加"绥靖会议",确定了以军事为主,党务、政务密切配合,分别"围剿"各个苏区红军的总方针,扬言要在三至六个月内消灭红军。从此,中央苏区的红军进入了反"围剿"的新阶段。

10月,红一方面军总前委在江西的罗川会议上,总结了两打长沙和攻取吉安的经验教训,通过了《目前政治形势与一方面军及江西党的任务》的决议,集中解决了不能继续冒险进攻南昌、九江等中心城市的军事行动的方向问题,决定东渡赣江,诱敌深入根据地。

朱、毛根据罗川会议确定的方针和当时的形势，下达了"诱敌深入赤色区域，待其疲惫而歼灭之"的命令。在龙岗，这个被当地人称为"锅盖"的小圩镇，仗着峰峦重叠、群山环抱之险要，拿下了张辉瓒部，活捉了敌酋张辉瓒。

在建宁取得第二次反"围剿"大胜利后，红军驻扎了一个多月。这时，毛泽东的心情格外轻松愉快。一天傍晚，夕阳照红了天边，他步出驻地，登上一座小石岭，只见满眼翠绿粉花，阵阵清香随风飘溢，他高兴地说："多么美丽的荷花呀！"他看到有一口池塘里堆了许多黄泥，就问菜农怎么了，菜农回答是国民党兵在山上挖壕沟，推下来的黄土。毛泽东说："荷花仙子不可辱呀！我们把莲塘的黄土清理掉。"边说边踩进莲塘。这就是后人传说的毛泽东挖莲塘的故事。如今那口莲塘仍生机勃勃地养育着青青白白的莲荷哩。

红军取得建宁大捷后，国民党"围剿"军全线溃退。两广军阀在广州成立了一个"国民政府"，同蒋介石的南京"国民政府"直接抗衡，并积极部署向湖南进兵。

第二次"围剿"失败后不到一个月，蒋介石亲自出马，到南昌组织对中央苏区的第三次"围剿"。他调集30万人马集中在江西，亲任"围剿"军总司令，何应钦为前线总司令，并聘请德、日英军事顾问，随军参与策划。红军仍实行"诱敌深入"的方针，集中兵力，先在莲塘、良村开战，并取得胜利。之后，又有了黄陂之战、高兴圩战、方石岭之战，我军均大捷。红军在两个多月内，连续作战五次，取得了第三次反"围剿"的胜利。

蒋介石对中央苏区进行"围剿"时，日军相继发动"九一八"和"一·二八"事变，侵占我东三省和上海，日本帝国主义成为中华民族的首要敌人。但蒋介石不顾中国共产党和全国人民反对日本侵略者的强烈要求，顽固坚持"攘外必先安内"的政策，与日军签订了屈辱的《淞沪停战协定》，镇压抗日民主运动，亲自兼任豫鄂皖三省剿共总司令，发动对苏区的又一次"围剿"。

第三次反"围剿"胜利后，红军士气大涨。为配合主力作战，周恩来以苏区中央局的名义发布《关于在粉碎敌人四次"围剿"的决议面前党的紧急任务》的决议，要求各级地方党组织紧急动员起来，做好扩红、武装工农群众、筹措粮食、支前以及修桥补路，断敌交通等工作……

但敌方死守碉堡，红军久攻不克，只好退出战斗。他们撤围之后，急向黄陂转移。在黄陂、大小龙坪、草台岗等地，数次与敌军交火，大小战役多次，尤以黄陂、草台岗两役取得第四次反"围剿"具有决定性意义的胜利。蒋介石嫡系三个师被歼，两万人被俘，红军活捉两名师长，毙伤16名师、旅、团长。蒋介石在给陈诚的手谕中说："此次挫失，凄惨异常，实有生以来唯一之隐痛。"

第四次反"围剿"是在敌我兵力悬殊的情况下进行的，敌人共调集兵力30万，其中用于直接进攻红军的主攻部队的有16万，而红军仅有7万人左右。红军在周恩来、朱德、彭德怀等领导下，寻得良机向敌一部发起猛攻，迅速消灭之，创造了大兵团伏击歼敌的宝贵经验，又创造了红军军史上以少胜多的光辉战例。毛泽东在《中国革命的战略问题》一文中总结：攻南丰不克，毅然采取了退却步骤，终于转到敌人左翼，集中东韶地区，开始了宜黄南部的大胜仗。

兵民是胜利之本

红军能取得反"围剿"的胜利，除了有战略战术的正确和官兵英勇奋战等诸多因素外，还拥有一批稳固的后方基地，这是必不可少的。否则，运动战打得再好，如果始终只能处在运动的状态中，最终还是无根之木、无源之水，革命的星星之火都有熄灭的危险，又何谈最终取得全国的胜利？

所谓"三军未动，粮草先行"，用现在的话来说打战就是打后勤保障。而在为红军赢得反"围剿"胜利的几个保障基地中，建宁是很值得大书一笔的。

1931年5月，红一方面军在第二次反"围剿"胜利中，从江西富田开始向东横扫，连战连捷，于31日占领建宁县城，创建了建宁、黎川、泰宁（包括将乐部分地区）新苏区。自此，建宁成为中央苏区的组成部分。

壮大革命力量，这是土地革命战争时期红色政权考虑的首要问题。建宁自古以来便是福建与江西的主要通道之一，历朝历代一直是闽赣边界的一个政治、经济和文化重镇，商业贸易十分活跃，素有"闽盐赣米"集散地之称。具有这样的优势，注定建宁要在土地革命战争时期大放异彩。

红一方面军占领建宁后，成立了中共临时建宁县委，此后又于1933年成立中共建宁中心县委，领导建宁、黎川、泰宁三县工作，红军也在此地设立兵站、后方医院、兵工厂等。由"临时"到"中心"，不过两个字的变动，但建宁的重要性从中便可见一斑。特别是1933年9月蒋介石对中央苏区发动第五次军事"围剿"后，中共闽赣省党政军机关于当年11月迁入建宁县城，此后不久便召开闽赣省第一次工农兵代表大会，正式成立闽赣省苏维埃政府，至此，建宁成为闽赣省的政治中心和中央苏区第五次反"围剿"东部战线的军事指挥中心。

建宁为反"围剿"的胜利提供了大量资金和军粮，仅在1934年春反"围剿"斗争处在紧张阶段时，建宁在50天内就筹集了粮食2万担。

建宁人民不仅出钱、出粮、出物，更出人。当时，为了保证主力红军的兵源，建宁的地方武装独立团、游击队、赤卫军、少先队，常常整建制地参加主力红军，就连少共中央号召创建"少共国际师"，建宁也组建了一个团。据统计，在为中国革命取得胜利的斗争中，先后有七千多建宁儿女血洒战场。

"兵民是胜利之本。"1938年5月，毛泽东同志在延安抗日战争研究会上发表《论持久战》中专以这句话为标题，论述了全面抗战、全民抗战的观点。他指出"战争的伟力之最深厚的根源，存在于民众之中"，主张进行广泛的热烈的政治动员，解决兵源、财源等困难问题，达到"官兵一致，军民一致，瓦解敌军"的目标。这既是"人民群众是真正的铜墙铁壁"这一思想的发挥，又是后来"军民团结如一人，试看天下谁能敌"这一口号的来源，也体现了建宁人民对红军的巨大支持。

建宁虽地处福建西北隅，但物产丰饶，兼之为闽赣要道，良好的自然条件，让这里的人们在中国传统农耕文化的影响下，习惯了自给自足的宁静生活。可是当那支队伍来到建宁后，这里的人们却不惜抛头颅、洒热血地跟着这支队伍干,这是怎样的一种"魔力",才能让建宁的老百姓如此前仆后继、义无反顾!由中国共产党领导的这支红色武装队伍,以"帮助工人、农民及一切被压迫阶级得到解放"为宗旨,它来自人民、服务于人民。也正是有了这样的不同,军队爱护百姓,百姓拥护军队,鱼水情深,让人民头一次感觉到了自己活得像个人,也因此迸发出无穷的力量。

"兵民是胜利之本"闪烁着思想光辉,这样的优良传统必须持续下去。"军民团结如一人,试看天下谁能敌"的强大信念,定会坚持不懈,我们的前进步伐将永不停歇!

红色滋养建宁

建宁是一片红色沃土,第二次国内革命战争中,它是主战场之一。

毛泽东在建宁深得民望,不仅指挥了第一至四次反"围剿"战争的胜利,而且在第二次反"围剿"的主战场在建宁取得了完胜,多么鼓舞人心!他在建宁留下的故事不少,如参加西门莲塘的劳动、逛县城、劝铁匠多生产农具,等等,表现了领袖与官兵、与群众的和谐关系,以及关心社会事业的发展。

为粉碎国民党军的第四次"围剿",打通中央苏区与闽北、赣东北的联系,红一方面军代总政委周恩来、总司令朱德在江西广昌召开军事会议,制定《红一方面军战役计划》。在他们的指挥下取得了两天连克三城的大胜利,恢复了建黎泰根据地。

红一方面军总部进驻建宁后,周恩来、朱德、王稼祥、刘伯承等往返闽赣边界各苏区,一手指挥作战,一手抓苏区建设。中心县委设在建宁,成立县苏维埃政府和十个区、72个乡苏维埃政府,在农村成立了贫农团和农协会,开展了轰轰烈烈的打土豪分田地运动,全面加强建宁苏区党政建设。

第四次反"围剿"时,周恩来率部在草台冈歼敌11师大部及9师一部,俘敌六千多人,缴获枪支、弹药堆积如山。

彭德怀、叶剑英、陈毅、聂荣臻、刘伯承等以及建宁英杰余泽鸿、吴静焘、刘志敏、孔仕安、李林等，都在这块青山绿水间大显身手。建宁人民深深地珍惜这份厚重的革命遗产。

走进建宁、追思往昔，都能寻觅遗迹。红一方面军总前委总司令部旧址，也曾是毛泽东、朱德旧居，他们在这里领导开辟了闽赣边界建黎泰等革命根据地；红一方面军总政治部旧址小白楼，也是周恩来旧居，红一方面军总部无线电台旧址；水尾闽赣基干游击队司令部旧址等等，还有攻克建宁的诸个战场，如万安桥战斗遗址、邱家隘战斗遗址、将军殿战斗遗址、雪山崇武镇岭战斗遗址、驻马寨战斗遗址等。

建宁县专门建有反"围剿"纪念馆，图文并茂地展示了几次反"围剿"的准备、指挥思想、战略目的、战役部署、为何打胜仗等等。馆前的广场是新辟的，把在建宁完胜的第二次反"围剿"以群雕形式，再现当年的威武。

那是一组庞大的反"围剿"铜雕。走近它，首先看到的是题写在山壁上的仿毛泽东手书的《渔家傲·反第二次大"围剿"》词，诗人以高度浓缩的笔触，再现了那惊心动魄、震惊天地的厮杀以及凯旋的欢呼，这是这组铜雕的魂。铜雕集中再现了第二次反"围剿"的决胜仗——攻克建宁城：有喊声震天地冲向敌阵的红军官兵，有万千兵马、冲锋陷阵的恢宏场景，有战士奋力向山上运弹药，有后方人民为子弟兵运送粮食、缝鞋、抬担架的、补充给养等生动场景。

先烈们每每在生死关头，都有这样的表示："保证完成任务""为了人民群众能过上好日子，值"。这是他们的信仰，他们的宏愿。

建宁人继承了这远大理想，潜心耕耘自己的土地，让群众过着安宁殷实的生活。

你看，传统农业的改进升级就十分令人炫目，中国建莲之乡、中国黄花梨（水果）之乡、中国无患子之乡、中国稻种第一县、孟宗笋业、生态食材、林业资源，还有新开拓的工业……

将乐苏区革命烽火回望

◎ 林思翔

走进将乐,繁华的集市、林立的高楼、飞架的大桥、纵横交错的街道,令人犹如置身大城市。晨起看穿城而过的金溪,但见宽阔溪面上氤氲如轻纱薄罩,周围景物亦真亦幻。沿溪望去"柳荫直,烟里丝丝弄碧"。近山绿翠,远山如黛。入夜,霓虹灯四射,轮廓灯齐亮,金溪倒影里的将乐城璀璨多彩。溪边漫步,清波荡漾中的"水晶宫",似近亦远,似浅亦深,华丽美妙,令人流连忘返。

如此美丽的城池,以前却是满目疮痍。鸦片战争后,中国由封建社会逐步沦为半封建半殖民地社会,帝国主义势力相继进入中国,与国内封建主义势力相勾结,变本加厉地掠夺和压迫中国人民。地处闽西北的将乐也不例外,基督教、天主教相继进入,教主也像封建地主一样,霸占良田租给佃农种,靠地租剥削农民。将乐山高林密、地势险要,乃闽西北战略要地。民国时期军阀割据,百姓深受其害。20世纪20年代初的一场军阀混战,有着"小洋口"之称的将乐积善村,上千户人家被烧成一片废墟。地主阶级凭借他们占有的土地和生产资料,通过田地租佃、雇工和高利贷三种形式,对广大农民进行残酷的欺凌和掠夺。地主的剥削、战火的蹂躏和教主的压迫,人民苦不堪言。原本"敦庞朴茂,富庶殷繁,且不在大都以下"的将乐县,民不聊生,一派破败景象。愤怒和反抗的火焰也深埋民众心中。

"红旗跃过汀江,直下龙岩上杭。"1930年上半年,朱德、毛泽东率领中国工农红军第三次进入闽西,红色区域迅速扩大。1930年5月,红军进入将乐南口乡,播下革命火种,点燃了将乐人民心中的怒火,许多进步青年踊跃参军参战。从此,这块受压迫被奴役的土地,成为中央红军的重要活动区域之一。从1931年至1934年间,中国工农红军第一、

三、五、七、九军团及东方军、兴国模范师、少共国际师、闽赣独立师、闽北独立师、闽赣军区十八团、闽中独立团、闽北独立团等部队先后纵横驰骋在这块土地上，与敌军展开过30多场战斗，歼灭了大批敌人。红军主力北上长征后，将乐苏区又成为南方三年游击战争的重要活动区域之一。

在实践落实1931年6月底至7月初总前委书记毛泽东在建宁发出的三封"指示信"的过程中，老一辈无产阶级革命家和革命先辈朱德、彭德怀、瞿秋白、项英、王稼祥等都曾经到将乐领导革命斗争，指挥重大战斗，留下光辉的足迹。

红三军团入将，歼灭反动匪帮

1931年11月1日，红军在毛泽东、朱德的指挥下，胜利粉碎了国民党反动派的第一次"围剿"，并分兵一部进入建宁里心、芦田一带打土豪筹款。5月30日拂晓，第二次反"围剿"的最后一仗在建宁打响，红军取得第二次反"围剿"的胜利。6月3日，红三军团第六师在师长郭炳生、政委彭雪枫的率领下，分兵两路进军泰宁，占领泰宁后红军迅速占领了将乐余坊、安仁、大源等地，并派出工作团领导农民打土豪、分田地。6月22日，红三军团在师政委彭雪枫率领下，兵分两路向将乐县城挺进，驻扎将乐的敌军周志群旅闻风弃城而逃，红军首次解放了将乐县城。6月23日，彭德怀率领红三军团的军团部进驻将乐。

此前，盘踞在将乐、泰宁和邵武一带最大股匪罗鸿标，奸淫烧杀，无恶不作。6月8日罗匪带领五百多匪徒，冒充红军队伍，在邵武横行三天，掳走汉美中学100多名女学生及大量金银财物后，于23日窜到将乐光明乡。彭雪枫政委得到消息后，当即命令部队赶往光明乡，把罗匪包围在光明余氏宗祠和附近的一座山头。当匪徒正在祠堂内举盏碰杯、寻欢作乐时，红军犹如天兵降临，顷刻间便缴了他们的械。藏在山寨里的匪首罗鸿标听到枪声后，自认为红军游击队只有梭镖、大刀、土枪、土炮，不可能攻入山寨，还以重赏为诱饵胁迫匪兵负隅顽抗。但在红军猛烈火力攻势下匪徒死的死、逃的逃。罗鸿标感到大事不妙，急忙带着两个保镖妄图从山背后溜走,才窜到半山腰,就被红军活捉。一个多小时的战斗,红军击溃匪徒500多名,并缴获机枪两挺、战马十匹以及许多枪支弹药,解救了100多名女学生,并派人护送她们回邵武。

第二天,红军在余氏宗祠的空坪上召开公审大会,群众纷纷控诉罗鸿标匪帮的罪行。红军决定对罗贼执行死刑。百姓无不拍手称快,也对红军这支人民军队有了进一步的认识。

"指示信"指引方向,"苏维埃"星火燎原

1931年6月,红军总部截获的情报表明,蒋介石调集兵力准备对中央苏区发动第三次"围剿"。毛泽东经过调查研究和认真分析,决定全力以赴把闽赣边区域建成中央苏区东部反"围剿"的可靠根据地。为此,他于6月28日给中共闽赣边工委和周以栗、谭震林等同志写了"指示信",阐述了建宁战役以来总前委发展方向调整变动的理由,分析了向东发展有利条件,提出了向东发展创建闽赣边根据地的战略决策。6月30日和7月1日,毛泽东同志再次发出两封"指示信",指出据目前敌态势变化,要"筹款与群众工作两具顾及""一面筹款,一面把群众大大发动做到分配田地"。

在"指示信"的指引下,闽赣边区域的土地革命斗争进入了一个新阶段,中央苏区闽赣省的创建也揭开了序幕。作为"分配土地、建立政权""工作区域"的将乐迅速开展了分配土地,建立党组织、地方政权,组织游击队和扩红筹款的土地革命斗争。成立了将乐县革命委员会,在6个区建立了党组织和红色政权,在53个乡(村)建立了红色政权和群众组织,占当时行政村的51%,在21个乡(村)进行了插标分田,扩大红军八百多人,完成筹款60万元(含顺昌),使将乐县成为中央苏区形成初期所辖的行政县之一。随着斗争形势的发展,1934年1月,在闽赣省委的领导下将乐县正式成立了县苏维埃政府,全县所辖的六个区八乡镇均建立了苏维埃政权,有苏区村111个,占89.3%;53个村完成了分田分山,占50.48%;全县参与土地革命斗争的群众达1.82万人,占当年总人口25%,将乐成为中央苏区东大门的重要门户。

东方军两度进将，总司令亲临指导

1933年6月，中央苏区局决定组建东方军入闽作战。东方军肩负着"筹款百万，赤化千里""创造百万铁的红军""把红旗插到福建去，开辟新的根据地"的使命，向福建进发。在取得恢复被敌占领的连城、清流、归化、泰宁等县城的胜利后，8月东方军转入"以将乐为总方向"的第二阶段作战。随即彭德怀、滕代远下达命令，将敌五十六师包围于将乐、顺昌两地，在兄弟部队配合下，围城战斗僵持达40天之久。因城外房屋均被国民党守军烧毁，围城红军日夜露宿，不仅伤亡大，而且连吃饭、喝水都很困难，但他们依然坚持着。10月4日，东方军奉命撤围离开将乐，经泰宁回师江西。在这40天中，除围城外，红军各部队都派出工作组，深入各区、乡、村发动群众建立红色政权，分配土地，扩红筹款，支援斗争。此时，除县城外，将乐各区、乡（村）全部赤北，苏区群众踊跃支前参战，并为上万名红军战士提供充足的粮食和物资。

1933年12月28日，东方军第二次入闽作战。解放了将乐县城，消灭敌军一个团，缴获长短枪支900多支、无电线电台一部。红军打开盐仓，挖出石盐十多万斤，运往中央苏区。红军还发动群众打土豪，筹集12000多块光洋，以及纸钞、烟土等运往闽赣省苏维埃政府。东方军入将，推动将乐苏区建设进入一个新阶段。

1934年1月，"闽变"失败后，蒋介石决定继续集中全力"围剿"中央苏区。将乐地处中央苏区东大门的军事要地，是敌军进攻的主方向。朱德总司令非常重视将乐苏区的反"围剿"作战准备工作，于1934年2月9日从泰宁来到将乐。

朱德接见了坚持地下斗争的20多名党员和县苏维埃政府的领导干部。鉴于第五次反"围剿"斗争的严峻形势，朱德明确指示将乐的中共地下组织和党员目前不宜全部公开，还要适当隐蔽，至少一半人不要暴露身份，以防止敌人破坏。同时决定红七军第二十一师第六十一团留守将乐，并针对将乐县委、县苏维埃政府干部少、本地提拔的新干部暂时还不能适应新的斗争形势的情况，要求军团司令部再从各营、团抽调20

名干部给县委，充实地方工作力量。朱德还亲自帮助苏维埃政府拟写布告，比如："红军是人民子弟兵，是为劳动人民谋利益的""城内大小商店，只要不是反动资本家的，一律保护，要照常开门营业"等。布告贴出后受到社会各阶层人士的拥护，县城原本关门歇业的商店纷纷开门营业，战乱后的将乐又恢复了往日的热闹与祥和。

朱德还亲临北门区苏维埃政府办公地，探望贫苦群众，并发给他们每人一小瓷碗红糖。在离开将乐城往泰宁的路上，朱德还在余坊乡石背上自然村为五百多名军民作战前动员，极大地鼓舞了余坊人民的斗志。朱德在将乐的短短3天，协助将乐苏维埃政府制定了指导革命斗争的方针、政策和工作计划，从而使将乐苏区得到了进一步的巩固和发展。他对百姓的关心爱护也在将乐人民心中留下深刻印象。

铜铁岭两军鏖战，彭绍辉血染深山

将乐地处中央苏区东大门，地理位置特殊，土地革命时期境内战事频繁。仅1934年3月15日至26日11天中，中央红军在将乐对敌东路军第十纵队就进行了13场阻击战斗，有力牵制和迟滞了敌东路军合围中央苏区腹地的作战部署。

在这十多场战斗中，铜铁岭战斗尤为激烈。铜铁岭位于将乐县与归化县交界处，绵延数公里，群山逶迤，主峰天上岗地势险要，是扼守将乐与归化两县的战略要地，宋代起朝廷便在那里设立铁岭关，可谓"一夫当关，万夫莫开"，历代为兵家必争之地。

1934年3月初，为切断我建黎泰红军通往闽西的通道，国民党东路军猛烈进攻将乐，将乐沦陷，泰宁也失守。3月20日，敌第十师在师长李默庵率领下从将乐县城出发，向南推进，奔袭铜铁岭。参战红军在红七军团军团长寻淮洲、政委乐少华的指挥下，与当地游击队和支前群众连日在铜铁岭关前构筑工事，挖掘战壕，准备迎击来犯之敌。战斗指挥部设在墈厚村的荣光公祠，电话线从这里一直延伸到前沿阵地。

22日上午9时半左右，国民党第十师1000多人向铜铁岭扑来。当敌人进入我火力圈时，我军立即向敌前锋部队开火。敌凭借人多、武器精良的优势，集中火力疯狂反击。这时我军分头出击，将敌军队伍切成3截，分段猛击，敌人死伤一片。不甘失败的敌人发起一次又一次进攻，都被我军打退。战斗进行到白热化时，敌军派出3架轰炸机对我阵地狂轰滥炸，地面敌人又集结兵力发起冲锋。坚守高地的红军战士依靠牢固的战壕等工事为掩体，以密集的火力接连打退了敌人。气急败坏的敌指挥官竟下令在山脚下放火烧山，一时间铜铁岭成为一片火海。不料风势转向，山火朝敌军阵地烧去，溃退的敌军进退维谷，被烧得哭爹喊娘。红军又发起冲锋，溃敌便向沙洲、葛岭一带逃窜。红军穷追不舍，在葛岭包围住敌军，下午4时多战斗结束，共打死击伤敌人四百多人，其中击毙敌团长1名、敌营长3名，俘敌几百人，缴枪1000多支。最后，红军在弹药紧张的情况下，撤到沙洲、葛岭一带，国民党军进犯归化城。

26日晨，李默庵部奉命调回将乐防务。红七军团埋伏在明溪和将乐交界的铁岭，做好歼敌准备。中午，敌主力进入红军伏击圈，遭到痛击。在宁清归军分区的配合下，红七军团一鼓作气扫清铜铁岭一带敌军，收复归化城。此役共消灭敌军100多人，其中军官两名。还缴获了一批军用物资。

铜铁岭战斗大捷，粉碎了敌军进攻归化、清流、宁化中央苏区腹地的企图，是我军第五次反"围剿"中在东方战线取得的又一次胜利。战斗指挥员寻淮洲、乐少华受到中革军委表彰。如今，当年的铜铁岭战斗指挥部墈厚村荣光公祠和红军驻地红军堡仍巍然屹立山冈上，向人们诉说着那场两军激战的往事。

那年的光明山战斗也十分惨烈。1934年3月初，彭绍辉任师长的红三十四师奉朱总司令命令，从泰宁开赴将乐的光明、马岭、万安和泰宁的开善一带，勘察地形，布置阵地，随时准备打击进攻之敌。3月15日，敌第八十八师孙元良部进犯光明乡。我军与敌军先后在光明乡的沙溪、阳源打了两场战斗，给敌人以迎头痛击后，连夜赶至光明乡曹地一带构筑工事。曹地海拔在600—800米，山头高耸，地势险要，是敌军从光明通往泰宁必经之路。我军在山头构建了环形阻击阵地，层层布置火力。

3月17日上午，晨雾渐渐散去，在榴弹炮的掩护下，敌第八十八师用三个整团的兵力从东、西、南三面向我军展开猛烈进攻，像蚂蚁一样，黑乎乎的一片朝山上涌来。我红三十四师在彭绍辉师长指挥下，利用居高临下的有利地形，打退了敌人一次又一次进攻。近午时分，汤恩伯急调两个团从万安赶来增援，并出动飞机连续投弹，双方争夺更厉害，战斗呈胶着状态。下午一点多，战斗仍在激烈进行，彭绍辉师长不顾枪林弹雨，站在一个突出的高地上，用望远镜观察敌情。忽然一颗子弹飞来，他的下颌骨被打碎，由于出血过多，彭师长昏迷过去，被送往建宁医治。此役敌军付出惨重代价，虽然占领了曹地，但因害怕遭我军夜袭，于当天傍晚就撤回乡里。

这次作战由于圆满完成了钳制和阻击敌人的任务，彭绍辉和他的三十四师受到中革军委的通令嘉奖。就是这支威武之师，当年下半年在陈树湘师长的率领下进行长征，出色完成了断后阻击敌人，掩护中直机关红军部队转移的任务，成了名垂千古的"绝命后卫师"。

艰难中坚持三年游击，血火里更显英雄本色

第五次反"围剿"失败后，红军主力被迫实行战略转移——长征。留在苏区的红军指战员、游击队在当地群众的支持配合下，坚持了艰苦卓绝的三年游击战争。在恶劣的环境下，将乐人民在党的领导下，坚持开展游击战，与国民党反动派进行了顽强的斗争。

1934年10月至翌年3月间，闽赣省军区部队在将乐龙栖山一带与敌周旋，他们长年累月被围困在深山密林中，忍受着难以想象的艰难困苦。他们以竹丝、稻草御寒，以野菜、竹笋充饥，经常几天吃不上东西，十天半月穿不上干衣服，大批伤病员得不到医治。尽管环境无比险恶，但红军游击队战士抱定必胜信念，在人民群众的合力支持下狠狠打击敌人，坚持斗争，苦度艰难岁月。余家坪的余氏宗祠成了他们扎营、办公的地方和临时医疗所。红军撤离后，国民党对龙栖山根据地进行残酷摧残和反攻倒算，杀害农会、工会干部和革命群众，数十座纸厂被捣毁，数百间民房被烧毁，群众被强行迁移山外。

1935年2月，闽北独立师长黄立贵率部向将、邵、泰边境三角地带挺进。经常在将乐的万安、安仁、大源、高唐一带活动，创建了九仙

山游击根据地，使之成为将邵泰游击根据地的核心区域之一；同时成立了将泰邵游击队，镇压反动分子，发动群众建立农会组织，在香菇厂、笋厂、纸厂工人中发展党员，建立党支部，建立秘密地下交通情报网。1936年6月后的一年多时间里，黄立贵率领闽北独立师，在万安镇孔坪、正溪一带与国民党军队周旋，使将乐成为福建三年游击战争的重要活动区域之一，全县游击村达二十余个。

1937年6月，国民党调集重兵围剿九仙山根据地，红军游击队及中共将乐县委、中共建泰邵县委人员被层层包围。黄立贵率二纵队向邵武方向转移，于7月13日在邵武晒溪桥梧桐磜突围作战中，为掩护战友壮烈牺牲。与此同时马长炎所率的第六纵队及随队的县委人员被敌包围后，敌人将九仙山周围数十里的山林、笋厂、纸厂、香菇厂全部烧光，山上几个村群众全被赶下山去，企图困死、饿死红军游击队。数百名游击队员只好长时间辗转隐蔽在深山密林中或者悬崖峭壁间，过着风餐露宿、衣不蔽体、食不果腹的艰难生活。被困数月后，在当地群众的帮助和掩护下终于化险为夷，胜利突出重围。1938年1月，这支艰苦奋斗达三年之久的红军游击队，编入新四军第三支队，在马长炎率领下奔赴抗日前线。

将乐苏区人民为革命胜利，历经血与火的考验，付出了巨大牺牲，做出了重要贡献。据不完全统计，在土地革命时期，全县净减人口12760人，占1930年75771人的16.8%，其中被杀害2558人，被抓去2034人，饥饿疫病死亡5467人，被迫外逃2425人；灭失户数2907户，占1930年18251户的15.9%；被毁灭村庄46个，被拆烧房屋10568间，被移民并村后倒塌房屋7721间，被烧、拆、毁坏纸厂、笋厂、香菇棚973个，被抢粮食、耕牛、家禽无数。

在那腥风血雨的岁月里，将乐涌现出了一批赤胆忠心的英雄人物。如今的将乐大地，欣欣向荣，一派兴旺景象。金溪徐徐流淌，一路携歌带舞，美了古城，绿了群山；龟山旗幡高悬，四野书声琅琅，理学宗义，传承弘扬。守正创新，奋发进取，苏区人民正阔步前行，争取更大胜利，以告慰先烈，昭示未来。

红军楼和小白楼的故事
——建宁县中央苏区遗址遐想

◎ 方友德

残阳如血，马蹄声碎。这一天，朱德和毛泽东并辔策马，从城北青云岭战场跟随大军往建宁城关追击残敌。彭德怀将军率先锋部队第12军已从东山高地封锁了万安桥，形成对敌56师刘和鼎残部合围之势。出城只有万安桥一条路。逃敌千百人挤在一座桥上，争先逃窜，人踩人倒，被红军击毙无数。下午6时左右，建宁战斗在万安桥全部结束。

这座万安桥，始建于南宋，经此一战成名，2002年被山洪冲垮，建宁儿女齐心协力把它改建为钢筋水泥桥，昵称"红军桥"。

1931年5月31日，红一方面军在毛泽东、朱德的率领下，歼灭了国民党刘和鼎56师，取得第二次反"围剿"的最后胜利。当日傍晚，毛泽东、朱德住进建宁溪口天主教堂。这是一幢西方建筑风格的二层木楼。楼下一层是红一方面军总司令部，朱德曾住在这里。

当年毛泽东是总前委书记，总前委设在二楼。住房里的床骨架、桌子、凳子都保存着原物。在这个简陋的房间里，毛泽东住了44天，给闽赣省工作委员会、红12军军委、35军军委签发了三封重要指示信，还起草了反第三次"围剿"的动员手令。

楼下礼拜厅，排着十来条长木凳，是红一方面军总司令部、总前委会议室。两边挂着巨幅马克思和列宁画像。

毛泽东、朱德、郭化若、刘伯坚等首长入住天主教堂时，副官杨立三早把红一方面军总司令部和总前委驻地安排停妥。勤务兵吴吉清为各首长卧室床板加铺稻草。警卫员陈昌奉是江西人，13岁参加红军，14岁就跟随毛委员南征北战，深得毛泽东喜爱。这时他已把毛泽东的笔墨纸砚端端正正摆在桌上。

毛泽东坐在桌前，半年多来反第一、二次大"围剿"的情景，历历在目。一幕一幕鏖战经历在脑海里翻滚：1930年12月，江西龙冈地区万木霜天，雾满千嶂。蒋介石想一鼓作气消灭红军，派兵十万分进合击，长驱直入，向中央苏区腹地大举进攻。12月30日下午3时，毛泽东站在黄竹岭上，听到"活捉张辉瓒"的喊声，诗兴勃发，在马背上哼出了反第一次大"围剿"的《渔家傲》前半阕："万木霜天红烂漫，天兵怒气冲霄汉，雾满龙冈千嶂暗，齐声唤，前头捉了张辉瓒！"

诗未哼完，部队已经到了南团地区，在总前委指挥下，红一方面军日夜兼程，向东急进。第一首《渔家傲》写了半阕，没有时间再继续写完。

蒋介石在第一次"围剿"失败后，气急败坏，翌年2月，派他的军政部长何应钦代行总司令，调集20万兵力，采取"稳扎稳打，步步为营"的作战方针，对红军展开第二次大"围剿"。毛泽东深刻分析当时敌我形势，说服大家放弃"分兵退敌"的主张，并提出诱敌深入，先打弱敌，扩大战果，全歼来敌。朱老总、彭德怀等一致同意，全军上下同心协力。毛泽东分外高兴，当天晚上，把《渔家傲》的下半阕写了出来："二十万军重入赣，风烟滚滚来天半。唤起工农千百万。同心干，不周山下红旗乱。"

在毛泽东、朱德运筹帷幄之下，从1931年5月16日到5月31日，彭德怀将军带领的红四军等部队冲锋陷阵，五战五捷。三万多红军打败了何应钦指挥的20万国民党军队。5月16日拂晓。毛泽东和朱老总率总部人马上了白云山。山上山下，白云滚滚。上午10时，敌28师和47师一个旅进入了红军伏击的"口袋"，猛然间两边枪炮齐鸣，弹雨檑木倾盆而下，敌人被打得晕头转向。接着号声响起，红军像猛虎冲下山来，势不可挡。山上枯木朽株，如同枪林刀戟，一起歼敌。

不到半天，首战告捷。毛泽东和朱德挥戈猛追穷寇，从赣江之滨追到闽山之下，横扫千军，打了五大胜仗，歼敌三万多，痛快淋漓，打破了蒋军第二次"围剿"。

毛泽东掐算一下，正好十五天，长驱七百里。夜里挑灯看剑，梦回吹角连营，心情万分激动，诗怀如潮喷涌，他一气呵成写下第二首《渔家傲·反第二次大"围剿"》：

> 白云山头云欲立，白云山下呼声急。
> 枯木朽株齐努力。枪林逼，飞将军自重霄入。
> 七百里驱十五日，赣水苍茫闽山碧，
> 横扫千军如卷席。有人泣，为营步步嗟何及！

他放下毛笔，站起来伸伸腰，忽见窗外东方欲晓，晨光熹微。他走出卧房，忽见廊上悬着一口大钟，这是教堂召集信徒礼拜的铜钟。他轻轻抚摩钟沿，生怕发出声响，吵醒战友。

莫道君行早，更有早起人。楼下朱德已经起床洗漱，不久木梯蹬蹬作响，朱德登上楼来："润之兄，你又一宿无眠啊！肯定又有新作，快快拿来共赏啊！"

"玉阶兄，不怕见笑，又写了一首《渔家傲》了！"

朱德看后大声称赞："好诗好诗！我像听到战场枪炮声了，又闻到硝烟气味了，红军真是英雄好汉喽！和第一首《渔家傲》一样，都是革命史诗哟！"

毛泽东谦和地说："玉阶兄早年所写《赠予同窗好友》，骊歌一曲思无穷，今古兴亡忆记中。污吏岂知清似水，书生便应气如虹……句句好诗，我还能背诵呢！"

朱德十分惊讶。这是他1906年离别顺庆府中学堂去读云南讲武堂前夕，赠予同窗好友的一首七律，不料润之兄竟能背出。他大为感动，对毛泽东的博学强记、文才武略更加钦佩。

这时陈昌奉跑来报告，彭副总司令前来见二位首长。毛委员对这位湘潭老乡带兵极为赞赏，每次临危授命，他都当仁不让，争当先锋。而且每战必胜，胜而不骄。

老彭说："朱总、老毛，我来是向你们报告战果的，昨天连夜清理战场，此役歼敌56师三个多团，俘敌三千多人，缴获长短枪两千五百多支、迫击炮一门、山炮两门、电台两部以及大批药品和军用物资。红军牺牲97人、伤292人。"

毛泽东说:"这下红军可以成立第一支无线电总队了,还有第一支炮兵连……"

建宁秀山丽水,玉润流馨,十里菡萏,旖旎飘香。城西龙山,玉泉水冷,百口荷池,莲子千斤,岁岁进贡御前。

毛泽东深知当地群众历经连年战事,生活十分困苦,不少人断粮缺食。他手捧着老百姓刚送来的还喷着热气的莲汤,心里涌上一股暖流,眼睛有点湿润。他边喝边聊,了解百姓生活和困难。一位老乡说:"我们就盼着红军能来。白匪来了我们都要遭殃。前几天西门国民党兵在龙宝山挖工事,把山上的泥土乱石都填到我们莲塘里了,荷花被摧毁折断。红军来了看到我们在清理淤泥污水,刚打完仗,马上就跳到池塘里,帮我们挖泥抬石。是首长们教出的好战士啊!"

毛泽东一行来到西门莲塘,三连的战士和老乡还在那里顶着烈日挖塘泥扛乱石,他们赶紧下塘参加挖土运泥。战士们看到首长们带头参加劳动,劲头倍增。

这一年莲花开得特别旺美,风一吹,百口莲塘吐清香,莲子也大丰收,人们说这是红军带来的,于是称西门的莲子为"红军莲"。

中华人民共和国成立十周年时,上级分配给建宁一名进京观礼的代表名额。县里选派苏区时期的儿童团员、时任溪口公社管委会主任肖瑞兰同志参加观礼。西门的莲农特地精选了十几斤西门的莲子,托其带给毛泽东、朱德,让他们尝一尝他们亲手开挖的莲塘产的莲子。

有人说这是民间传说,可是在建宁县档案馆里还收藏着一份"中共中央办公厅秘书室用笺"的公函收据,半个多世纪了过去,字迹虽有些模糊,可是公章依然鲜红夺目。纪念馆副馆长特地拍照发送给我。这张收据是一份重要革命文物,兹录于下。

建宁县溪口人民公社城关大队全体社员同志:

你们托肖瑞兰同志带给毛主席的信和建西伏莲一盒都收到了,感谢你们的盛意。此据。并致

敬礼!

中共中央办公厅秘书室(公章)

一九五九年十月十日

1930年6月2日，红一方面军总前委在建宁南门操场召开军民祝捷大会并成立建宁县革委会。毛泽东在大会上号召继续东进，扩大战果。6月3日，朱毛再出奇兵，4日打下泰宁县，5日打下黎川县，闽赣苏区连成一大片。

　　7月初，毛泽东在建宁溪口天主教堂召开师以上干部军事会议，制定继续"诱敌深入""回师千里"的决策，立即带领红军进入赣南兴国。国民党军进入根据地20多天，没有找到红军主力，等到7月底才发现红军主力在江西高兴圩，急掉头向西紧追，企图歼红军于赣江东岸。不料红军又秘密东进，消失得无影无踪，当蒋介石发现红军东去，又掉头去包围。这时红军已休整两个月了，红军以逸待劳，突然发起攻击，击毙蒋军副师长、参谋长、旅长等，歼敌两千余人。红一方面军在两个多月六次战斗中，五胜一平，歼敌17个团，三万多人。

　　7月11日，毛泽东离开建宁城，经广昌赴中央苏区瑞金。临走时，他对朱德、彭德怀、滕代远等同志语重心长地说，你们要团结一致，打败敌人。敌强我弱时，不要硬拼，打得赢就打，打不赢就走。集中兵力断敌一指，胜过伤敌十指。

　　毛泽东到瑞金后，投身到苏维埃政府的群众工作中，领导分田分地，做了大量有效的工作，受到广大干群爱戴。1931年11月，在瑞金召开中华工农兵苏维埃第一次全国代表大会，成立中华苏维埃共和国临时中央政府。毛泽东当选为全国苏维埃主席，从此"毛主席"的称呼传遍四方，流行至今。

一条红军街古今皆风流

◎ 方友德

在土地革命战争时期，泰宁是闽西北革命根据地的重要组成部分，是红一方面军第三、四、五次反"围剿"的主战场之一，是红军东方军的战略指挥中心、粮草武器补给地和向东方挺进的门户，是瑞金中央苏区所辖的 21 个县之一。

老一辈无产阶级革命家朱德、周恩来、彭德怀、叶剑英、刘伯承、聂荣臻、罗荣桓、杨尚昆等都曾在这块红色土地上运筹帷幄、指挥作战。共和国 10 位开国元帅有 8 位曾经在泰宁苏区战斗过。1932—1934 年，泰宁全县先后有近 3000 名优秀儿女参加红军，他们绝大多数牺牲在反"围剿"战场上。泰宁苏区人民以巨大的牺牲和无私的奉献，在建立和巩固中央苏区过程中发挥了重要作用，为中国革命胜利做出了杰出贡献。

忘记过去就意味着背叛。让真实的历史告诉未来……

红军三进三出泰宁

让时光倒流到 1931 年 5 月 31 日。朱德、毛泽东指挥的中国工农红军第一方面军，在取得富田、白沙、中村、广昌战斗的胜利后，又攻克了建宁县城，歼灭了国民党守军刘和鼎部的五十六师 3 个团，取得了第二次反"围剿"战斗的伟大胜利。

"七百里驱十五日，赣水苍茫闽山碧，横扫千军如卷席。"毛泽东兴奋地写下这光辉的诗句。

当天晚上，一方面军总前委决定兵分两路，一路经大田新桥、上青、朱口推进到泰宁县城，另一路从弋口、梅口直插泰宁。与此同时，泰宁守敌五十六师工兵营营长丁正求、县长李承岳获悉五十六师已从建宁败逃南平，慌忙率众弃城逃亡将乐。6月4日，红六师在师长郭炳生、政委彭雪枫率领下，顺利地进占了泰宁，泰宁人民首次获得解放。

红军入城时，城区群众数百人自觉上街欢迎，有的还替红军做向导，带领红军打开官仓，砸开监狱放"犯人"。当天，红军就派出宣传队到街头巷尾刷写标语，发表演讲，大张旗鼓地宣传三大纪律、八项注意和红军政策，同时派出一支队伍没收土豪劣绅的财产。第二天，红六师在城隍庙召开群众大会，彭雪枫在会上讲了话，会后，将没收土豪的粮食、猪肉、衣服、农具等分发给到会的群众。晚上，彭雪枫等六师领导人还在师部杉阳书院设便宴款待地方各界群众代表，进一步号召劳苦大众团结起来开展打土豪、分田地的土地革命斗争，号召组织赤卫队、游击队、参加红军、建立红色政权。

"唤起工农千百万，同心干！不周山下红旗乱。"毛主席这首词就是当时写的。

正当建黎地区的土地革命蓬勃兴起之时，溃退到将乐、延平一带的刘和鼎也正在重新集结兵力伺机反扑。泰宁解放第二天，敌人就派出飞机来城区轰炸。此外，县境内大小十余股土匪，如罗洪标、张矮子等也趁机大肆抢掠，危害人民。为了保卫新创建的泰宁苏区，红六师一部乘胜追击刘和鼎残部，解放了将乐县城。7月2日，红六师八团某连在泰宁游击队的配合下，赴将乐光明乡清剿冒充红军洗劫邵武县城的罗洪标股匪，俘其手下匪徒100余人，缴获机枪、战马等武器及黄金、银元等财物一批。

1931年11月7日到20日，中华苏维埃第一次全国代表大会在瑞金召开，在泰宁坚持斗争的游击队派两代表出席会议。

1932年10月，为粉碎国民党的第四次"围剿"，红一方面军代总政委周恩来、总司令朱德签发了《建黎泰战役计划》。10月16日，周恩来、朱德率红一方面军各军团从广昌分5路向建宁、黎川、泰宁挺进，红军第二次解放泰宁县城。

1933年2月，红军进入第四次反"围剿"的第二阶段。建黎泰地区的红一方面军主力奉命西移，强攻南丰，只留下部分地方武装在泰宁坚持斗争。2月23日，反动势力再次抢占县城，中共泰宁县委、县革命委员会转移到大田坚持斗争。

1933年3月,第四次反"围剿"胜利后,建黎泰三县及邻近地域的军事压力有所缓解,苏区的革命形势蓬勃发展。7月,闽赣军区独立第一师和闽北独立师一部在泰宁游击队的配合下,第三次解放泰宁。泰宁县革命委员会从大田迁回城区,红一方面军指挥部也经建宁抵达泰宁,总部机关设在县城岭上街梨树下的陈家大院里。

陈家大院的红军总部

我来到泰宁县红军街上的红军总部,陈家大院门额上镶着一块固定的水泥制板,凸刻着"朱德、周恩来同志故居",右墙上挂着一块"中国工农红军总部旧址"木牌。陈家大院是一座三进式古厝,屋龄看来已近百年,墙砖和天井石块斑驳残损,留下饱经风霜的痕迹。

1933年9月,第五次反"围剿"开始前,当时红军总部已迁到泰宁。红军总部和一方面军司令部实际上是一套人马两个牌子。周恩来担任总政委,朱德任总司令。当时整个总部的人都住在这个大院里。

李克农曾任政治保卫局局长,时任政治保卫局红军工作部部长,他也在这里住过,进行苏区各种案件的侦查、预审和起诉工作。机要科隶属红军总部和一方面军司令部领导。科内配有无线电台一部,有9位机要员,主要负责总部电报收发和翻译工作。周恩来在泰宁指挥第五次反"围剿"的硝石战役中,还有一段有惊无险的故事。

1933年9月25日,蒋介石纠集了50万兵力,开始对我中央苏区进行第五次"围剿"。其北路军于9月28日占领了黎川。10月初,"左倾"冒险主义领导为了收复黎川,保住"国门",博古、李德再次向泰宁发出急电,要周恩来、朱德率领东方军马上回师江西,去进攻位于白区又有敌人重兵把守的硝石。周恩来与朱德根据敌情草拟一份电报交给值班参谋,立即送机要科发出,电文内容是命令红一军团原地待命。10月6日,当东方军刚进入江西的土地,在向飞鸢前进的路上,突然与敌人北路军六师18旅葛钟山部遭遇,红军首先开火,抢占了有利位置,打得敌人仓皇败退。想不到敌情突变,周恩来重新起草了一份电报,内容是命令红一军团拂晓前赶到黎川，配合三、五军团歼灭进犯之敌。他将电报交给值班参谋时，还再三强调先发这份电报，前面那份不要发了。谁知道译电员却搞错了，结果只发了第一份电文。

偏偏那天晚上，周恩来发高烧，没能及时了解电报的发出情况。第二天凌晨一点多，周恩来从昏迷中醒来，想到的第一件事就是问值班参谋第二份电报有没有发出去，当他得知这份电报还没有发出时，急得坐卧不安。因为红一军团驻地距黎川足有60多里，而离拂晓只剩下3个小时了，他们怎么能够按时赶到黎川呢？周恩来严厉地批评了这位值班参谋，并坐镇机要科要求立即将这份电报发出去。译电员把电文译成密码，迅速发出救急信号，顺利地发出去了，但心力交瘁的周恩来还是放心不下。他一直守在机要科，等候一军团回电。直到下午4点钟，前方终于回电，译电员兴高采烈地报告周总政委：此次洵口之役，歼敌一个旅，生俘旅长葛钟山。周恩来听到这胜利的喜讯，浓眉顿开，深有感触地说："第四次反围剿开始，我们歼敌一个旅，生俘一个旅长；第五次反围剿的第一仗，又歼敌一个旅，生俘一个旅长。这真是历史巧合！"

我们在院内墙上看到一幅1933年11月周恩来、彭德怀、叶剑英、杨尚昆、李克农、刘伯坚、张纯清、袁国平、滕代远等指挥员在前线的合影，周恩来略显清瘦，蓄着长须，紧锁浓眉，左手叉腰，这是在戎马倥偬中拍摄的。

住在总部大机关里的领导和干部生活还不如前方战士，当时朱德、周恩来等领导人和大家同吃一锅饭，丝毫没有特殊，经常几个月闻不到肉味。在泰宁时，彭德怀率东方军打下洋口后，弄来点"海味"送给他们改善一下生活，但他们都分给了机要科和参谋科，让大家分享。

1934年春节前夕，朱德又一次来到泰宁城，住在县委机关内（陈家大院）。他每次来泰宁都十分关心地方工作和群众疾苦，特别是红军军烈属的柴米油盐问题。他走家串户嘘寒问暖，桩桩件件记在心间。

县城的居民们正忙着准备过春节。工人赤卫队想到红军战士连续苦战了7个多月，春节将至，应当好好地慰劳他们。于是，赤卫队敲锣打鼓给红军送来了六头大猪，红七军团部按市价付款，赤卫队硬是不收，经军团领导耐心讲解红军的"三大纪律八项注意"后，才含着热泪收下。

夜幕降临，军团司令部驻处的大厅上下摆满了从群众中借来的桌凳。在这里指战员将举行改善生活的宴席。虽说是宴席，其实只有一盆菜——猪肉煮萝卜和白米饭。即使这样，对好久未开荤的红军来说，也是十分难得的了。

开宴时，红军首长们有说有笑地来到大厅，朱德和七军团军团长寻淮洲、政委乐少华还有参谋、秘书等8人凑了一桌。他环视了一下大厅，见大家都已入席，这才就座，当他发现自己桌上除了有一盆猪肉萝卜外，还有一大碗炒猪肝，不禁浓眉一皱，很认真地发问："为什么其他桌上只有一个菜，而我们桌上却多了一个菜呢？"这一问，在座的人面面相觑，朱德接着说："我们的军队从上到下，按规定每人每月的伙食费都是两块五角钱，如果我们吃得比战士们好一些，你们想想这样对不对？"说罢，他端起那碗猪肝，挨桌分拨，最后剩下一点倒进自己席上猪肉煮萝卜盆里。

走出陈家大院，我们抬头看见对面民居墙上，还残留着几条当年红军用白灰刷的大标语，如"武装起来，实行土地革命""武装拥护苏联"等等。往前10米左右，有一面墙上还留着红军当年书写的巨幅《文告》，这在全国红军标语中最为鲜见。

该《文告》为1933年8月中旬，红军总部自江西东移至泰宁后，时任红军政治部主任杨尚昆组织宣传人员书写的，题目为《告刘和鼎部下士兵及下级长官书》。该文告高2.6米、宽4.2米，竖写楷书黑色繁体字28行，全文计665字。红军离泰后，国民党政府曾派人用浓石灰水涂刷覆盖。新中国成立后，石灰层被风雨剥蚀，逐渐淡化，黑字显现。但在"大跃进"年代，该处为了书写标语又被人用石灰水覆盖了。

党的十一届三中全会后，根据县文管会意见，当时在县文化馆负责党的文物保护工作的邵康芝和林恩生等对红军文告进行了抢救，他们精心洗掉覆盖在文告标语上的石灰层，使原书黑字重现。然而，由于墙顶瓦檐古旧，经年风雨侵蚀，有些黑字已模糊不清或缺损难辨。正在束手无策之际，居住在墙后院的退休干部陈祖蔚，忽然忆起家父陈昭堂先生早年留心抄录下来的文告遗件，于是回家翻箱倒柜，终于把它找了出来。邵康芝等人如获至宝，喜出望外，遂将文告中缺损和难辨之处逐一补上，使之复原如初，此外又在周围钉上个红漆木框。不久，红军标语墙被泰宁县人民政府列为第二批重点文物保护单位，予以立碑晓谕。

为了使后人能清晰读出完整的《文告》，他们用简体字把全文刻在一块小石碑上，嵌在原《文告》的下部。

长征开始时，红军离开泰宁，也离开了陈家大院。但那些不平凡的历史，却永远留在这座大院里。

一条红军街古今皆风流

四序轮转，我们又回到2008年8月27日。

泰宁红军街锣鼓喧天，人头攒动，县委、县政府在中国工农红军总部旧址，老一辈无产阶级革命家指挥战斗和生活过的红军街，隆重举行苏区泰宁《红军赋》铜铸群雕的揭幕仪式。

应邀参加揭幕仪式的开国元勋后代有：周恩来总理的侄女周秉德，刘少奇主席的儿子刘丁、儿媳艾心琪，朱德元帅的外孙刘康，彭德怀元帅的侄女彭钢将军，陈毅元帅的儿子陈丹淮将军，邓子恢副总理的儿子邓淮生、儿媳展林晓、孙女邓小燕，徐光友将军的儿子徐抗。

省、市、县三级主要领导和泰宁县城的群众——许多人是当年红军、游击队、赤卫队员的后代，他们一起共同缅怀和纪念先人英勇抗争和壮烈献身的赤诚。

《红军赋》群雕是我国著名雕塑家张立棋先生设计的，在大连用黑铜铸造后运回泰宁安装。群雕正面有个平台，人物造型是这样的：中间是周恩来站在一张祠堂供案后，桌上放着一盏马灯，一个老式手摇电话机和一只茶壶、两只碗；朱德打着绑腿坐在左边竹凳上，手上端着一碗水；彭德怀手里拿着望远镜站在右边。他们正在共同谋划部署大洋嶂战役。他们表情严肃，神情坚定，可以看出形势艰险但指挥若定。背后一道斜坡，两侧有五六十名红军战士和游击队员，有推着炮车的，有四人合扛一台重机枪的，有驾马驮着弹药粮草送往前线的，有持大刀长铳站岗的，也有头戴斗笠、腰扎手雷的，有持卜壳枪喊着"冲啊"的，有吹响进军号的……个个雕塑惟妙惟肖，栩栩如生，神形兼备，气势逼人。群雕使人仿佛置身于当年浴血奋战的场景中。

泰宁县在1931至1934年间有3000儿女参加红军，跟随共产党出生入死、南征北战，但新中国成立后还活着的只有杜明、谢宝铜和冯旺南三人。这是一种怎样无私的奉献呀！为着人类最壮丽的解放事业，他们做出了巨大的牺牲。

杜明，泰宁城关人。1911年6月出生，1931年6月，红军第一次解放泰宁，他在县城参加红军，7月随主力回师江西兴国，参加出击莲塘、血战高兴墟的战斗，8月加入中国共产党并提升为班长。接着他又参加了攻克会昌、包围赣州、进军湘南、回师南雄的斗争。1935年1月，他随长征队伍进入贵州后，调中央警卫营任特派员，负责中央机关和毛主席的保卫工作。

在土地革命战争时期，杜明和毛泽东、徐特立、项英等红军领导同住在瑞金叶坪的一处祠堂里。1933年2月，林伯渠从上海到中央苏区，是杜明与另外两位红军战士去瑞金将林伯渠安全接到叶坪的。红军长征中，杜明曾负责毛泽东等中央领导的安全，并参加遵义会议和瓦窑堡会议的保卫工作。1935年10月，中央红军第一方面军到达陕北吴起镇，与红十五军团会师。当时陕北革命根据地由于受"左倾"错误影响，党内"肃反"运动狂热，陕北红军主要创始人刘志丹被关在狱中。1935年10月21日，杜明受派前往营救刘志丹、高岗等人。

1938年3月下旬，杜明毕业于抗日军政大学第三期，被派往敌后山东纵队政治保卫部参加抗战，先后担任纵队政治部保卫部部长等职；抗日战争胜利后，任第三野战军政治部保卫部长。1949年1月，国民党徐州"剿总"副司令杜聿明被生擒，杜明时任华东野战区政治部保卫部部长，第一个正式审问杜聿明，并与之展开针锋相对的较量。

新中国建立后，杜明历任广东省公安厅副厅长，农机局副局长等职。杜明自参加红军后，经历20余个重大战役，负伤2次，1955年被授予国家八一勋章，独立自由勋章和解放勋章。

1951年，杜明因不实之词，受到错误的降级处分，沉冤40余年才获彻底平反。1979年他从贵州机械厅离休，后来安家在北京，享受副部级待遇。这样一位对共和国有卓越贡献的功臣，住的只不过是一套普通旧式红砖"小三居",杜明从贵州到北京之初,一家人挤在两间小平房内。在这里,一间是杜老的卧室兼办公室、会客室;对面间是由他侄女照顾他夫人设的家庭病房,放着一辆轮椅;另一间则住着他的小女京云一家三口。最后组织决定换了个"小三居"来。后来北京市有了一批住房,分房的同志找到杜老让他挑选。"我挺好,我够住。"不管怎么动员,他总是那句话。直到临终,杜老一家三代仍然住在这个"小三居"里。

杜明一生艰苦朴素、廉洁奉公,感人至深。这就是泰宁人民的儿子!这就是中国人民的儿子!2011年6月,杜明的儿子杜永生回家乡参加纪念父亲百年诞辰,并被授予泰宁市荣誉市民称号。

泰宁,一个人口只有14万的福建边陲小县,居然拥有8个国家级和两个世界级的旅游品牌:大金湖、上清溪、尚书第、丹霞世遗……而使这个山城添色增辉的,无疑还有革命年代红军在这里留下的一串串永恒的脚印。小小红军街,2005年3月,被国家发改委、中共中央宣传部、国家旅游局命名为"全国百个红色旅游经典景区"。时间雕刻着记忆,怀旧沉淀着经典,这是永远的经典啊!

梦回狼烟,重温经典,岁月悠悠,英魂不朽。一条红军街,古今皆风流!

血染红旗分外艳

◎ 林思翔

如果把一张福建省地图对摺起来,你会发现这横竖交叉点便是尤溪。尤溪地处福建正中,幅员广阔,是福建省国土面积居全省县级第二。福建山多林茂空气好的特点,在尤溪体现得特别明显。走进尤溪,视线所及尽是延绵的山峰和葱郁的林木,加上水系发达,全县流域面积10平方千米以上的河流达81条,使尤溪大地山清水秀,俨然一座大自然的氧吧。880多年前朱熹就诞生在这片绿色的土地上,一代理学大师就是从这里走出去,走向天南地北,其理学思想光辉普照神州,流芳百世。

这片绿色的土地,不仅是一方文化的沃土,也是一块具有反压迫、反剥削、爱国爱乡光荣传统的红色区域。自唐开元二十九年(公元741年)建县以来,尤溪一直是福建农业大县之一,并拥有金、银、铅、锌、铜、铁等矿产资源,因此土地、矿产是农民赖以生存的资本。洪武元年(1368年),尤溪爆发了农民起义,反抗地主对农民土地的剥削和官僚对矿产的掠夺。明正统十三年(1448年)尤溪又爆发了福建历史上最大的农民军与矿工联合的反抗运动,万余人的起义大军攻破尤溪县城,反对政府索勒巨额矿冶税,并与沙县邓茂七部汇合,攻占延平府,北上破顺昌、邵武,攻光泽,据杉关。短短几个月,就攻占了福建20多座县城,并涉及粤赣两省。虽然起义军在明军围剿下失败了,但如此大规模的农民公然向封建制度挑战,具有不同凡响的历史意义。后来在明嘉靖和清顺治年间又爆发了多次农民起义。

鸦片战争后,帝国列强的侵略,更激起了人民的反抗。1853年,农民领袖林俊聚众揭竿起义,率数百人攻入尤溪县城,焚烧县署敬事堂,知县金琳失印自杀。1857年太平军入闽,林俊部下潘宗达率千余众再次攻打尤溪县城,虽攻城未果,但仍然沉重打击了尤溪的反动势力。

辛亥革命后，尤溪人民处于地主、豪绅、官吏组织的新政权统治之下，仍旧生活在水深火热之中。清末民初，以贫苦农民蒋肇开为首组织的"无钱会"，聚众上千人与官府展开斗争，曾攻下延平城，终因不敌官府部队遭剿灭，但对统治阶级发挥了极大的震慑作用。

众所周知，这期间尤溪还出了个被毛泽东同志称之福建"陈卢两部均土匪军"之一的卢兴邦土著军阀，他与北洋军阀争夺地盘，争夺势力，双方展开多次较量。他们是一丘之貉，他们之间的混战，给尤溪百姓带来深重的灾难。

封建军阀、官僚、地主三位一体构成的统治阶级，像三座大山压在尤溪人民身上，被压迫的劳苦大众备受煎熬，渴望翻身解放。当中央红军来到时，他们便跟着红军积极投身革命洪流中去。

今天，我们走进尤溪乡村，还可以看到许多革命遗迹，特别是写在墙壁上的革命标语，80多年过去了，字迹依然清晰可辨，据有关部门统计，1933年—1935年红军在尤溪活动期间共留下标语2000多条，其中保留比较完整的还有360多条。其内容有"苏维埃万岁""只有共产党才能救中国""打倒土豪劣绅""驱逐日本及一切帝国主义滚出中国去""打倒不准士兵抗日的国民党军阀""农民起来实行土地革命""打倒军阀卢兴邦"等，这些珍贵的文字，从一个角度，真实记录了当年尤溪苏区点燃的革命火种。走进这些墙壁上写着不太工整字迹的古民居，我们仍能感受到当年如火如荼的革命斗争氛围。

从对革命遗址、遗迹的考察和翻阅党史资料中，我们了解到，上世纪30年代尤溪大地红旗漫卷，风雷激荡，革命活动十分活跃。这期间发生在尤溪的革命斗争事件，不仅对尤溪，而且对福建乃至整个中央苏区都有着举足轻重的影响。拣大的说就有这么几件：

第一件事是划为"筹款区域"，筹款筹粮。

尤溪东临闽清，西接沙县，南连大田，北毗延平，闽江穿境而过，是福州连接闽西、闽北苏区的重要战略交通要道，是当年福州往中央根据地瑞金、闽西北苏区运送军用物资的必经之地，战略地位十分重要。

早在第二次反围剿胜利后的1931年6月，红一方面军前委书记毛泽东同志在给周以栗、谭震林的信中就指出："四军应以归化、清流、连城为工作区域，以沙县、永安、尤溪为筹款区域，即在三县筹款自给。"之后，红四军在宋裕和同志带领下进入尤溪，发动群众，开展筹款。尤溪人民积极响应毛泽东同志的号召，配合红四军，开展筹款筹粮活动，为红军筹集了大量的钱款和食盐、大米等军需物资，单大洋就达30多万元。筹集的款项、物资全部交往中央革命根据地瑞金，补充军队之给养。

"从奴隶到将军"的罗炳辉率众冒险为苏区送军需物资经历，为他军事生涯增添了光辉一笔。1933年，蒋介石调集50万大军对苏区红军进行第五次"围剿"。连续9个月的封锁，使中央苏区和红军吃不上盐，兵工厂没有黑色火药，面临弹尽粮绝的危险境地。这时，红军在尤溪缴获了4000箱炸药和一批食盐。军委急令罗炳辉率领红九军团一部火速将这批物资运到苏区。罗炳辉临危受命，亲自挑担上路，途中遇上敌军就打，敌军一败，挑上担子就走，半个月时间，红军将士每人挑着六七十斤重的担子，走了300多公里山路，终于将军需物资安全运到中央苏区。

第二件事是东方军两次进尤，开辟新苏区。

1933年7月，按照中共临时中央关于中央革命根据地红军主力分离作战的部署，以红军第三军团和红军第十九师为基干组成的东方军共一万多人，由彭德怀兼司令员、滕代远兼政委、袁国平兼政治部主任、邓萍兼参谋长的率领下，为执行"筹款百万，赤化千里""把红旗插到福建去，开辟新的根据地"的东征任务，于7月2日从江西广昌出发挺进。

当时国民党军在福建兵力有七个师另一个旅，其中新编第二师卢兴邦部驻在尤溪、清流、宁化、归化一带。东方军入闽后给了卢兴邦部队以沉重打击，重创其兵力，并缴获了一批军需物资及大量粮食、食盐和其他物资。

紧接着，8月31日，东方军围攻延平城，实施"围点打援"战略，延平守敌刘和鼎部大为震惊，急电福州国民党十九路军总部求援。当日，蔡廷锴亲率补充师谭启秀部由福州沿闽江而上，至水口、尤溪口，实施救援延平守军。东方军红三军团第四师的第十团和第五师的第十三团沿闽江而下，于9月2日在尤溪口截堵十九路军援敌并展开激战，击退和歼灭了十九路军谭启秀部，取得了尤溪口阻击战的胜利，一举攻下和解放了尤溪。

东方军在尤溪攻打国民党十九路军的胜利，一方面在军事上震慑了十九路军，迫使十九路军在南平王台与东方军谈判，达成"王台协议"，从而在军事上减轻中央苏区来自东面的压力，使中央红军能集中优势兵力，应对国民党的第五次"围剿"；另一方面，东方军攻下尤溪后，帮助尤溪在靠近延平、闽江的西滨、梅仙二个区分别建立苏维埃政府，并在这两个区的大部分区域先后建立了乡村苏维埃政府。同时还培养革命新生力量，组织发动群众，开展土地革命。毛泽东主席、项英副主席高度赞扬东方军的胜利，指出："又从福建的龙岩、新泉交界，经过连城、清流、归化一直到闽北的延平附近（尤溪），这一大块区域都变成为苏维埃版图。"

1934年1月，东方军为了开辟新苏区，筹建"福建临时革命政府"，再次入闽作战，在攻打沙县城未克的情况下，彭德怀命令东方军"红七军团十九师（除五十五团监视沙县外）主力向尤溪前进。"又命令红三军团第四师挺进尤溪，协助红十九师攻打尤溪县城。1月15日红十九师和红四师在彭德怀亲自指挥下，包围了尤溪县城，经过三天三夜激战，摧毁了国民党五十二师卢兴邦兵工厂，一举攻下并解放了尤溪城，并将缴获的食盐、煤油、机器、枪械弹药以及印刷设备等战利品运往瑞金。

两年时间，东方军两度入尤，尤溪两次解放。这在尤溪革命史上写下浓墨重彩的一笔。如今尚存尤溪乡村斑驳墙壁上那《出征军歌》《出征歌》《小燕歌》《十八省》《扬子江》曲谱，其铿锵有力的旋律，似在向我们叙说在这片土地上的战斗故事和军民鱼水情。东方军二进尤溪，帮助尤溪人民在管前、西城、城关和坂面成立了4个区苏维埃政权，加上第一次入尤成立的2个区，至1934年3月底，尤溪有6个区、100多个乡村苏维埃政权。那时的尤溪大地，"风展红旗如画"，"分田分地真忙"。

第三件事是中央红军北上抗日先遣队途经尤溪，帮助拓展红色区域。

1934年7月，由红七军团组成的6000多人北上抗日先遣队（军团长寻淮洲、政治委员乐少华、参谋长粟裕、政治部主任刘英、中央代表曾洪易），在红九军团（军团长罗炳辉、政治委员柴树藩、参谋长郭天民、政治部主任黄火青）一万多人护送下，于7月7日从瑞金出发，经连城、永安、大田分两路进入尤溪，于7月24日在尤溪县坂面镇蒋坑会师。而后，红七、九军团在尤溪境内相互策应行军前进，于7月29日，红七军团在尤溪口渡过闽江，北上抗日。红九军团完成护送任务后原路返回至连城姑田。

从红军北上抗日先遣队进入尤溪，到红九军团返回离开尤溪，中央红军在尤溪境内活动时间长达50多天，经过10个乡镇、100多个村庄，活动区域广、影响范围大。其时，正值尤溪各地建立苏维埃政权革命红火之时，红军抗日先遣队的宣传发动与帮助影响，使尤溪红色政权进一步巩固发展，人民武装力量也得到加强和提高。

为保证红军抗日先遣队安全过境，尤溪人民冒着生命危险从各方面支援部队。据统计，三万多红军出入尤溪，沿途群众为红军提供了10万多间房屋。在梅仙坪寨村，我们看到一座多达300多房间的古民居，青砖黛瓦环环相拥，回廊通道纵横交错，走进去就像进入迷宫一样不知所向。这座被称之"大福圳"的房子就是当年抗日先遣队的住地之一，墙上许多标语如今依然完好。

尤溪群众还为红军提供粮食16000多担，食盐20多万斤，为红军护送伤病员170多人，当向导和挑夫1800多人，提供木船850多艘次，架桥、摆渡1200多人次，随军入伍当红军或游击队的4580多人，其中1300多人牺牲，被毁村庄56个，被杀害群众4600多人，被捕2100多人，被烧毁房屋180多座1500多间。烽火岁月，燃烧激情，在血与火的洗礼中，尤溪人民不屈不挠，砥砺前行。

第四件事是中央苏区闽赣省苏维埃政府入驻尤溪，领导革命斗争。

在群山环抱的坂面京口村，有一座典型的闽中古民居，二进二厅，厢房环绕，回廊相连，地面青砖苔迹斑斑。看得出来，这在80年前是座比较像样的房子。中华苏维埃共和国闽赣省苏维埃政府机关当年就驻在这里，办公间兼领导人的卧室，依然是当年的模样，一张小床、一张小桌、一盏油灯，摆设极其简单。如今在每间房壁上挂了张说明。解读这些说明文字，我们了解了当年发生在这里的革命故事。

1933年2月苏区中央局决定成立闽赣省委，隶属苏区中央局。1934年5月，中共宁化中心县委及所属各县委由福建省划归闽赣省领导。1935年春，红军主力长征后，闽赣省面临强敌的围攻，各苏维埃区域全部丢失，武装斗争转入游击战争。根据中央"关于在中央苏区及其邻近苏区坚持游击战争的基本原则"，为了从组织和斗争方式上适应游击战争的环境，闽赣省委、省苏维埃政府、闽赣军区机关共600多人从宁化迁移到尤溪京口，编为闽赣省新编第一团，继续开展工作，并直接领导尤溪人民开展革命斗争。整顿作风，健全编制，整训部队，发动农民打土豪、分田地，使尤溪革命形势有了很大好转。

当时国民党军队不断"清剿"，环境恶劣。1935年4月下旬，闽赣军区大部队在京口遭到国民党五十二师袭击，为了避免与强敌正面作战，红军撤到京口的草洋山，不料又遇到敌五十二师特务营，双方展开激烈战斗，由于敌我力量悬殊，战斗失利，许多红军战士英勇牺牲，闽赣省委委员方志纯受伤被捕（一年后被尤溪地下党组织营救出狱）。

5月初，闽赣省委、省苏、闽赣军区在戴云山麓活动，当来到位于尤溪、德化、永泰、仙游四县交界的紫山时，由于行踪泄露，被敌人重重包围。此时闽赣军区领导宋清泉等人叛变投敌，环境更加恶化。省委书记钟循仁、省苏维埃主席杨道明和侦察处长陈长青等拼死突围，返回京口，但部队已损失殆尽。钟、杨便隐居永泰、尤溪交界的闇亭寺继续坚持斗争。他们在寺中撰写的《闇山文献》，记述了当年风雷激荡的革命斗争史实。

闽赣省苏维埃政府在尤溪虽只有短短几个月，但其艰苦卓绝的斗争，不仅有效地牵制了国民党军事力量，在战略上配合主力红军的战略大转移，同时紧紧依靠人民群众，度过了最为艰难困苦的时期，保存了革命种子。

抗日战争爆发后，尤溪党组织积极宣传抗日救国道理，揭露日寇侵华和地主剥削罪行，激发群众斗争热情。从1941年到1946年，党组织在尤溪开辟了一条从南平土堡经尤溪十二都、尤溪五十都至大田汤泉的"游击走廊"，建立了一条从闽江到闽中的秘密交通线，联络起周围的游击据点，使沿线的村落成了我党进行武装活动的主要基地，从而使南沙尤地区成为闽西北革命活动的重要根据地。

1947年3月，中共闽浙赣区委城工部派尤溪籍党员廖怀玉回尤溪开展革命活动，组建尤（溪）德（化）永（泰）工委。4月中旬廖怀玉在中仙竹峰村召开党员会议，宣布成立尤德永工委，隶属于闽浙赣区党委城工部，廖怀玉为工委书记。工委成立后立足本地，开展斗争。建立革命活动据点，办夜校开展宣传，深入造纸作坊开展工人运动，智斗国民党中统特务洪钟元，拔掉反共钉子傅荣等，做了许多工作。恼羞成怒的国民党尤溪当局几次派人抓捕廖怀玉，均因革命同志的掩护得以逃脱。廖怀玉在尤溪工委的出色工作受到中共闽浙赣区委领导的肯定，后奉调回福州工作。1947年8月后，受党组织委派，廖怀玉又到尤溪开展工作，筹备组建中共尤溪县委，廖怀玉任县委书记。尤溪县委在廖怀玉带领下做了大量卓有成效的工作。1948年3月14日，廖怀玉到闽清麟洞开会，由于叛徒出卖，廖怀玉等7人被捕，发生了震惊闽永尤三县的"麟洞事件"，致使闽永尤中心县委遭到严重破坏。廖怀玉被国民党当局投入监狱，在狱中她受尽酷刑，但始终坚持革命气节，同敌人斗智斗勇。她还做通女看守和狱管的工作，使他们同情革命。1949年4月廖怀玉出狱后又投入革命工作。福州解放后，廖怀玉因"城工部"事件受审查，平反后一直在市教育部门工作直至离休（享受副厅级待遇）。尤溪人民忘不了这位出生入死、屡遭挫折、对党赤胆忠心的优秀儿女。

　　1949年5月中国人民解放军解放，极大地震慑了国民党尤溪当局。福建省第二军分区司令员林志群、南平城防司令王根培，分析尤溪形势后，派人策反国民党尤溪军政负责人卢兴荣、罗骏，经过艰苦细致工作，7月5日尤溪和平解放，成为福建省第一个和平解放县。尤溪解放为中国人民解放军第三野战军进攻福州，切断福厦公路，堵击南逃亡敌扫清了道路障碍。解放福州战役打响后，三野二十九军从尤溪、永泰翻越大山，切断福州之敌南逃的陆上道路，为解放福州立了功劳。

　　血染红旗分外艳。胜利果实来之不易，尤溪人民倍加珍惜。如今朱子诞生地、原中央苏区范围，成了这个闽中大县两张金光闪闪的名片。文化滋养智慧，斗争孕育精神。"生面别开新境界，儒乡已改老容颜。今朝放眼风流处，山外尤溪依旧山。"尤溪人民正大力弘扬革命精神，传承优秀文化，让千年古县焕发青春，迎接新的辉煌！

"芝山红楼"熠熠生辉

◎ 何少川

漳州城区西部芝山南麓，有一幢三层小红楼，在阳光照射下特别耀眼。小楼原为浔源中学校长楼，1932年4月20日中国工农红军东路军攻克漳州后，是毛泽东同志居住和工作过的地方。进漳红军曾多次在这里进行重要会议和活动，人们尊称其为"芝山红楼"。

1957年8月，在"芝山红楼"建立"闽南革命纪念馆"，后又改为"毛主席进漳居住纪念馆""毛主席率领红军进漳纪念馆"等，20世纪90年代初正式命名为"毛主席率领红军攻克漳州纪念馆"。馆内展示红军攻克漳州的图表、文告、遗址照片和人物肖像，复原了毛主席临时居所等场景以及闽南地区革命活动的党史资料，反映颂扬了一代伟人和无数革命先驱的丰功伟绩。"芝山红楼"是全国重点文物保护单位，"纪念馆"先后被确定为"福建省青少年革命传统教育基地""福建省爱国教育基地"。

我多次瞻仰"芝山红楼"，被革命领袖和前辈们的英雄事迹所震撼，在感叹之余深受革命传统的教育。"芝山红楼"是我心目中的一处神圣之地，每次来到漳州路过这里，总要远远地仰望她，向她行崇敬的注目礼！

赣州撤后取漳州，
妙计神兵顽敌愁。
转劣为优凭并力，
示形造世运奇谋。
人民战法空千古，
革命韬铃独一筹。

卅载红旗光大地,

东风万里唱同仇。

这是1961年11月郭化若将军瞻仰"芝山红楼"后,高度概括地写下的1932年春漳州战役的诗篇。

20世纪30年代初的漳州战役,是第二次国内革命战争时期的一次重要战役,在毛泽东同志等老一辈革命家指挥下,取得了伟大的胜利。回忆这次战役,毛泽东同志那高瞻远瞩、神机妙算的运筹帷幄以及坚忍不拔革命意志的领袖风范令人敬仰。1932年,中共临时中央推行王明"左"倾冒险主义路线,做出《关于争取革命在一省与数省首先胜利的决议》,指示中央红军"首取赣州",继而夺取吉安和南昌。但是,赣州久攻未克,红军反遭重大伤亡,被迫撤围。此时,毛泽东同志审时度势,建议红军趁三次反"围剿"胜利的大好机会,向敌军薄弱的地区发展,但不被苏区中央局所采纳。苏区中央局决定第一、五军团组成中路军赤化赣南,红三军为西路军。不久,敌情有变化,苏区中央局重新研究对策,接受了毛泽东的建议,同意中路军改为东路军入闽作战。

当时毛泽东同志提出的建议在党内是冒着一定风险的。1932年3月17日,《中国工农红军总政治部训令》总结攻赣州失利的原因,仍然不承认"攻中心城市"的错误,并继续批判农村包围城市、游击战、向敌人力量薄弱的地区发展等。毛泽东不顾个人得失,从革命大局出发坚持正确意见,继续做其他领导人的工作,直至得到苏区中央局的支持。

红军东征入闽,由毛泽东亲自指挥,目的和任务非常明确。刘忠将军回忆在红军东征动员会上毛泽东、朱德讲过的话。朱总司令说:为了利用两次战役(注:指第三、四次反"围剿")间的空隙,发展新苏区,扩大我党影响,并获得大批物资对部队的补给……此次东征,毛泽东同志亲自指挥领导东路军行动。毛泽东接着讲话,他说:朱总司令把东路军开辟闽南准备粉碎敌人再次"围剿"都说了,我着重谈谈东路军的行动作战任务。他说,日寇势力已达厦门,我们进军闽南,对日寇的侵略阴谋,是一个直接打击。我军以实际行动贯彻我党抗日主张,这无论对国内、海外,都能产生极大的政治影响。向东进军还有一个原因,就是利用敌人进攻的间隙，在巩固苏区基础上集中主力红军向白区推进，这是巩固、扩大苏区根据地的重要措施。

东路军红一军团于1932年3月下旬，翻越武夷山，再次挺进长汀，一路上敌人望风而逃。毛泽东随军进入长汀，综合时局分析，经过一番深思熟虑，有了一个更为具体的作战方案。3月30日起，他连续数次致电在瑞金的苏区中央局书记周恩来，提出东路军必须直下漳泉方能调动敌人，而且认为驻漳的张贞部队虽然装备优良，但兵员素质差，没有多少战斗力，漳州地形又易攻难守，对我方十分有利。周恩来接到一封封来电，极为重视，立即启程前往长汀听取报告，认为报告可行，立刻电复毛泽东，批准东路军攻克漳州的战斗计划。

在长汀中共福建省委驻地，周恩来召开了红军攻打漳州的联席会议。毛泽东、任弼时、林彪、聂荣臻、罗荣桓和中共福建省委、省苏维埃政府领导罗明、张鼎丞、刘晓、郭滴人、李明光、谭震林等出席。会上，毛泽东作了激情昂扬的作战动员，再次强调：在第三次反"围剿"取得伟大胜利的大好形势下，中央红军挥戈东进，主要任务是消灭漳州军阀张贞四十九师，缴获敌人的枪弹等军事物资，帮助闽南地区开展游击战争，扩大抗日宣传。他明确提出，红军进攻漳州，完成任务后就回师中央苏区，不长期占领漳州，要求福建省委和各县干部群众，从思想上和工作上做好充分准备。

红军东路军挥戈东进直逼漳州，途中多次战斗，最为关键的有两次战役，一次是克复龙岩，再次为鏖战天宝。一些亲历这两次战役的老红军，多少年后讲起当年激烈而巧妙的战斗场面，仍然记忆犹新，绘声绘色兴奋不已。

克复龙岩一役。毛泽东善于巧用兵，一方面为迷惑龙岩守敌，即令红一军团开赴长汀东北的新桥；另一方面催促在赣南信丰的红五军团速往龙岩方向运动，以加强红一军团兵力。行军途中，得获侦察敌情报告，毛泽东决定不去有敌人守备的小池，以免打草惊蛇，而隐蔽宿营于大池，直接袭击在龙岩的敌人。4月10日拂晓，东路军由大池出发，迅猛消灭小池之敌后向龙门攻击前进。接着，兵分三路，往考塘发起冲锋，红军战士个个强悍，杀得敌人措手不及。红军一鼓作气，乘胜两路夹击于下午5时直取龙岩城。这是继1929年朱毛红军三打三克龙岩后，又一次攻克龙岩。这一仗，东路红军消灭张贞部2个团，俘敌685名，缴获步枪928支、机枪10挺、炮2门、子弹12万余发、军用物资无数。

攻克龙岩战天宝。东路红军在龙岩停留了两天，4月13日继续往东南进发。15日，东路军总部与第四军抵达南靖马山宿营。此时，张贞已将主要防线设在漳州西北部的天宝山、榕仔岭一带，妄图利用大山天险抗击红军的进攻。天宝大山周围百余里，群峰连绵，山势险峻，堪称漳州城西北部的天然屏障，历代为兵家必争之地。17日，红军大部队从马山等地出发时正下着倾盆大雨，山间小道坎坷泥滑。红军战士不畏艰难，快速朝着天宝山方向前进。当他们到了九龙江支流永丰溪边时，恰逢上游山洪暴发河水猛涨。战斗一刻也不能耽误，会游水的战士、游击队员和民工纷纷带上麻绳跳下水，游过对岸把麻绳系好，让其他战友拉着麻绳渡过永丰溪，和先头部队在南坪、内洞汇合。4月19日清晨，三颗红色信号弹腾空升起。随着雄壮的冲锋号声，枪声顿时大作，天宝决战打响了。红军来势不可挡，敌军兵败如山倒。张贞见败局无可挽回，仓皇往诏安方向撤退，临撤离漳州时，放火烧了弹药库，并将十几万银元倒入江中。漳州战役，红军部队得到福建地方党组织和广大民众的支持，取得了彻底的胜利，战果辉煌，据统计共歼灭国民党4个团、毙敌团长陈启芳等、俘敌副旅长魏振南以下官兵达1674人，缴获步枪2331支、机关枪9挺、山炮2门、迫击炮2门、平射炮2门、步枪子弹103000多发、炮弹4942发、炸弹242枚、飞机2架、电话机10架以及其他军用物资。

古城在沸腾，漳州一时举世瞩目！1932年4月20日上午8时，红军部队开始举行隆重的入城典礼。红十一师三十三团走在最前头，全团司号员集中作为前导，团直后面五个步兵连和机枪连，排成四路纵队，雄赳赳气昂昂地开进漳州城。城区四处挂起的红旗迎风飘扬，挤满大街小巷的群众汇成欢乐的海洋。这个不平凡的日子，载入了革命史册彪炳千秋。

毛泽东和红军部队留驻漳州一个多月，与地方党组织和游击队亲密相处，他们发动组织群众，宣传抗日主张，积极扩军、筹款，开辟闽南苏区。红军完成进漳任务,根据军委命令,主动撤离漳州,于6月初回师中央苏区。

中央红军东路军进漳,让我们永远缅怀!

1992年3月,为纪念中国工农红军攻克漳州60周年,"芝山红楼"左侧前树立起一座红色大理石纪念碑。纪念碑造型奇特,既像一面红旗,又似一把尖刀。据设计者介绍,纪念碑主体部分有意体现毛泽东词作《十六字令三首》中的"山,刺破青山锷未残,天欲堕,赖以柱其间"的深刻内涵,寓意一把刺刀由两根人字形的台柱支撑着,突破连接底座的三个圆圈直逼云霄,表示中央红军依靠工农群众冲破敌人的三次"围剿"。碑高19.32米,象征1932年红军攻克漳州;底座有6层台阶,代表60周年。碑顶上金色镰刀铁锤图像,昭示永远不要忘记是中国共产党领导革命军队和人民打下了社会主义江山,激励人们在革命道路上阔步前行。

"芝山红楼"与红色纪念碑相互呼应,在蓝天白云的衬托下愈加熠熠生辉!

群众路线是法宝

◎ 林爱枝

一

重读毛泽东同志的《关心群众生活，注意工作方法》，自感能在更高的层面上、更深的程度里体会它的含义，领略它在革命事业、建设事业中的不朽作用。这篇讲话是1934年1月在江西瑞金召集的第二次全国工农代表大会上的讲话的一部分，是毛泽东同志经过调查研究后有感而发的。

1932年10月，毛泽东同志因病住在长汀福音医院。那日，我们走进伟人居住过的、撰写了不朽篇章的老屋。老屋十分简洁，厅堂右边墙上张贴着这篇文章的手书，其他各处都保留着农村民居的原样。

毛泽东同志十分注重民情，又善作调查研究，不管到什么地方，他都要到处走走，逢人便询问、交谈，或召开座谈会，调查了解情况，为大政方针寻求实际依据。如遇群众的一些具体问题，也着手解决。就说住房坡下那口井吧，当地称"老古井"，时常没有水。毛泽东同志就叫身边工作人员与当地群众一道，做清理疏浚，保证当地群众的用水，还叫警卫员好生看护。他自己也时不时地散步到井边，探头看看井水是否丰盈。当地群众说这是毛委员在"巡井"，在"护井"。

在汀州养病期间，毛泽东同志经常找农民谈心拉家常，深入工会、商会、合作社、公营工厂、机关等单位进行调查研究……通过调查他了解到由于当时生产水平低，国民党军事围攻、经济封锁、文化进攻、工商业资本家的破坏等，为了解决工人、农民、战士反映的各类问题，毛泽东同志专程前往汀州市苏维埃政府召开干部会议，一方面听取干部们对如何加强汀州市政府工作的意见，另一方面把群众反映的问题告诉市政府领导。他希望汀州的干部要注意经济问题，关心群众生活，切实解决群众日常生活中的种种问题。

正因有了在长汀的两个多月的调查，1934年1月，在第二次全国工农代表大会上，毛泽东同志郑重地提出：有两个问题，同志们在讨论中没有着重注意，我觉得应该提出来说一说。这两个问题，就是关心群众生活和注意工作方法的问题。

他给与会者发了两本小册子，一本是讲江西省长岗乡的，一本是讲福建省才溪乡的。毛泽东称赞这两个地方创造了第一等的工作：有群众房子被烧了，乡政府动员群众帮助建房；有群众没饭吃了，政府给米救济；扩大红军的工作，也做得十分出色……毛泽东称赞他们为"模范工作者"，同时也严厉地批评了那些官僚主义作风。结论是：真正的铜墙铁壁是什么？是群众，是千百万真心实意地拥护革命的群众。

毛泽东是把群众的生活问题同伟大的革命事业联系在一起的，从大处思考、小处着眼，把群众的生活问题解决了，就解除了人民群众的许多后顾之忧，群众就会全身心地投入战斗。

文中所讲的群众生活都是日常性的问题，但又关系到人民群众的切身利益。而这些问题的背后还蕴含着一个大问题，任何领导者、统治者都不得不考虑的问题：人心向背。在中国漫长的几千年历史中，百姓饥寒交迫，揭竿而起的事件不是偶然的。"民为重，社稷次之，君为轻""民可载舟，亦可覆舟"。

当时，毛泽东同志身处战火纷飞年代，扩大红军，建设根据地，这些事都忙不过来，还能考虑群众日常性的事情！可他思虑深远，心中牢牢地树立着一个远大的目标：建立一个新社会。他心中怀着一个崇高的宗旨：为了人民群众求翻身。因此，他时刻不忘人民的疾苦，时刻不忘引导人民闹革命求解放。这种十分重视人民群众的思想正是群众路线的先声，经过长期实践、积累、提升，成了党的事业的三大法宝之一。

毛泽东同志关注到群众生活问题，首先是站在了党的宗旨的高度：党的事业只能依靠人民群众，才能最后取得胜利，最后实现远大的目标。同时，在他的文章里又充满了哲学思辨，在形势转好的时候，他看到了问题。他与朱德带着南昌起义和秋收起义的余部在井冈山上会师，使中国共产党领导的革命事业站在了新起点、翻开了新篇章，在建立农村革命根据地、建立工农武装力量、建立工农政权的路线指引下，革命事业又红红火火地展开了。

这是很好的唯物论、辩证法，如果等到问题大了，不单是工农代表不来开会了，而是革命事业的发展受阻了，再去解决就太晚了。虽说亡羊补牢未为晚矣，但总是补牢却是大忌。

二

毛泽东同志讲的第二个问题是"注意工作方法"，他始终把革命大业同群众生活紧密地联系在一起，疏忽了哪一项都对大局有损害。

毛泽东说：我们不但要提出任务，而且要解决完成任务的方法问题。我们的任务是过河，但是没有桥或没有船就不能过……如果仅仅提出任务而不注意实行时候的工作方法，不反对官僚主义的工作方法而采取实际的具体的工作方法，不抛弃命令主义的工作方法而采取耐心说服的工作方法，那么，什么任务也是不能实现的。

这有两种含意，一是任务和方法的统一也是理论联系实际的一种表现，革命任务，不论是大任务、总目标，基本上都属于理性的概括和认识，只有贯彻下去，操作起来，让人感知了、认识了，才成为现实。二是十分强调务实精神，反对官僚主义、命令主义。而这两个"主义"在官场上、在领导工作中是很容易犯的。

1926年，毛泽东同志担任第六届广州农讲所所长期间，十分注重理论教学与社会实践的结合，他把学员分成13个组，主持拟定了租率、田赋、地主来源、主佃关系、抗租减租、农村组织状况、农民观念和民歌等36个调查项目，学员各自调研，撰写报告，形成农村及农民问题调查材料，计52种，后来出版了26种，形成《农民问题丛刊》，既传播了马克思主义理论，又宣传了共产党领导的革命思想，还提高了他们的文化水准、政策水平，使农讲所学员们得到了几代人从未有过的启发和教育，懂得自己该怎样做人，该怎样完成自己的任务。

广大群众全身心地拥护中国共产党，以主人公的姿态打天下，不论在三大战役的战地上,还是送解放军横渡长江的路上,都能看见排成长龙的一队队民工,推着小车随军辗转,为前线指战员提供后勤保障。陈毅曾十分动情地说,中国革命的胜利,是老百姓用小推车推出来的。

三

　　革命斗争的实践,使中国共产党人深深认识到,人民群众的伟大力量,深藏于人民群众中的无穷智慧,不是随意就能调动和发掘出来的,中国共产党只有紧紧依靠人民,才能发挥他们的聪明才智,才能取得自己为之不懈奋斗的伟业。

　　正因为中国共产党的宗旨非常明确而且高尚,以解放广大人民群众、为他们创建美好生活为己任,胸怀博大,眼光长远,因而在关心群众生活、执行群众路线上全党很容易达成共识。

　　1922年,党的全国第二次代表大会就通过了《组织章程决议案》,规定:"党的一切运动都必须深入到广大的群众里面去。"1925年召开的中共扩大执委会决议案中指出:"中国革命运动的将来命运,全看中国共产党会不会组织群众,引导群众。"

　　毛泽东同志自从提出了"关心群众生活,注意工作方法"以后,就一路关注军民关系,一路总结执行群众路线的经验和不足,一路不断强调执行群众路线的重要性。随着形势的发展、工作的变化,"群众路线"也不断完善成熟,内容也更加丰富。毛泽东同志在《关于领导方法的若干问题》中,从辩证唯物主义的认识论高度,阐述了"群众路线工作法",指出:在我党的一切实际工作中,凡属正确的领导,必须是从群众中来,到群众中去。这样就形成了领导者与被领导者对"群众路线"的自觉,使中国共产党的特性鲜明地彰显出来。正如毛泽东同志在《论联合政府》一文中所阐述的:我们共产党人区别于其他政党的又一个显著的标志,就是和最广大的人民群众取得最密切的联系。全心全意地为人民服务,一刻也不脱离群众;一切从人民的利益出发,而不是从个人或小集团的利益出发;向人民负责和向党的领导机关负责的一致性;这些就是我们的出发点。他还要求把"和最广大的人民群众取得最密切的联系"作为党的三大优良作风之一。

在中国共产党成为执政党以后，根据不同的形势和任务，对群众路线提出了不同的要求。1964年，毛泽东同志在谈到学习马列主义的认识论和辩证法时，再次论述了群众路线的内涵，同时论述了群众路线同马克思主义认识论的一致。从理论高度，又从理论与实践相结合的角度重申了党的群众路线对一个执政党的重要意义。

长汀县是《关心群众生活，注意工作方法》这一著作的产生地，是群众路线思想的发祥地。为了继承发扬党的优良传统，为了使老区、红色旅游区更加充实、更加丰富，长汀县委、县政府决定再建一个群众路线教育馆，使党员干部更加牢固地树立群众观点，保持清廉本色。使参观者重温这段历史，重温这一光辉思想，为实现新世纪的目标任务做出自己的努力。

有一首歌词写得好："老百姓是天，老百姓是地，老百姓是共产党的永远牵挂。老百姓是山，老百姓是海，老百姓是共产党的力量源泉。"

毛泽东在邵武

◎ 马照南

邵武是入闽重要通道，地势险固，易守难攻，为兵家必争之地，有"铁城"之称。这里是民族英雄李纲的故乡，也是富于革命传统"红旗不倒"的城市。第二次国内革命战争时期，毛泽东、朱德、周恩来、彭德怀、滕代远、聂荣臻、罗炳辉等红军最优秀的将帅云集于此。风展红旗，铁流千里，开辟出武夷山下一片红彤彤的土地。

邵武中央苏区纪念馆位于市中心，是一座别致的二层展馆。馆名采用毛泽东的磅礴字体，给人以强烈的视觉美感。纪念馆大厅塑立着毛泽东、朱德、周恩来、彭德怀雕像，他们踏着中央苏区的土地，目光坚定、亲切而温和，望着领袖塑像，崇敬庄严的感觉油然而生。纪念馆内设有中央苏区展、党史人物展、革命史展、攻城战场综合声光电模拟战场，陈列了许多珍贵的革命文物和大量历史图片，并采用声、光、电现代技术，再现了邵武中央苏区的光荣历史。我们参观纪念馆，详细观看邵武苏维埃革命斗争的历史图片资料及革命文物。随着何主任的解说，让人仿佛回到那波澜壮阔的革命年代。

联结两大苏区的纽带

第二次国内革命战争时期，邵武处于闽西苏区与闽北赣东北苏区相连接的重要地位。历史上的邵武为福建"八府之一"，隶属光泽、将乐、建宁等县，其西面是地域广阔的闽西赣南苏区。毛泽东、朱德率红四军入闽，闽西赣南红色区域不断拓展。

邵武的东面，是以崇安（今武夷山）为中心的闽北苏区。1927年中国共产党在武汉召开"八七会议"。会后即派陈昭礼等同志到闽北，成立了直属党中央的中共闽北临时特委。1928年,在闽北革命领袖徐履峻、陈耿领导下,组织建立了"民众队",成功举行以上梅为中心崇(安)浦(城)起义,开辟了以崇安为中心,横跨闽赣两省,拥有包括江西铅山等地20多万人口的苏区。闽北红军,包括民众武装达到数万人。闽北苏区在闽赣边界的崇山峻岭中树立起鲜艳的红色旗帜,成为全国最早建立的革命根据地之一。毛泽东当年高兴地指出:"今日向何方?直指武夷山下。山下,山下,风展红旗如画。"闽北景色秀丽,风展红旗如画。闽北苏区的建立,使闽北苏区、赣南闽西、赣东北三个苏区互相支持、互相呼应,从根本上改变了力量对比。

从苏区发展形势看,打通闽北苏区与闽西苏区最佳结合点是邵武。为贯彻中央"关于打通与闽西苏区的联系"的指示,闽北苏区党组织早在1930年9月就派人到邵武等地,建立起党的地方组织,发动开展武装斗争,伺机与中央苏区取得联系。中央苏区为向东发展,打通闽西苏区与闽北苏区,必须取道邵武,开辟一条战略通道。作为军事家战略家的毛泽东高瞻远瞩,在军事发展方向上始终明确"只有东方是好区域"。毛泽东在成功指挥三次"反围剿"之后,于1932年10月14日与朱德、周恩来共同制定《建黎泰战役计划》,强调红军拟出其不意占领三地,"占领泰宁的兵团,并于占领泰宁时即刻发出一个相当的兵团直趋邵武,沟通崇安红军"。毛泽东始终主张红军主力东进,打通与闽北赣东北苏区联系,壮大中央苏区。为从根本上打破蒋介石的"围剿",毛泽东还主张红军主力要跳出重围,以武夷山为中心发展,驰骋在闽浙赣皖广大区域,直至进军江沪宁,以威胁蒋介石政权。

红旗漫卷铁城

为了争夺铁城、打通两大苏区,红军与敌军展开了多次激战。一方面闽北赣东北红军从东面、东北面不断推进,中央红军向西、向南推进。从1931至1932年的两年间,红一方面军就3次攻打和进驻邵武。

1931年6月,英勇的中央红军首次攻占邵武。《福建民国日报》记载,"邵武县城本月上午5时被朱毛红军攻克。"1932年2月,红一方面军在周恩来、朱德指挥下，根据毛泽东的战略战术原则，采取"声东击西和大兵团伏击"的作战方针与敌周旋，粉碎了敌人第四次"围剿"，巩固了红一方面军东线作战所开辟的建黎泰、信抚两岸和邵光革命根据地。

1932年10月18日开始，红一方面军直属的红二十二军连克闽赣边黎川、建宁、泰宁、邵武四城，11月间又克光泽、资溪和金溪。当时，罗炳辉率部攻占了泰宁城，敌人逃向邵武。他们跑了140里，追至邵武，发现城里没有防备，立即冲杀进去，打得敌人仓皇逃窜。罗炳辉率部在一天之内，就占领了两座县城。事后，朱德总司令发电报给罗炳辉，称赞他率领的红军是"两脚骑兵"。《红色中华》报道："前线捷报传来，攻克邵武，敌退顺昌，与赣东北苏区取得联系。"

红二十二军攻克邵武，中央红军、闽北红军在邵武会师，完成了两大苏区连成一片的伟大任务，为中央苏区闽赣省的成立创造了重要条件。1932年10月25日，中央红军、闽北红军，邵武党组织在邵武城区宝严寺召开大会，成立邵（武）光（泽）县革命委员会。

在这期间，中央红军多次进驻邵武。1932年12月13日，毛泽东、周恩来、朱德、刘少奇、邓子恢、邓发、项英等领导率红军主力3万余人，营宿沿山乡古山3天，在何大金家设立临时指挥部。红军不断开创苏区，支持邵武党组织建立基层苏维埃政权，先后建立了邵武特区苏维埃政府、邵武县苏维埃政府。同时组织人员到水北、屯上、拿口、沿山等地组建区、乡苏维埃政府。得到解放的邵武城乡人民欢欣鼓舞，各地农村分田分地真忙。此后，邵武共建立了16个区苏维埃政府，占邵武总面积87%。

1933年4月26日，中华苏维埃共和国中央人民委员会第40次常会决定成立闽赣省，并决定将邵武、光泽、闽北苏区等划入闽赣省管辖。至此，邵武正式成为中央苏区闽赣省的主要组成部分。

邵武地位重要，成为中央苏区的意义重大。1933年11月30日，王明向共产国际汇报工作时，特别提到红军在战争胜利中，占领了七十六个县和三个府。在三个府中，第一个提到的就是福建的邵武府。

路隘林深苔滑

为深入调研邵武苏区情况，我们到革命遗址集中的金坑乡和毛泽东等老一辈革命家走过的沿山乡古山村参观。

金坑乡位于闽赣交界的一块小盆地，四周群峰耸立，景色清秀。这个因历史上盛产黄金而得名的小镇，西北面是著名的闽赣边界的黄土关。金坑保留众多的古屋古街古桥，同时又保留了众多红色遗址。我们在街上漫步，经过许多集中连片明清古民居，儒林郎、九阶厅，飞檐画栋，非常精美。古街古屋上随处可见红军标语。据说这类古民居达130多幢，红军标语100多条。近年，金坑入选全国红色旅游经典景区第一批名录、第三批中国传统村落，获国家级生态乡镇等称号。金坑乡投入数千万元资金保护红色文化，开发红色旅游资源。先后完成了红军桥、红军指挥部旧址、金坑区苏维埃政府旧址等红色遗迹修缮和配套基础设施建设，打造成很有特色的全国红色旅游经典景区。如今，这片历史悠久、人文荟萃的红土地，逐渐成为革命传统教育基地，也是休闲养生的旅游胜地。

据介绍，1932年12月13日，毛泽东、彭德怀率红三军团取道黎川中站、毛家隘，经金坑到沿山。我们继续追寻当年毛泽东和红军的路线，离开金坑，沿着大山深处弯弯曲曲的山区公路驱车前行。山区公路依然窄小，车窗外是延绵不断的高山，郁郁葱葱的森林，还有时隐时现的小村庄。公路是新中国成立后修的，当年红军经常沿着这条小道活动。在这样的小道上回味毛泽东的《如梦令·元旦》"路隘林深苔滑"的意境，给人以新的感受。

经过一个多小时的颠簸，我们来到古山村。古山村紧邻沿山镇，地势比较平坦。屋舍俨然，尤其是大樟树多，树干挺拔、树冠如云。这些受保护的古树都有一小块标志，仔细看树龄有标400年、500年的。我们来到古山街65号，这是一座闽北古民居，大门外是高高的围墙，开门的是一位老人。老人热情地让我们进了大门。大门口悬挂着"红一方面军古山司令部旧址"的长牌子，白底红字，十分显目。另一边则挂着"五古丰登"示范点（红军司令部），是红底黄字的方形牌子。这是为保护文物而设的标志。前厅的墙上，张贴着当年红军活动情况的图画。1932年12月13—17日，毛泽东在此居住，与周恩来、朱德一起领导开展军事整顿。何顺春老人，今年82岁，他说当年接待毛泽东的是他的家人和哥哥何治金。他和何治金等当年接待了一批批中央、省、市党史办研究室领导和专家，经过反复论证并确认，毛泽东、周恩来、朱德等的行动，与《中国工农红军第一方面军史》及《大事记》《周恩来选集》的有关记载吻合。

古山村所在的沿山乡是邵武县苏维埃政府下辖的16个乡之一。中央红军驻沿山期间，帮助建立了苏维埃政权，开展打土豪济贫困和扩征运动。一大批有志青年志愿参加红军。原北海舰队副政委、少将杜西书就是1932年在古山参加红军的。据统计，第二次国内革命战争期间，邵武3000多名青年志愿参加红军。许多同志在保卫中央苏区和长征路上光荣牺牲，为中国革命事业作出不可磨灭的贡献。

艰苦卓绝迎曙光

中央红军长征后，邵武苏区成为敌人"清剿"的重点。国民党反动派调集10万大军，四面围攻闽北苏区。在黄道同志的领导下，闽北坚持艰苦卓绝的三年游击战争。中央红军七军团第二十一师师长黄立贵，在邵武战斗时间长达七年并在邵武壮烈牺牲。邵武第一个中共党组织领导人谢细崽、邵光县革命委员会主席周保龙、邵武县苏维埃政府主席朱祥辉、邵武独立团团长马祥兴等苏区骨干及无数苏区英烈，在邵武红土地上献出了宝贵生命。邵武苏区有300多个村庄被毁灭，3000多栋（1万间）房屋被毁，有确切姓名可查的就有1000多名英雄儿女壮烈牺牲。

邵武红军游击队为新四军建立做出重大贡献。闽北红军游击队1500余人，其中邵光挺进队300多人，被改编为国民革命军陆军新编第四军第三支队第五团队，饶守坤为团队长，1938年1月在崇安长涧源集中，后奔赴皖南抗日前线。新四军第一次大胜仗是三支队五团的"繁昌之战"。"铁军"军长叶挺对五团很满意，赞扬说"五团基本是闽赣边过来的老红军战士，是很强烈的骨干"。在皖南事变中，五团为了保卫军部，一直战斗到最后，绝大部分将士壮烈牺牲。

邵武在抗日战争、解放战争时期成为党在南方的重要战略支点。福建省委1939年9月到1942年先在邵武建阳县交界的太阳山举办了4期干部训练班，武夷干校，共培训200多名党员干部。当时，闽北党组织创造的"武装退却，合法与武装斗争结合，反特务斗争"被中央肯定为"三大创造"。1949年，邵武各游击武装积极策应大军解放。邵武人民以自己的牺牲精神，始终保持了中央苏区的光荣传统，赢得了"红旗不倒"的光荣称誉。

峥嵘岁月，光耀史册
——漳平红色足迹回望

◎ 林思翔

漳平地处福建中南部，地理位置特殊。境内山岭耸峙，河道密布，水量充沛，林木蓊郁。方圆近 3000 平方千米的土地，仅县城一带地势稍为平缓，"邑居漳水上流，千山之中，此地独平"，古代官员大概仅在城里转了一下，便取此县名。其实漳平是"九山半水半分田"，广袤的丘陵山地，不仅盛产山货、资源丰富，也是当年打游击的好地方，为开创和发展革命根据地提供了极为宽阔的战略回旋余地。早在土地革命时期，漳平就是闽西中央苏区的重要组成部分。从 20 世纪 20 年代到新中国成立，漳平人民在党的领导下，前仆后继，不怕牺牲，坚持斗争，浴血奋战，留下了一路闪光的红色足迹。

红色沃土，孕育火种

漳平是闽西南最早发展共产党员的地区之一。1919 年，漳平人郑超麟赴法国勤工俭学，追求马列真理。1922 年，郑超麟与周恩来、赵世炎等留法学生共同发起成立"旅欧中国少年共产党"。1924 年，郑超麟在莫斯科加入中国共产党组织，成为闽西南最早的共产党员之一。1924 年 9 月，郑超麟回国后，历任中共中央宣传部秘书、中共湖北省委宣传部部长等职，出席中共五大和八七会议，翻译《共产主义 ABC》，与瞿秋白等人一起编辑中央机关刊物《布尔什维克》，为马克思主义在中国的传播发挥重要作用。

漳平本土孕育的革命火种也在点燃。1924 年至 1927 年第一次国共合作期间，漳平籍中国共产党党员陈国华、林仲堪、陈文成、陈天枢、陈尚益、陈福庆等人积极开展工农运动，并促成漳平县实现第一次国共合作。1925年10月，永福中学进步教员林仲堪、陈文成发起成立漳平县农民运动委员会，同时成立农民夜校，组织农协会员学文化、学武术、学革命道理，培养了一批农民骨干分子。随着会员的扩展，1926年春，漳平县农民协会成立大会正式召开，与会者达2000多人。同月，漳平县工会、县妇女部也相继成立。这些群众组织因势利导，有效地开展"二五"减租、反对苛捐杂税的斗争，在民众中播撒革命火种。工农运动出现方兴未艾的势头。

当然，革命不可能一帆风顺，有斗争就会有牺牲。陈国华就是这一时期涌现出来的为革命视死如归的优秀共产党员。1904年出生于漳平中甲上郭畲村的陈国华，在龙岩省立九中读书期间参加了同学邓子恢创办的"奇山书社"，为进步刊物《岩声》撰稿，后考入集美师范部，与进步学生一道出版刊物、宣传国民革命、揭露军阀的黑暗统治，并加入国民党左派组织。1925年秋，国民革命军东征时，陈国华毅然走出校门，投身火热的革命斗争中。

陈国华的革命活动引起了反动县长的不满，曾遭逮捕，后因各界公愤，示威游行，方被释放。1927年1月，经郭滴人等介绍，陈国华加入中国共产党，成为中共龙岩总支的一名党员，根据党组织安排，他回到漳平担任国民党县党部（左派）秘书。

1927年"四一二"后，白色恐怖笼罩大地，陈国华在漳平再次被捕。在狱中，国民党右派对他威胁利诱，"劝导"他放弃马克思主义，遭到陈国华拒绝，后因组织营救出狱。出狱那天，1000多工农群众夹道欢呼，陈国华感动得热泪盈眶。随后他又与邓子恢、郭滴人等一起深入各地，开展党的工作。1928年3月，龙岩爆发后田暴动后，敌人派暗探盯梢陈国华，他第三次被捕。殉难时，陈国华年仅24岁。漳平大地传唱着《漳平出了个陈国华》的歌谣："深坑砍竹好做箩，漳平出个陈国华；领导工农闹革命，推翻地主和军阀。山上羊角开红花，铮铮铁骨陈国华；为咱穷人谋幸福，工农暴动保伊出。"邓子恢同志称陈国华是"贫贱不能移，富贵不能淫、威武不能屈的人民英雄"！

革命不会因挫折和牺牲而停步。从1927年冬至1929年8月，漳平境内共产党员在上级党组织的领导下，实现了完全抛弃"左派国民党"的旗帜、坚决亮出苏维埃红旗的重大转折。1928年2月，三县交界的岩漳龙赤卫队成立，成为漳平境内第一支地方工农武装。与此同时，邓子恢、郭滴人来到永福，在龙车村头溪坂林游氏宗祠直接领导建立了漳平第一个地方党组织——中共郎（龙）车支部，游祖辉任书记，隶属中共闽西临时特委直接领导。同时，中共龙车支部组建龙车赤卫队（漳平第三中队），陈世鉴任队长，队员63人。这支由农会人员组成的武装，参加了闽西红军和各县赤卫队联合攻打龙岩城的战斗。1929年，永福相继建立了永福总区苏与东河区、南河区、北河区等各区苏维埃政府和赤卫队，漳平第一块红色区域雏形初步形成。5月，永福总区苏组织3000民众的盛大游行，成为酝酿革命暴动的大胆尝试。至此，革命火种已然点燃，漳平的革命斗争开始了基层红色政权建设道路的艰难探索。

出击闽中，星火燎原

红四军二次入闽、三打龙岩的节节胜利，震动了远近。国民党当局调集闽粤赣三省两万多兵力，对闽西苏区和红四军实行"会剿"。1929年6月29日，蒋介石下令委托赣军金汉鼎为三省"会剿"总指挥，以赣省为主力，闽粤为堵截。7月中旬以后，参与三省"会剿"的国民党军队相继向闽西推进。

7月29日，红四军前委决定兵分两路，一路留在闽西与敌周旋；一路由军长朱德率第二、三纵队和军部出击闽中，从外线打破敌三省"会剿"。8月4日，朱德指挥红四军第二、三纵队，攻占宁洋县城（今漳平双洋镇），在城内住了三天，他们做了三件事：一是张贴标语和布告，召开群众大会，宣讲红军的宗旨和工农革命的道理。朱德在大会上演讲，号召广大工农群众起来闹革命；二是打击当地3个土豪，没收了他们的粮食和其他财物，分给贫苦群众；三是烧毁国民党宁洋县的衙门，处决了从连城押来的两个土豪劣绅。

8月7日，朱德率第二、三纵队离开宁洋县城，沿双溪南下。在过罗溪渡口时，朱德亲临前沿阵地，指挥部队一举击溃守敌，乘胜追击，于第二天进入漳平，消灭了当地民团和张贞的一个营。

朱德在漳平召开了群众大会，号召工农群众起来跟着共产党闹革命，打土豪分田地。他还召集手工业工人和农民代表，进行调查研究，组织了漳平县工会和农民协会，红军前委朱德、刘安恭主持成立的中共漳平支部（书记郭日辉）积极吸收城关及附近乡村的工农群众加入党组织，进一步壮大党组织力量。8月中旬，红四军战士、赤卫队员和贫苦群众500多人在西园乡钟秀村"彰福堂"召开漳平县城防第一赤卫队成立大会，朱德亲临会场，宣传革命思想。在漳平开展革命活动12天后，红四军前委决定跳出外线，出击闽中。

闽中，是福建土著军阀卢兴邦的地盘。他依仗人多枪多，霸占闽中、闽北和闽西20多个县，同国民党福建省政府主席杨树庄分庭抗礼。当红四军入闽时，他的部队据守在各个县城里，以逸待劳。红四军围攻大田县城不克，遂转入永春、福鼎一带。

这时，闽中、闽西的形势对红军都不利，加上盛暑高温，病员急增。国民党当局调兵向红军进攻，闽西特委也要求红军前委"调四军回闽西，在漳平一带工作"。8月28日，红军回师到漳平境内，在象湖镇杨美、半华等村驻宿。次日拂晓，红四军以当地农民为向导，从打鼓岭突袭溪南圩，全歼尾随其后的张贞部张汝勋旅一个团，击毙敌团副1名，歼敌200余人，缴获大批枪支弹药，史称溪南突袭战，成为红四军入闽后著名的七大战斗之一。"风声所播，遐迩震惊"。红军乘胜前进，第二次攻占漳平城，又消灭张汝勋一个团，俘战一百多人，缴获一部分军用物资。

9月1日，朱德率红四军追击残敌，攻占永福。永福地势高峻、重峦叠嶂，是西进龙岩，南下华安、漳州，北上漳平的交通要冲。进入永福后，朱德召开工农群众大会，亲自领导重建永福总区苏维埃政府，选举陈锡容为主席，并统筹部署龙车暴动事宜。9月2日，龙车村600多名暴动队员手执大刀、长矛、鸟铳等冲向国民党乡公所。龙岩红军武装排，黄坑、适中赤卫队等200多人火速赶到，与暴动队员夹攻乡公所反动民团。龙车暴动一举成功，揭开了漳平工农武装暴动的帷幕。随即建立乡苏维埃政府。100多名永福青壮年参加红军。红四军在永福驻营5天后，朱德率部重占龙岩，形成了"张贞已败，赣军不来，陈惟远只得回去"

的大好局面,从而打破了闽粤赣国民党军队的三省"会剿"。

朱德率领红四军第二、三纵队和军部出击闽中,在漳平一带活动28天,足迹遍及13个乡镇100余个村庄。红军既是战斗队,又是宣传队,极大地促进了漳平各乡村土地革命斗争的掀起,为漳平革命根据地的形成起了积极的推动作用。在红四军节节胜利的鼓舞下,许多乡村举行武装暴动,建立苏维埃政权。1929年9月,红四军留派干部邓克明、胡阿泗带领120余名龙车赤卫队队员击退官田、永福两股反动团匪200余人的联合反扑,巩固了苏维埃政权。随后龙车赤卫队122人整编为闽西红军五十五团第三中队,成立了以邓克明为书记的中共永福区委和以陈春芳为主席的龙车区苏维埃政府。赤水等地赤卫队也相继成立。至此,漳平境内北部、中部、南部三大红色区域日臻巩固,并相互影响,相互渗透,形成燎原之势,漳平革命根据地初步形成。

革命烽火,延绵不绝

漳平革命根据地的形成和发展,不仅动摇了国民党在闽西东南部的统治,而且引起了闽中、闽南邻近诸县反动势力的极度恐慌。1930年7月,闽南悍匪詹方珍部侵占永福,威胁龙岩。红二十一军军长胡少海率部2000多人分二路夹击詹方珍匪部,扫清永福圩外围据点。胡少海军长不幸腹部中弹,壮烈牺牲,年仅32岁。

面对国民党反动势力的疯狂反扑,中共闽西特委决定集中力量,建立和健全漳平一带党组织和群众组织。1930年8月成立的中共漳平特区委,在城关和邻近乡村坚持分散隐蔽的革命活动,领导开展游击战争。1932年4月,毛泽东、聂荣臻、罗荣桓等率领红军东路军2万余人从龙岩南下挺进漳州。漳平党组织和苏维埃政府,紧急动员,掀起拥军支前热潮。漳平第一支"红色娘子军"——南福区妇女游击队在永福元沙村万善庵成立,张瑞娘为队长,林金銮为副队长,成为漳平反"围剿"武装斗争的一支生力军。

1932年夏,国民党发动对中央苏区第四次"围剿",向漳平重兵推进,南福区游击队采取突袭战术,牵制打击敌人。翌年春,随着游击队的壮大，在永福与南靖之间建立了一条地下交通线，联系起沿线50多个自然村的游击队和交通站（点），共同牵制敌人，使闽西东南边沿根据地斗争出现新的局面。

1934年春，在中央主力红军第五次反"围剿"的关键时刻，中国工农红军独立第八团、第九团，挺进中央苏区东线，开展远殖游击战争。红八团的具体任务是挺进到漳（州）龙（岩）公路两侧，破坏敌人的交通运输。红九团则挺进到（龙）岩连（城）宁（洋）地区，破坏漳（平）宁（洋）敌人的筑路计划。两团相互呼应，共同牵制东线敌军向中央苏区核心地域进犯。在漳平地方党组织和游击队伍的配合下，红八团、红九团采取灵活机智的游击战术，在漳平境内与敌激战，阻击前来"围剿"的国民党军队，分别扼守控制从福建东边通往中央苏区的交通要道。漳平实际上成了闽西苏区第五次反"围剿"的前沿阵地之一，红八团、红九团不仅出色地完成了任务，而且开辟了大片游击根据地，客观上有力配合了中央主力红军的战略大转移，并为坚持闽西南三年游击战争夯实坚固的基础。

1934年10月，中央苏区主力红军长征后，岩连宁和岩南漳这两块地区全面开展反"清剿"游击战争。漳平境内以永福、双洋为中心，南北呼应，同数十倍于我的国民党军队和地方反动团匪展开殊死搏斗，有效地粉碎了敌人的"清剿"，漳平成为坚持闽西南三年游击战争的中心游击区域之一。这期间漳平游击武装在谭震林、邓子恢、魏金水等领导下，曾经历了铁鸡岭战斗、官田梅营激战、过坑伏击战、朝天岭伏击战、安坑伏击战和石寮包围战等，有效地打击了敌人，缴获了一批军用物资，还创办了石寮红军医院。在对敌斗争中，我方也付出了惨重代价。红八团政委邱织云在战斗中壮烈牺牲。为保卫岩南漳县军政委留守处和中共南福区委领导，南福区妇女游击队30多名指战员顽强抵抗前来包围的敌人，从队长、指导员到队员绝大多数光荣牺牲。龙车区被杀害的苏区干部达10余人，被抓去服苦役的群众有100多人，下落不明40多人，被毁坏房屋520多间，被抢走耕牛100余头。四旺村有20多户人家因拒绝"移民并村"被敌灭绝。水尾村40多人因所谓"通匪连坐"被敌杀害，连未满月的婴儿也未能幸免于难。敌人的血腥暴行，并没有使漳平人民屈服。1938年3月，坚持游击战的80余名漳平籍红军战士，整编加入新四军第二支队，奔赴苏皖抗日前线。

抗日战争时期，漳平地方党组织和武装力量，根据党中央抗日民族统一战线的方针，在坚持开展独立自主的抗日反顽运动中，不断壮大和成熟。抗战时期，奔赴苏皖抗日前线的漳平籍红军英勇顽强，斗志昂扬。绝大部分在1941年1月的皖南事变中为国捐躯，涌现出了刘新志、陈三婴等一批抗日英雄。老红军陈开路亲历平型关大捷、百团大战等著名战役，历任八路军115师独立团营长、平西六团参谋长、晋察冀四分区三十六团团长等职，立下赫赫战功。在国民党军队服役的俞福全、廖光春等十多名漳平籍爱国官兵也共赴国难，在抗日前线阵亡。

抗战胜利后，漳平地方党组织根据党中央七大精神，开展武装解放和统战工作，争取国民党军政人员起义，配合南下大军解放漳平全境。1949年夏秋，漳平、宁洋（后并入漳平）解放，标志着漳平新民主主义革命取得了重大胜利。从土地革命到新中国成立前夕，漳平的革命烽火延绵不绝，赢得了"红旗不倒"的赞誉。

红军精神，长留斯地

漳平是块孕育革命火种的地方，也是一片红军活动活跃的地方，特别是朱德率部来漳，极大地推动了漳平的革命形势向前发展。红军在这里不仅打击敌人，保护人民，创立革命根据地，还留下了极为可贵的红军精神。

漳平人民敬重的陈国华、张瑞娘、林金銮等英勇奋战、不怕牺牲的英雄人物影响了几代人。同样的，看来并不起眼的一些"小事"也会给社会带来深远的影响。朱德率部向大田进军时，进驻杨美村休整。那时老百姓"谈兵色变"，红军还未进村，乡亲们就纷纷逃避村外。为了购买粮食，战士们跑遍了全村，在一间阴暗的屋里仅寻到一位身残体弱的老汉苏观泗。老人吓得只是摇摇头，什么话也不说。这时朱德微笑着走进来，耐心地向老人家解释红军是专门打土豪劣绅的队伍，宣传红军买卖公平的纪律，并请老人帮忙购粮。老人这才松了一口气，高兴地带着红军战士来到他的堂弟苏和家中购米。红军战士秤购了 26 斤大米，并请苏观泗老人转交米款两元大洋，但老人说什么也不肯收。"老人家，收下吧，红军是穷人的队伍，不拿群众一针一线。"老人这才收下。如今的杨美村建起了红军出击闽中纪念馆，修复了红四军前敌委员会旧址（达道堂），高高耸立的朱德元帅塑像和古老的"荣福堂"，让人心生敬仰。红军精神犹如感化溪轻轻流淌，浸润着这片土地，荡漾在人们的心头。

理想信念，绝命坚守

◎ 林爱枝

长征期间，为中央红军担任后卫的红34师六千多官兵，一部分是闽西子弟，一部分为赣南子弟，在湘江一战中几近全军覆灭。以往，不论是坊间传闻，还是党史（包括地方党史）都没有很好地记载，6000多英雄官兵呀，他们被历史埋没了几十年！

长征有四个出发地：江西的于都、瑞金，福建的长汀、宁化。闽西根据地是最早开辟的，是中央第一个苏区、第一个红色政权所在地。当时苏区有一首民歌唱道：最后一尺布用来做军衣，最后一把米用来做军粮，最后一块老棉袄盖在担架上，最后的亲骨肉送他上战场。听来心旌摇荡、催人泪下，苏区的百姓挚爱自己的子弟兵——工农红军！倾其所有，送子弟兵出征！

长征，在闽西苏区是一阕壮美的史诗，从第五次反"围剿"就开始抒写了。

首先是松毛岭战役。松毛岭是中央苏区的屏障，也是红军长征的起始点。这个战役有两个战场，前战场在温坊，后战场在松毛岭，由朱德亲自部署指挥，遵循了积极防御原则，红军主力在运动中寻找敌人弱点，各个击破，有效杀伤敌人，是中央红军在第五次反"围剿"中获得的唯一胜利。

在反"围剿"中，中央苏区东线告急，刘少奇临危受命，担任了福建省委书记，领导闽西苏区军民奋力抵抗敌人的进攻。期间，他布置了各项工作，包括精编工作人员，广泛动员扩红，坚持生产、支援前线，还发动开展节约粮食活动。在苏区，各部门都开展了"节约一餐饭"活动，后方节俭，前方充实。这为遵义会议的顺利召开做了很好的筹备。

主力红军长征后，留在闽西的中央层面的领导中，瞿秋白被杀，何叔衡自尽，他们的生命任何时候都是轰轰烈烈的！张鼎丞、邓子恢和谭震林也奉命留守闽西，带领红军在龙岩、上杭、长汀等12个县的广大地域上与敌周旋，尽最大能耐巩固根据地，保守革命力量。

3年游击战争中，也锻炼成长了一批干部，如邱金声、邱织云、吴胜、方方等，他们都是团长、政委，在前方带兵杀敌。所以说，3年游击战争在党和红军历史上书写了极其浓重的一笔，其光芒足以彪炳史册。

南方游击战争，随着陈毅诗作《梅岭三章》的发表，更为世人知晓：

断头今日意如何，创业艰难百战多。

此去泉台招旧部，旌旗十万斩阎罗。

字字激越，句句壮怀，将军豪气，永久回荡！

闽西老区20年红旗不倒，一直高擎到中华人民共和国成立！这里走出了千千万万的共和国士兵、将军、元勋，仅在册的烈士就有24151人！

当年的龙岩县（今新罗区）是中央苏区县、红军的故乡，在龙岩县打响了福建武装暴动第一枪，是全国较早创建红军的地方。后田暴动后，成立了闽西第一支红色游击队，使闽西革命从此走上了武装斗争阶段。邓子恢、郭滴人在后田暴动后，即领导土地革命，成为"土地革命之先声。"

毛泽东、朱德、陈毅等都在龙岩开展过革命活动。长征开始了，新罗儿女有3000多人踏上征途，从前锋开路到后卫阻击，从政工宣传到后勤救护，血战湘江，强渡乌江，爬雪山，过草地，都有他们不屈的身影，抒写了气壮山河的壮丽史诗，涌现出了一批可歌可泣的英雄人物：罗元发，时任红军团政委，新中国成立后被授予大校军衔；邱金发，长征时是杨成武领导的红四团的一个连指导员，新中国成立后被授予大校军衔；王金珍，通讯干部，新中国成立后任南海舰队副司令员、少将军衔；黄椿梅，长征中参加掩护最后一支部队过湘江的战斗，如今被评为革命"五老"人员；还有郭滴人、陈明、张仰、谢小梅等长征的参与者，对中国革命的胜利做出了他们各自的贡献。

以闽西子弟为主的红军34师中也有众多新罗子弟。不朽的红军犹如神兵天将，他们不怕牺牲，浴血奋战，奋力前进，经新圩、古岭头、界首、脚山铺、咸水等无数次战斗，阻击了数十倍于自己的优势之敌。34

师豪气犹存,信念盈胸,振奋精神,背水一战。经过湘江战役,中央红军从8万多人锐减到3万多人,而34师几乎全军殉职。

记得20世纪60年代我初在北京看过几次《长征组歌》的演出,从中深深体会到长征路上难以言状的艰难困苦。长征不啻开天辟地、从未有过的故事,走过二万五千里,经11个省份,翻越18座大山,抢渡24条大河,红军走了一年,到达陕北吴起镇。

毛泽东与红军官兵一起,爬雪山、过草地,吃尽千般苦,历尽万般难。但他是乐观主义者,意志坚如磐石,一路赋诗填词,抒怀自己,鼓舞大家。尤其是《七律·长征》:

> 红军不怕远征难,万水千山只等闲。
> 五岭逶迤腾细浪,乌蒙磅礴走泥丸。
> 金沙水拍云崖暖,大渡桥横铁索寒。
> 更喜岷山千里雪,三军过后尽开颜。

诗人以极其豪迈的胸怀,以极其凝练的语言,抒发了十分高亢的情怀,以现实主义和浪漫主义相结合的手法,把这支不畏艰险、不怕牺牲,胸怀崇高理想和信念的雄狮夸耀到了极致。他还说:长征是宣言书,长征是宣传队,长征是播种机。到达陕北不久,毛泽东专门致信、致电红一方面军参加过长征的同志:现因进行国际宣传及在国内和国外进行大规模的募捐运动,需要出版《长征记》,所以特发起集体创作,各人就自己所经过的战斗、行军、地方及部队工作,择其精彩有趣的写上若干片段。文字只求清通达意,不求钻研深奥,写上一段即是为红军作了募捐宣传,为红军扩大了国际影响。

那些爬雪山、过草地的红军英雄,纷纷执笔书写,共收集了100多篇文章,经整理编辑后,以《红军长征记》为书名出版,为万里长征首次存史,具有独特的历史价值。

伟大长征精神,就是把全国人民和中华民族的根本利益看得高于一切,坚定革命的理想和信念,坚信正义事业必须胜利的精神;就是为了救国救民,不怕任务艰难险阻,不惜付出一切牺牲的精神;就是坚持独立自主、实事求是，一切从实际出发的精神；就是顾全大局、严守纪律、紧密团结的精神；就是紧紧依靠人民群众，同人民群众生死相依、患难与共、艰苦奋斗的精神。

今天，我们已经"走到再光辉的未来"，为了"不能忘记走过的过去"。6000多名闽西、赣南子弟呀！他们高尚的情操，笃定的信仰，异乎寻常的勇敢，不怕困难，坚忍不拔，唯有倍加点赞他们！发扬他们用鲜血与生命凝铸的精神！

长征，从这里出发

◎ 章武

一个人，一个大写的人，一个顶天立地的人，一个像钢铁、像岩石一般坚强的巨人！他，高高挺立在宁化县县城南端入口处的广场之上，挺立在中国革命光荣的史册之上，供千秋万代后人所瞻仰。

这座广场，这座占地8000平方米的广场，全称为"宁化县红军长征出发集结地纪念广场"。

这座纪念碑，这座高达23.68米的"人"字形纪念碑，就屹立在广场的正中央。

四根方形的冲天大柱，以钢筋混凝土和黑色大理石的最佳组合，以其铮铮铁骨、凛凛风姿，从东西南北四个方向略带倾斜地升向高空，并在顶端会合处，共同擎起一个巨大的红五星。由于视角上的原因，任何观众从任何方向前来瞻仰，都只能望见四根大石柱中的两根，紧紧倚靠成一个巨大的"人"字。

今天，我就站在这位巨人的脚下。抬头仰望：蓝天，白云，红五星。在初冬的暖阳下，巨人头顶的红五星，闪闪发光，显得特别耀眼。

这座广场、这座纪念碑，建于2005年，时值中央红军长征胜利70周年。为纪念中国历史上的这一光辉节日、人类历史上的这一伟大奇迹，宁化县人民政府邀请广州美术学院的专家进行整体设计，并在"山海协作"方晋江市的大力支持下，在县城的南大门，在奔流不息的翠江之畔一举建成。其中，四根冲天大柱，喻指当年中央主力红军长征时在全国的四个起点县，它们分别是：福建的宁化、长汀；江西的瑞金、于都。碑顶的红五星，则是当年中国工农红军的军徽。

显然，我头顶上的这位巨人，正是一位头戴红军军帽的战士。他，正是从这里，从誉称"中央苏区乌克兰"的红色土地上，踏出两万五千里漫漫长征路上的第一步。

我绕着纪念碑环行一圈。碑下，既有言简意赅、朗朗上口的碑文，也有精雕细刻、栩栩如生的人物群雕，再现当年宁化儿女踊跃参加红军长征、一往无前献身革命的动人场景。这组铜铸的人物群雕，高8米、宽6米，由厦门大学艺术公司承制。这时，我听见近旁传来潺潺的流水声。那是翠江的一条支流，从广场的中央，从红军巨人的脚下穿过。

水声潺潺，岁月悠悠。1933年10月，国民党反动军队对中央苏区发动大规模的第五次军事"围剿"。以王明"左"倾冒险主义为代表的党中央反对毛泽东"诱敌深入"的战略方针，命令红军全线出击，结果屡遭重创，导致红军数量急剧减少、根据地日益缩小、斗争形势越来越严峻。到了1934年9月，历时一年的第五次反"围剿"斗争终于失败。原中央苏区的21个县，至此仅剩下赣南的瑞金、兴国、于都、宁都、会昌、石城和闽西的宁化、长汀等8个县。

在此险恶的形势下，我军被迫实行战略大转移。10月6日，中革军委向驻守宁化的中央红军各主力部队发出3封密电，命令其将防务移交地方红军和游击队。当时，驻守宁化的红军共有1.4万人，占中央主力红军总兵力的百分之十六强。其中，红三军团第四师及军团医院驻守淮土凤凰山，少共国际师一个团与军委直属炮兵营驻守淮阳、隘门，红九军团后方机关驻守上下曹及滑石一带。接到命令后，他们分别从驻地出发，或取道石城，或取道长汀，向江西的瑞金、于都方向集结。从10月16日开始，中央主力红军总共8.6万余人，先后渡过于都河向西突围，突破敌人的第一道封锁线，撤离了中央苏区，开始了举世闻名的两万五千里长征。

当年，作为"中央苏区乌克兰"的宁化县，全县人口只有13万，先后报名参加红军的就有一万三千人，几乎占全县人口的十分之一、全县青壮年中的近一半。其中，在家乡宁化就地入编驻军，并随军出发参加长征的，就有三千多宁化子弟兵。他们有的在红三军团的第四师，有的则刚由原福建省军区独立第七师改编成红五军团第三十四师。

军情十万火急，告别家乡和亲人的日子突然逼到眼前。许多戴着草帽、穿着草鞋，刚刚放下锄头，刚刚穿上军装、拿起步枪的宁化儿郎，就背上父老乡亲们为他们准备的军粮，匆匆踏上征程。他们，有的甚至还来不及通知年迈的父母双亲，来不及吻别恩爱的妻子和襁褓中的婴儿，就以急行军速度撤离苏区；他们，只能怀着依依不舍的深情，向家乡的层层梯田、缕缕炊烟挥手告别………

其实，对于他们中的绝大多数人来说，这一去，不是告别，而是永别、诀别，是人世间最悲壮的生死之别。因为，正是他们所在的红三军团第四师、红五军团的第三十四师，在长征途中担任全军最艰巨的前卫和后卫任务。他们，在敌人的重重包围之中浴血奋战，不惜用自己年轻的骨肉之躯，为全军的突围铺垫出唯一的一条生路。

湘江，黑雾浓浓的湘江，恶浪滔滔的湘江，战火煮沸的湘江，鲜血染红的湘江！

1934年11月底至12月初，就在红军从宁化出发短短一个多月之后，爆发于广西、湖南两省交界处的湘江之战，是红军长征途中历时最长、规模最大、战斗最激烈、损失最惨重的一战。这一战，红军在三十万敌军的重重包围下，虽然强行西渡湘江，撕开了敌人的第四道封锁线，粉碎了蒋介石聚歼红军于湘江东岸的企图，也带来极为惨重的损失，战役结束时，全军人数从长征出发时的8万多人，锐减至3万多人。

其时，奉命留守湘江东岸，为全军担任殿后掩护任务的，是红五军团第三十四师，全师指战员5000多人，绝大多数为包括宁化在内的闽西籍子弟兵，其中的一个团几乎全都是宁化人。他们以一个师的兵力，英勇狙击，殊死血战，打退强敌的无数次疯狂进攻，为主力红军争取了宝贵的过江时间。但完成狙击任务后，湘江两岸的所有渡口、所有船只已完全被敌人封锁、控制。渡江无望，他们只好返身孤军苦战。此时，东岸到处都是敌人的桂军、湘军、中央军及广西民团。面对敌军的重重包围，红三十四师在师长陈树湘的带领下，一次次突围受阻，一次次惨遭伏击，一批批战友倒了下去，又一批批战友站了起来，一路砍杀，一路牺牲，直到弹尽粮绝，全师覆没！

惊天动地、可歌可泣的湘江之战，当千军万马混战之时，飞机大炮轰炸之际，血染湘江的许多红军指战员甚至没有留下姓名，因此，有关他们英勇战斗、壮烈牺牲的种种细节，也大多淹没在时间的长河和历史的云烟之中。

然而，党和人民没有忘记他们，共和国没有忘记他们！今天，我们仍然可以从各地红军墓的墓碑上，从各处纪念馆所搜集到的革命文物中，从亲历长征全过程的老红军们所口述或所撰写的回忆录里，寻找到他们的踪迹，想象他们当年血战的惨烈以及在数十万敌军围追堵截之中孤军奋战的无私无畏与英勇顽强。

前些年，在中央电视台热播的电视连续剧《长征》中，还有这样令人难忘的镜头：当被排挤的毛泽东带病随军长征，挤在红军队伍中时，好不容易从摇摇晃晃的木桥上横渡湘江，暂时驻足西岸，回望后续部队的渡河情况。当他听到红三十四师被敌军团团围困在湘江东岸无法突围过江时，只能孤军死战，很可能全军覆没时，他脸色陡变，无比痛心地反复叨念："我的三十四师啊，我的三十四师！"

虽是文艺作品，但忧心如焚的毛泽东所念出的这一段词，却表达了红军全体指战员对英雄三十四师的无限痛惜之情。

没有宁化子弟兵在湘江战役中的巨大牺牲，长征的历史有可能要重新书写。曾在湘江之战中幸免于难的开国将军韩伟，也在他晚年的回忆录中深情地说："如果没有湘江战役，如果红三十四师能到达陕北，那全国闻名的将军县就不单只有湖北的红安县了……"

然而，历史就是历史，它再沉重，再严酷，再令人遗憾，再令人痛心，也无法改变，无法重写。好在宁化儿女为红军长征、为革命胜利、为共和国创立所做出的重大牺牲和贡献，至今并没有被人民所忘记。

在长征途中，红军每前进一千米，就有约三名宁化籍战士永远倒下。能走完长征全程，胜利抵达陕北的宁化籍红军战士，只有幸存者58人。到了新中国成立时，健在的宁化籍老红军仅有28人。宁化儿女用宝贵的生命和鲜血，为中国革命写下了悲壮的历史篇章。

据宁化县革命纪念馆的介绍：在长征途中，包括血染湘江等历次恶战，也包括在爬雪山、过草地过程中所牺牲的宁化籍红军指战员，其总数大约为6600多人，但由于各种原因，新中国成立后能正式列入民政部《革命烈士英名录》的，有名有姓有地址的，只有3305人。其中，师级干部3人，县团级干部15人，营级干部74人。其余，都是难以查寻和实证的无名英雄……

我忽然想起著名作家魏巍曾在他晚年的长篇小说中，以"地球上的红飘带"一词来比喻中国工农红军的两万五千里长征。那么，这条红飘带上的每一丝每一缕，也都浸染有宁化儿女——包括有名或无名的宁化儿女，那斑斑点点永不褪色的热血！

1955年，中国人民解放军正式实行军衔制。当时还健在的三位宁化籍老红军、三位身经百战、战功赫赫的红军将领——张新华、张雍耿、孔俊彪，被授予少将军衔。作为开国将军，他们的英名永载史册，成为宁化人民的光荣与骄傲。

今天，我站在宁化县红军长征出发集结地纪念广场之上，久久抬头仰望"人"字形的红军纪念碑。蓝天，白云，红五星。作为当年红军军徽的红五星，依然在我的头顶，在我的心中闪闪发光。

我想，不论是开国将军，还是普通士兵，不论是革命烈士，还是无名英雄，他们都是宁化人民——也是中国人民最优秀的儿女，他们都是大写的人，顶天立地的人，像钢铁、像岩石一般坚强的巨人！

当年，长征从这里出发，为的是中国人民的解放事业。

今天，新的长征又再度启程，为的是实现更加雄伟壮丽的中国梦。

我深信，伟大的宁化老区人民，必将发扬革命传统，争取更大光荣！

一位追逐太阳的文艺战士
——文坛宿将林默涵的沉浮人生

◎ 方友德

小序

林默涵，一位荷戈追逐太阳的忠诚战士。他一生最崇拜的三位偶像是：鲁迅、周恩来、毛泽东。

林默涵因为读了毛泽东的一篇雄文，毅然奔赴延安，开始了他的征程。毛泽东给他一生巨大影响的文章有《论持久战》《新民主主义论》和《在延安文艺座谈会上的讲话》。

林默涵曾经是一位叱咤风云、激情满怀的文坛将士，在周总理、陈毅的指导支持下，1962年起草和推出大名鼎鼎的《文艺十条》，鼓舞和激励了中国文艺界无数文人名士。

林默涵一生中曾呕心沥血地策划指导了三部浓墨重彩的剧目，京剧《红灯记》、芭蕾舞剧《红色娘子军》和大型史诗《东方红》。他在晚年，又完成一件在文学史上很有价值的工作，注释和出版《鲁迅全集》。鲁迅先生是他人生最早的引路人和启蒙者。当《全集》全部出版完成以后，他舒了一口气，拉开窗幔，望冉冉升起的旭日，心里默默地说："先生，我是以此来报答师恩啊！你指引的这条路，充满荆棘，遍布蒺藜，好难走啊！但我却无怨无悔！"

他是怎样走完这条充满荆棘的漫长之路呢？

初出茅庐，鲁迅为师

他把鲁迅称为"启蒙老师"，每次在书店和先生邂逅，都万分激动。

林默涵原名林烈，1913年11月生于福建武平一个地主家庭。1928年初中毕业后，他考入福州高中师范专科，次年便因参加共青团、写白话诗痛斥土豪劣绅被校方开除，以后前往上海从事地下工作。在担任革命互济会福建省总会秘书长一职时，这名20岁不到的小伙子曾两次被捕入狱。

在上海，林默涵见到了早已声誉卓著的鲁迅。他后来回忆说，那时他崇拜鲁迅，有段时间和鲁迅住在同一个弄堂，经常遇到鲁迅，可对方不可能认识像他这样名不见经传的学生。有时在内山书店与鲁迅邂逅，但他从来不敢主动去跟鲁迅攀谈，总是等到鲁迅离开书店，他才悄悄在后面目送鲁迅，直到先生的背影消失在远处。

或许是鲁迅疾恶如仇的精神鼓舞了林默涵，1934年，林默涵来到上海一家报馆工作，同时向《读书生活》等报刊投稿，针砭时弊。次年，林默涵东渡日本，入东京新闻学院学习。年底，"一二·九"运动爆发，林默涵旋即回国，不久前往香港，在邹韬奋主办的《生活日报》任副刊编辑。这一时期，他开始使用"默涵"这一笔名。

雄文在手，奔赴延安

因为看了《论持久战》，他萌发了去延安的愿望。1938年。日本侵略者铁蹄践踏着中国大片土地。是战还是亡？速胜乎？亡国乎？各种混乱的舆论搅浑了大众的思想。是毛泽东的《论持久战》发表，在最关键的时刻指出了抗战的前途和国家的命运，年轻的林默涵思想产生了一次最重大的变化。就是因为看了《论持久战》，他萌发了去延安的愿望。

林默涵奔赴延安，进入张闻天兼任校长的马列学院学习。在那里，他结识了哲学家艾思奇。1940年，中共中央创办综合性理论刊物《中国文化》，林默涵在艾思奇推荐下，和他一起编辑这份杂志。

林默涵后来回忆说，当年茅盾、丁玲、刘白羽、何其芳等人的很多名作都发表在《中国文化》上。由于编辑部人手不足，他一个人担负起组稿、编辑、校对等多道工序，印刷厂地处距离延安六七十里的安塞，他常骑着一匹瘦马来回奔走。

《新民主主义论》是毛泽东1940年1月9日在陕甘宁边区文化协会第一次代表大会上作的讲演，林默涵听了他的讲话，眼前一片豁亮。革命必须分做两步走，给他的感觉前途是明确的，放开手脚干就是了。

而他没有想到的是，毛泽东在文协讲演之后，正好《中国文化》创刊。毛泽东的《新民主主义论》就在《中国文化》的创刊号上作为发刊词发表。接过毛泽东的稿件，他就开始编排，跑印厂校对。毛泽东对自己的文稿一贯是很认真的，要亲自校改，但因为安塞很远，交通也不方便，他就骑了一匹老马，到安塞去看清样、校对。他知道毛泽东的这篇稿子很重要，反复看了几遍，生怕有错误，三校之后才最后开印。他后来曾多次表示，延安文艺座谈会对他一生产生了决定性的影响。就在这一时期，林默涵与毛泽东的秘书胡乔木相识，这段友谊延续了半个多世纪。1942年，担任延安华北书店总编辑并在《解放日报》副刊部兼职的林默涵，收到中共中央办公厅发来的请帖，邀请他参加5月2日下午在杨家岭召开的一个座谈会——这就是著名的延安文艺座谈会。打开一看，请柬上写着："为着交换对于目前文艺运动各方面问题的意见起见，特定于5月2日下午1时半在杨家岭办公厅楼下会议室内开座谈会，敬希届时出席为盼。"是毛泽东、何凯丰两人署名。

林默涵多次表示，延安文艺座谈会为他后来长期从事文艺工作指明了方向。从那时起，他不停地追逐着心中的太阳——毛泽东。

进入中枢，掌管文艺

那时他很忙，有时很晚了，中央领导一个电话，他就要去汇报工作。

1950年，林默涵被任命为政务院文教委员会办公厅副主任；1952年调任中宣部文艺处副处长、处长；1959年升任中宣部副部长兼文化部副部长。

在林家三名儿女的儿时记忆里，那时父亲总是很难有时间和他们说上几句话，白天晚上都在开会、谈话、起草和批阅文稿，经常还要去看演出。有时很晚了，毛泽东、周恩来等中央领导那边一个电话，就要立即去汇报工作。

时任《人民日报》副刊主编的李希凡记得，那时他写作的每一篇大稿都要拿到林家审阅，常常已是深夜，身材瘦弱的林默涵伏案审稿，年轻十几岁的他则站在一旁等候。尽管林很少训人，但他改稿极其认真，一个标点、一个错别字都会被拧出来，让等候审稿的人大气都不敢出一个。

"他都是以说理为主，讲话做事逻辑性极强。"李希凡说，很多听过林默涵报告的人都说，他的讲话记录下来一个字都不用改，就是一篇好文章。

文艺大法，交口赞誉

1959年8月下旬，林默涵任文化部副部长；9月又被任命为中宣部副部长、主管文艺。1961年5月，林默涵主持起草了《关于当前文学艺术工作的意见（草案）》（即《文艺十条》初稿）。6月10日至28日，中宣部、文化部在北京新侨饭店召开全国文艺工作座谈会。周恩来到会讲话。他说，"现在有一种不好的风气，就是民主作风不够"，对别人的话动不动就套框子、抓辫子、挖根子、戴帽子、打棍子，搞"五子登科"，把一句话的错误、一种想法的错误，甚至把那种本来是允许的、可以"百花齐放、百家争鸣"的各种说法想法，全都看成毒草、邪道，那就不对了，这种不好的风气必须加以改变。

1962年3月，在广州召开的话剧、歌剧、儿童剧创作座谈会。周恩来在讲话中着重谈了如何团结知识分子的问题，提出要为所谓"资产阶级知识分子脱帽"，称其为"人民知识分子"，并向受到不公正待遇的专家学者承认错误，表示"现在利用这个机会，我做总的道歉"。

4月30日，经中共中央总书记邓小平批示，"文艺条例"以中央名义发至全国各地。广大文艺工作者交口称赞，誉之为《文艺大法》。有人甚至激动地提出应该把这个条例刻成碑文，世世代代传下去。

两台"样板"，一部史诗

围绕林默涵的另一场争论，缘于两部曾红极一时的"样板戏"。1963

年 2 月下旬,在上海养病的江青观看了根据《自有后来人》改编的沪剧《红灯记》,将剧本带回北京,交给林默涵,建议改编成京剧。

林默涵细读《红灯记》后,把改编意见、任务交给了中国京剧院,并亲自与京剧院编剧、导演进行多次磋商修改。为了彻底将《红灯记》变为掌中物,江青在"文革"中将林默涵、阿甲等真正领导和创作了《红灯记》的艺术家们打成"破坏《红灯记》的反革命分子",迫害有加。林默涵被关进了牛棚,阿甲的遭遇就更惨了。江青叫人对原剧本做了些局部改动,一部打上"江记"烙印的新《红灯记》成了样板戏之一。

林默涵还牵头创作了芭蕾舞剧《红色娘子军》。1963 年 11 月,周恩来观看文化部北京舞蹈学校实验芭蕾舞团(中央芭蕾舞团前身)演出的芭蕾舞剧《巴黎圣母院》后,对编导说:这几年你们演了不少外国名剧,但也不能老是跳王子、仙女什么的,能不能在这个基础上搞点革命化、大众化的作品?比如反映巴黎公社、十月革命的故事。

林默涵对周恩来有关芭蕾舞创作的设想非常重视。这年 12 月,他邀请中央歌剧舞剧院院长赵沨、北京舞蹈学校校长陈锦清以及中央音乐学院和舞蹈家协会、芭蕾舞团的专家们在北京开了一个舞蹈创作会议,决定将电影《红色娘子军》改编成芭蕾舞剧搬上舞台。

1964 年 7 月底,《红色娘子军》进行第一次钢琴连排时,周恩来看时眼睛都湿润了。演出结束后,周恩来鼓掌走上舞台握手祝贺,他说:我的思想比你们保守啦!我原来想,芭蕾舞要马上表现中国的现代生活恐怕有困难,需要过渡一下,先演个外国革命题材的剧目,没想到你们却一步到位,而且演得这样成功!过两天,一位外国元首来我国访问,就由你们演出招待喽。

后来江青换了几位演员,又把《红色娘子军》轻而易举收入囊中。

1964 年 7 月下旬,林默涵又从周恩来那里领受了一项重要的创作任务。原来,周恩来看了空政文工团的《革命历史歌曲表演唱》和上海编排的《在毛泽东的旗帜下高歌猛进》两场歌舞后,受到启发,想在新中国成立 15 周年之际,上演一部大型的歌、舞、诗结合的史诗性作品,来完整地、艺术地反映中国共产党的成长历程。他找来周扬、林默涵等谈了自己的设想。当年 10 月 2 日晚 8 时,中央人民政府在人民大会堂举行新中国成立15周年庆祝晚会，首演大型音乐舞蹈史诗《东方红》。场面之大、演员之多、气势之宏伟，轰动了整个北京城。

"文革"烽烟，十年黑狱

1966年，"文化大革命"爆发，林默涵成了最早被报纸公开点名批判的"反革命黑帮分子"之一。据女儿孙小林回忆，当时故宫已不开放，父亲被带到故宫的某个大殿里接受审问。当审讯者不满意他的回答时，便是一顿斥骂和毒打，外边什么也听不到。

后来林默涵在口述传记《往事悠悠》中说："我被关在卫戍区9年，最苦的是被单独羁押，书报不能看，连语录都收走了，不能写字，无人谈话。他们白天不准我睡觉，一直坐着，唯一可以消磨时间的是作诗，没有纸笔，只能在脑子里吟。长期单独禁闭会使人发疯，的确有人神经错乱，常听到周围传来大喊乱叫。我后来说要交代问题，向他们拿到纸笔后，我给毛主席写信，讲我在这里怎样受他们虐待和迫害，打得我都不能洗澡，衣服和背粘在一起脱不下来，头晕、头痛得不能睡觉，有一次我被打得死了过去，失去知觉，醒来以后又打。"

当然，这封信送不出去。

1966年至1975年5月，正当盛年的林默涵被关押了九年半。当家人去看他时，他已"不怎么会说话，嘴唇直哆嗦"。后来林默涵的妻子孙岩千方百计托人找到周恩来，反映林默涵的病况，在周总理的关切和干预下，林默涵才被释放。但是走出牢门，未进家门，他即被流放到江西丰城钢铁厂监督劳动两年半。

1976年，林默涵和草地上的牛群合影后，有《题小照》一诗：

> 炎凉历尽复何求，默坐烟郊对老牛。
> 风雪十年雁洗劫，江流九派洗沉忧。
> 岂无黄土埋忠骨？自有青山伴白头。
> 远望隔江垂暮色，夕阳红破一天秋。

东山再起，任重道远

1977年12月，林默涵再次出任文化部副部长，他恢复工作后主持的第一个工程，便是重新注释出版《鲁迅全集》。

1981年，在鲁迅100周年诞辰前夕，这套堪称时代精品的16卷本著作顺利出版。茅盾评价说，出版《鲁迅全集》这样的大工程，非林默涵这样的"霹雳手"来抓不可。

后来，林默涵还被推选为鲁迅研究会会长。这名青年时代就崇拜鲁迅的闽西学子，在他步入晚年后，以这样一种亲密的方式，再次走近早年的"启蒙老师"。

1978年5月，林默涵出任恢复全国文联及各协会筹备组组长。他主持召开中国文联第三届全委会第三次扩大会议，力主平反冤假错案，对文艺界在"文化大革命"和反右斗争严重扩大化期间的案件进行全面复查，为文艺界的拨乱反正作出了贡献，也把长期来背负在身上的十字架卸下。

2008年1月3日，95岁高龄的林默涵老人与世长辞。

故乡的人民一直惦记和缅怀着这位远行的赤子，无论他处在顺境或逆境，无论他在微时或显时，都没有把他忘记。

2013年11月2日，林默涵百年诞辰纪念会在武平县举行，参加纪念会的各方嘉宾，前往武东乡川坊村，瞻仰修葺一新的"林默涵故居"。

2015年3月25日，林默涵、孙岩伉俪的灵灰奉安归里，26日吉旦安放在碑林，永远地安息在故乡怀抱里。

后记

今年是伟大领袖毛泽东同志130周年诞辰。我们怀着无比崇敬的心情选编了这本书,作为一瓣心香,献给这位中国人民永远尊敬的伟人。

"东方红,太阳升,中国出了个毛泽东。"没有毛泽东,没有共产党,就没有新中国,也就没有我们今天的幸福生活。今天,我们在和平安宁的环境里享受着小康生活,格外怀念中国共产党和中华人民共和国的主要缔造者毛泽东。

在革命战争年代,毛泽东同志与福建结下了不解之缘。在艰苦的革命战争岁月,他与福建人民同甘共苦,为拯救福建人民于水火,殚精竭虑,不辞辛劳,给了福建人民以巨大鼓舞与力量,使福建成为中央苏区的重要组成部分。

我们选编这本书,就是希冀透过历史的烽烟,寻觅毛泽东土地革命时期在福建革命活动的踪迹;讴歌在他的光辉思想指引下,福建的革命斗争取得的伟大胜利;展现福建人民一心跟党、信仰坚定、不怕牺牲、前仆后继的精神风貌。

收入本书文章的内容主要体现以下三个方面:一是讲述毛泽东当年率部入闽战斗、工作、生活的情况,如指挥战斗、召开会议以及访贫问苦、调查研究等;二是记叙福建军民贯彻毛泽东的指示、命令,在战斗、战役中取得的伟大胜利;三是抒发对毛泽东在福建创作的诗词的感悟,从中感受领袖高超的领导艺术和伟大的人格魅力。

文章按毛泽东入闽活动(指示、写作)时间先后进行编排。

由于本书收录文章多来自福建省炎黄文化研究会与福建省作协联合组织的作家采风团深入全省各地采风创作的《走进八闽报告文学散文集》,加上我们视野的局限性,肯定会有遗珠之憾,不能把毛泽东同志当年在闽活动和指示、诗文在福建的贯彻和影响情况加以尽述。还望广大专家和读者理解、见谅。我们谨以此书表达对毛泽东同志的敬意，向他130周年诞辰献上一份虔诚的纪念。

福建省委宣传部原副部长、福建省炎黄文化研究会常务副会长马照南同志为本书写了前言，相关作者不吝赐稿，海峡文艺出版社精心编排。在此一并致谢！

编者

2023年11月